一念關山

一念關山

A JOURNEY TO LOVE

卷一

【目錄】

第一章

紅袖暗藏鋒
素手快索魂

北地春遲。

江南已是荼蘼花謝、菡萏初開的時候，天門山一帶的春草卻還未盡數鋪開。風自關外吹來時，黃沙襲面，陽光彷彿也變得蒼白。軍中大纛被吹得獵獵翻響，儀仗士們也被風沙割得蹙起了眉頭，牽動韁繩安撫胯下嘶鳴躁動的駿馬。獵獵旌旗之後，軍士列陣鋪開在關南原野之上，在昏黃風沙之中肅立如松林石碑。

梧國御駕親征的年輕天子卻是意氣風發。俊秀的面龐上猶帶光彩，眼眸中閃耀著對勝利的篤信。他拔劍高舉，雪白的劍刃反射出湛然的明光。一聲令下，千軍萬馬向前衝鋒，大地也隨之震響。

自前朝失政，中原亂世已有百年。而今，九國割據，其中以安、梧兩國最為強盛。當今安帝登基後好武貪財，近年已蠶食鄰國城池無數；梧國魚米豐饒，富有銅金礦脈，亦常為安帝所覬覦，故安、梧兩國近年間多有征戰。

梧永佑六年，安帝李隼興軍欲奪梧南之金礦，梧帝楊行遠迎戰於天門關之南。而這一天，也是無數人命運轉折的開始。

✵

江南夏早。

風沙席捲不到的富貴溫柔之鄉，有暢暢惠風、融融暖陽。疊山枕河而建的園林玲瓏秀麗，恰逢主人孫侍郎的壽宴，處處繁花似錦，高朋滿座。

臺上舞姬做戎裝打扮，雖腰肢細柔、歌喉儂軟，舞中長劍交擊時，亦有火花四濺。席

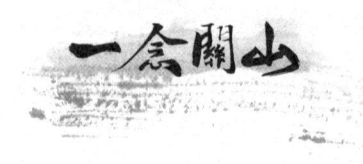

間賓朋卻是閒適雍容，各自散坐。

天子去國遠征已數月有餘，梧國國都之中卻一切如常。這位年輕的皇帝即位三年間，朝政一向都由當初擁立他的宰相章崧所掌控。直到數月前章崧抱病，暫離朝堂，天子才開始嘗試掌政，隨即便不由分說地御駕親征去了。如今朝政由天子的弟弟丹陽王代為攝理，亦是井井有條。

天子在或不在，於人心、於朝政確實也無大干係。

臺上劍舞已到妙處，賓客們鼓掌叫好。主人便也起身舉杯，「願以此酒，遙祝聖上旗開得勝，大敗安軍！」

舞姬們齊齊跪伏於地，嬌聲道：「祝聖上旗開得勝，大敗安軍！」

賓客們也紛紛舉杯遙祝。臨場姿態，心誠與否都不妨面上忠懇。而在他們之中，一位頭戴金冠的年輕公子和一名武將，舉杯間隙，目光卻齊齊盯著排在臺上最末的舞姬。

那舞姬察覺到年輕公子的凝視，起身時便也悄悄扭頭來看他，含羞帶怯地回了他一個眼神。她生得著實美麗，杏腮著粉，綠鬟如雲，黑眸子嬌柔清澈，令人見之忘憂。只不大機靈，略一分神便踩到了自己的裙子。

孫侍郎察覺到臺上錯訛，皺了皺眉頭，喚來管家耳語。聽管家解釋，那舞姬名叫如意，笨是笨了些，卻很得韓世子的青睞，故而今日也讓她上臺了。孫侍郎便看向了那金冠公子。那是朝中勳貴韓國公家的世子，也是今日的貴客。見他醉心地凝視著那舞姬，便也不再計較了。

一舞已畢，舞姬們一道下拜告退。

那名叫如意的舞姬跟著舞隊下臺時，目光又再次牽繞向韓世子。韓世子喜不自勝，迫不及待地向她比了個口型「亭子」，悄悄地指了指外面。

如意含羞點頭，一分神，又差點撞上了領頭的紫衣舞姬。多虧身側另一個舞姬拉了她一把。紫衣舞姬不悅地回頭瞪她，見她正和韓公子眉來眼去，心中愈發不快，故意橫肘撞了她一下。

如意吃痛，先前拉她的舞姬見她受委屈，便挺身要替她出頭。如意連忙拉住她，「玲瓏姐，別。」又向紫衣舞姬賠笑，紫衣舞姬白了一眼，根本不作理會。如意訕訕的，仍是笨拙地笑著。

下場之後，舞姬們紛紛鬆懈下來。

如意對著鏡子整理妝容。她手腳笨，又急著去赴約，忙亂間反而碰掉了一支釵子。玲瓏見狀，愈發放心不下。嘆了口氣，無奈地上前幫她整理好頭髮，又為她重新打了胭脂，對她使了個催促的眼神。

如意知道是為韓世子的事，梳妝好便悄悄溜著邊出房門去，卻不防裙襬被人踩住。她不留神一用力，便是一聲裂帛聲。如意一愣，回頭去看時，裙子已經被撕破了。

紫衣舞姬冷眼看她，分明是故意踩住她的裙襬。如意愣愣地看著裙襬，玲瓏已經擼起袖子忍無可忍地衝上前去，「當著我的面就敢欺負她，真以為我教坊這七年是白混的？」

眼看她是要與人撕打起來的姿態，如意連忙擋住她，歉意地對紫衣舞姬賠了個笑，便把玲瓏拉到一旁，低聲解釋著：「算了，怨我自己笨手笨腳……」

她們今日確實有更要緊的任務，不好節外生枝。玲瓏也只能忍下這口氣，又有些恨鐵不成鋼，「妳也太沒用了……趕緊去見韓世子吧，可千萬別再搞砸了。」

❋

如意一路急急行來，遠遠望見花園亭子裡，韓世子正焦急地等著。

她抹去殘淚，正要奔跑過去，突然便有一隻手斜伸過來，捂住她的嘴，將她拖進了一旁的假山山洞裡。

如意嗚嗚地掙扎著，卻被按在假山石壁上。黑暗中胡鬍蓬亂的嘴唇拱過來，耳邊是粗魯的、急不可待的聲音：「小美人兒，別急著服侍世子，先服侍服侍本官啊。」

那人正是剛才宴會上對她垂涎欲滴的武將，他力大無比，如意毫無反抗之力，被他按倒在身下又摸又親，只能掰著他的手指艱難地抗拒，「放開我……」

武將怕她的喊聲引了人來，一手捂住她的嘴不肯鬆開，另一手急色地去解衣服。眼看就要得逞時，身體卻忽然一僵，毫無徵兆地向一旁歪倒——被他遮住的洞口處便有天光透入，玲瓏手握著一支吹筒，正站在那裡。

如意艱難地從那人身下掙出來，哭著撲進玲瓏的懷裡，又怕又委屈，「玲瓏姐！」

玲瓏拍了拍她的脊背安撫她，又埋怨道：「小聲點！哎呀，妳也不小了，怎麼每回都能把事辦砸？」

「玲瓏姐，我好怕……」

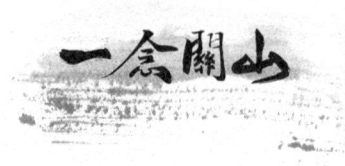

「怕也得先完成任務，不然我們都會死。」玲瓏也無可奈何，「我們安國朱衣衛在梧都的白雀足足二十個，誰叫韓世子只看中了妳？趕緊收拾好出去見他，一定要把他迷得神魂顛倒，讓他帶妳回府，偷到他父親書房裡的那張糧草圖。」

不錯，這二人既是教坊的舞姬，又是安國間客機關朱衣衛安插在梧都的細作——最底層的細作。在朱衣衛內部被稱作「白雀」的，多是些被挑選調教過的伶仃孤女，出身貧苦，受人控制。她們潛伏在內外各處，靠美色機巧來拉攏策反和刺探情報。說是細作，實則不過是可用可拋的器物罷了。

如意顫抖著整頓被扯亂的衣衫，玲瓏見她膽小觳觫，看不過去，便上前幫她，寬解她道：「有了這張糧草圖相助，咱們安國大軍說不定就能大獲全勝，咱們就算立了大功了。到那時，堂主多半會開恩賜藥，我們就都不用再做出賣色相的白雀了。」她說著便也暢想起來，面露憧憬，「要是成了和玉郎一樣的朱衣眾，便能紫衣、丹衣、緋衣一級級地升上去，我們的日子就有盼頭了……」

玲瓏看如意還是懵懂的樣子，恍然道：「都做了快一年的白雀，妳是不是還沒搞清楚衛內的等級是怎麼回事？咱們安國的朱衣衛，最上頭的大人是聖上的親信——鄧指揮使，下面的依次是左右使、緋衣使、丹衣使、紫衣使，還有就是普通的朱衣眾。像我們這種只負責色誘和探聽消息的白雀，只能算是外門……」

如意也面露黯然，回道：「這個我懂，每次去青石巷的時候，那些內門的朱衣眾，都不拿正眼瞧我們。」

玲瓏便抬手捧住她的臉頰，擦去她眼角淚水，「誰說的？玉郎不就跟我好了嗎？哎呀，別哭了，趕緊笑。」

如意笨拙地掙出一個笑容。她眼中猶帶殘淚，一笑便如桃花著雨，嬌憨又嫵媚。玲瓏也不由得恍了恍神，嘆道：「真是我見猶憐，我現在總算明白當初馴鳥師為什麼要選妳進朱衣衛了，誰也不會相信這麼一個草包美人會是間客……趕緊去吧，待會兒在韓世子面前，一定要機靈點。」

如意卻又心有餘悸地回頭看向被玲瓏毒倒在地的人，「那他怎麼辦？」

玲瓏推著她離開，安撫道：「放心吧。」說著便從懷裡摸出個小瓶，「等他醒了，只會記得自己喝醉了，發了一場春夢——」又摸出一根銀針，「然後，他就永遠別想再當男人了。」

如意走出洞口，眼尾猶然帶著濡濕的紅暈。她牽著被撕破的裙襬，小心地繞過假山，飛奔向遠處的亭臺。在韓世子迎上來時，她歡喜地撲進他的懷裡。

幾句話後，韓世子便迫不及待地要俯身親吻如意。

如意受了驚一般，身體輕顫，回避著，連忙低聲道：「不行，這裡不行。」

韓世子會意，指了指假山，「那邊有個山洞，肯定沒人會看到。」

如意一驚，忙道：「那裡更不行。」猶豫著，低頭牽住了韓世子的衣帶，眸子羞怯嬌媚，輕聲呢喃：「世子，我……我不想再住在教坊的破屋子裡了。待會兒酒宴結束，你帶我回你府上好嗎？」

韓世子大喜，淺淺耳語著將她擁了滿懷。

如意頭擱在他的肩上，在他看不到的身後，輕輕吐了口氣。

❋

宴席卻還遠未到結束的時候。舞姬們還有歌舞要演，韓世子也不能離席太久。短暫親暱之後，兩人各自分開，匆匆趕回席間。如意追上舞隊時，剛剛好趕上下一支舞曲的出場。

幸而她排在隊尾。歸隊之後，見玲瓏焦急關切地望過來，便輕快地使了個眼色，示意她大功告成，玲瓏這才放下心來。

如意跟著眾人剛上場，便見那名武將在小廝的攙扶下揉著頭出現。當看到那人不時還摸摸身下，如意一下子緊張起來，差點踩到了前面一人，玲瓏忙替如意掩飾。

武將入席後環視眾舞姬。這時音樂乍起，鼓點聲越來越急，氣氛一下子緊張起來。好在武將看了半晌後仍是神情迷茫，最後只是接過酒喝了起來，如意如釋重負。

隨著乍起的音樂擺好姿勢，舞姬們正要起舞時，便見門客匆匆闖進席間通傳：「六道堂趙都尉到！」

六道堂，由梧國太宗創立的軍政機要。對內負責護衛、監察百官，緝捕審訊要犯；對外負責刺探軍機、傳遞情報，拉攏收買敵國政要。剷除潛伏在國境之內的叛徒和間客，自然也在其職權之內。其威權之盛大，耳目之靈敏，任是誰被盯上，都要脫去一層皮，一貫令人聞之色變。

乍聽聞來人身分，席間賓客皆是一驚，紛紛站起身來。如意也嚇得退了一步。玲瓏連忙自身後頂住她，示意她莫要流露形色。

短暫的驚慌之後，早有人示意舞姬們退下。玲瓏連忙拖著如意儘量躲進不起眼的地方。她手心冰冷、面色蒼白，顯然也有些慌神了。身為潛伏在敵國京城的間客，任務中途六道堂找上門，也不由人不驚疑是否身分敗露。

孫侍郎已整頓衣冠，親自帶人恭敬出迎。便見一錦衣烏冠的陰鷙男子，帶著一行精幹的黑衣道眾赳赳而入。

這錦衣男子便是六道堂副堂主趙季，而他身後跟著的親信便是六道堂人道副尉婁青強。

趙季見孫侍郎上前，便笑著攜了他的手，「不必多禮。您的壽宴，趙某既然接到了帖子，怎能不來捧場啊？」

話雖如此，席間眾人無不戰慄。孫侍郎也只能硬著頭皮賠笑，將他迎上首席，親自為他斟了杯酒後，才示意歌舞繼續。

舞姬們膽戰心驚地重新上場。身分卑賤，命不由人。再怕，能做的也只有歌舞娛人。眾女歌喉柔婉、腰輕如燕，舞袖翻轉之間，席間氣氛便已有所緩和。

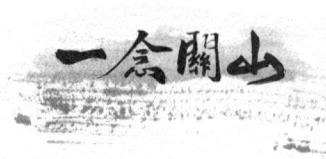

且歌：「萬里赴戎機，關山度若飛，朔氣傳金柝，寒光照鐵衣……」

賓客們也漸漸鬆弛下來，一邊品酒，一邊欣賞著歌舞。席間又有了些熱鬧跡象。

趙季卻忽然一拍几案，大聲喝道：「大膽，下一句是『將軍百戰死』。聖上御駕親征逆安，爾等竟然包藏禍心，想要詛咒聖躬，簡直罪該萬死！」

滿座皆驚，樂聲驟停，都不料他竟能羅織至此，無端發難。舞姬們被嚇得跪伏在地。孫侍郎也驚慌地跪坐起身自辯：「大人息怒，我等絕無此意，絕無此意啊！」

趙季冷笑不語，席上死一般安靜。

幕僚悄悄向主人耳語幾句，孫侍郎隨即恍然，一咬牙道：「下官駑鈍，一時失察，恐被安國奸細混入府中。為防壽禮中含有栽贓陷害之物，還請趙大人全數帶回核查。」他指了指廳下堆滿的賀禮。

趙季這才滿意地一點頭，「都起來吧。」

眾人如釋重負，重新入座。樂聲再起。然而席間之人再無宴飲興致，都噤聲不語。先前那名武將還有些腦子不清醒，低聲嘟囔：「六道堂這事做得也太不地道了吧，人家過大壽呢，就用這法子要錢……」

韓世子嚇得忙捂他的嘴，輕聲道：「你不要命了？還以為六道堂是寧遠舟當家的時候？」

武官忙噤聲。

獨孫侍郎心有餘悸，諂媚地為趙季斟酒，「如此一來，下官身上的嫌疑就洗清了吧？」

趙季瞟他一眼，冷笑道：「只有奸細送來的賄賂，沒有奸細？」

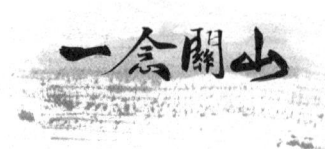

孫侍郎悚然一驚，瞬間大汗淋漓，目光慌亂地掃向四周，最終落在依舊跪伏在地的舞姬身上，抬手一指，「她們就是奸細！」

趙季眼都沒抬，淡淡道：「那就拖下去即刻砍了，替侍郎去一樁心事吧。」

六道堂的黑衣道眾們虎狼般拖起眾舞姬，向廳外去。

舞姬們驚恐掙扎著，哭喊著：「大人饒命，妾身冤枉啊！」

如意驚惶地試圖撲向韓世子，大喊：「世子，救我，救我！」

韓世子邁出一步，卻被身旁人拉住制止。他無奈地看了如意一眼，終是未發一言。如意只得手足無措、涕淚交加地被拖出宴會廳。

✵

舞姬們手上被套上了鐵桎，由四名黑衣道眾驅趕著，踉蹌著走向池塘。園中丫鬟雜役們紛紛四散躲避。

玲瓏踉蹌而行，之前和如意爭吵的紫衣舞姬心生僥倖，強忍著恐懼，媚笑著回頭討好領頭的軍官，想乞討一條生路，卻被一刀捅穿了腰腹。

染血的彎刀自她背後捅出，舞姬們都驚恐地尖叫起來，卻是無處可逃。

軍官扶著紫衣舞姬猶然面帶驚恐的屍身，拔出刀來道：「我也知道妳冤枉，可誰叫妳們偏巧遇上趙大人缺錢花呢。」

他一鬆手，屍身便撲倒在地。他無動於衷地抬腳，將屍體踢進池中，便回頭看向其餘舞姬，「都給我面朝池子跪好。」

舞姬們膽寒無奈，只得依言面對池水，嗚咽顫抖著跪下。很快她們一個接一個地被捅殺，屍身倒入池中，碧水翻起血浪。

如意低聲問身側玲瓏：「怎麼辦？」

玲瓏從袖子裡摸索出一截鐵絲，試圖撬開枷鎖，強作鎮定地安慰如意：「別怕，跟著我見機行事。」

然而尚未找準鎖眼，已經又有一個舞姬被殺。

黑衣道眾已經走到玲瓏身處，提刀要刺來時，玲瓏高喊：「大人且慢！妾身上還有一顆明珠，願獻給大人，只求一個全屍。」

那道眾心動，收刀示意她把東西拿出來。玲瓏裝作彎腰去取珠子，卻突然暴起，趁著道眾分神，揮動手上鐵枷就向他砸去。

道眾被砸中，頭破血流。

領頭的軍官看見了，不慌反笑，「喲，還是個練家子。」

另外兩名道眾也無人上前幫忙，反而停手看起了熱鬧。

被玲瓏砸中的道眾惱羞成怒，揮刀劈向玲瓏。玲瓏用手上鐵枷做盾，勉強抵擋躲避著。雙手被鎖，她施展不開，騰挪纏鬥之間，也無法專心撬鎖，不過幾招之間就已落入下風。還沒被殺的舞姬們驚嚇地瞪大了眼。

眼見玲瓏被重新制住，軍官提醒：「先別殺，帶回去好好審審。」可話音未落，他臉上便浮現出詭異的笑容，隨即軟軟地撲倒在地。

如意不知何時已站到軍官的身後，踢起的足尖上伸著一把漆黑的利刃，利刃上猶然閃著血光。那張早先驚懼哭泣的臉，已如死水般平靜無波，宛若徹底換了一個人。

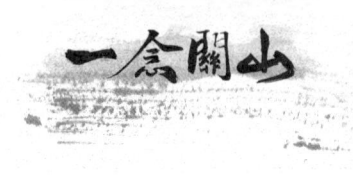

另外兩名道眾尚未回過神來，如意已經飛身上前。她身姿靈動如燕，殺人的手法卻是乾脆俐落，沒有絲毫多餘的動作。手臂圈住一人，輕輕一扭，便掰斷了他的脖頸。另一人回神，拔出刀來正要呼援，就已被踢中手腕和腿彎。他被踢得跪倒在地，刀柄脫手落下，恰好敲碎了他的喉頭。他撲倒在地，喉嚨呵呵作響，卻是沒發出一聲呼叫。

而如意麻利地用左手一拉右手拇指，只聽啪的一聲，手指脫臼。錯位之後手圍變窄，稍一用力，便將右手自枷中脫出。她從倒斃的軍官身上翻出鑰匙，打開自己手上的枷鎖，又幫玲瓏打開，之後便迅速地將右手拇指復位。

全程她眉頭都不皺一下。美貌無改，然而清冷的眸子映著滿池血色與浮屍，煉獄修羅一般冷豔無心。

所有舞姬都驚恐地縮成一團看著她，無人敢發出一聲聲響。眼前的如意宛若修羅惡鬼沐血而生，何況她們從未善待她。

縱使玲瓏也被她眼下的模樣嚇呆了，顫抖地喚她：「如意？」

如意拾起地上掉落的長刀，只漠然道：「閉眼。」

玲瓏下意識地閉上了眼睛，便覺有溫血濺上了臉頰。她被燙得一抖，驚恐地睜開眼睛，便見先前和玲瓏纏鬥的那名道眾雙膝跪地倒下，頭顱滾在了一邊。而如意面無表情，只將四名道眾的屍身盡數踢入池中，又走向舞姬們。

舞姬們抱在一起瑟瑟發抖，驚恐哀求地看著她。

如意一頓，道：「閉眼。」

舞姬們絕望地閉上眼睛，瑟縮著抱在了一起。如意卻仍然舉起了長刀。

玲瓏心下不忍，忙道：「不要！」

如意頭也不回，冷冷道：「只有死人才能真正保守祕密，妳當了那麼多年白雀，連這個都不懂？」

「可大家畢竟在教坊相識一場……」

舞姬們也哀泣起來。

如意冷笑一聲。刀尖一轉，竟是向著玲瓏揮去。玲瓏大駭，匆忙躲避，只覺眼前白光一晃，那刀尖已停在她胸口。

她胸前衣襟已被挑開，卻似乎並未受傷。她屏息低頭，便見刀尖上立著一枚玉瓶——瓶裡裝的正是她先前在山洞裡，用在那武將身上能使人遺忘過往的藥粉。

如意手腕一抖，玉瓶在舞姬們頭上破開，粉色的藥霧瀰散開來。舞姬們紛紛倒地。而如意也不再耽擱，拉住玲瓏，飛身幾個起落，悄無聲息地消失在院牆外。

✵

兩人一路逃出侍郎府，落足在一處僻靜小巷裡。

身後雖無追兵，玲瓏卻驚魂難定。她們殺了六道堂四個道眾，六道堂肯定很快就會發現不對，屆時順藤摸瓜，安國在梧都的朱衣衛都將面臨暴露的風險。

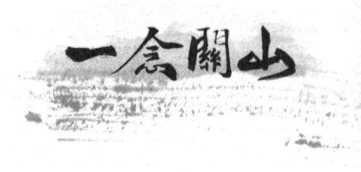

她心下焦急，慌張道：「他們肯定會很快發現不對的，我們得趕緊趕回青石巷總堂報信！」

如意卻沒有動，淡聲道：「不用回青石巷，總堂並不知道死的人裡面有沒有我們。」

玲瓏愕然。她聽懂了如意的意思，卻不敢相信。

如意看著她，道：「妳不是一心想要自由嗎？現在是絕好的機會。」

玲瓏想要自由，她敢說安國的白雀無一人不想要自由。誰願意受人控制脅迫，活在隨時都會因為任務失敗被殺、因為暴露被殺的恐懼之中？

玲瓏強壓下心中悸動，問道：「可白雀每半年都要服用解藥才能活命，我們要是現在跑了……」

如意淡淡道：「那點毒不值一提。我知道怎麼解。」

玲瓏驚喜道：「真的?!」

如意點頭。

玲瓏卻又遲疑起來，看向如意，「妳到底是誰，為什麼知道那麼多？妳這樣的身手，只怕連紫衣使也當得，為什麼還要跟我混在一起做白雀呢？我可真傻，居然還一直把妳當成什麼也不懂的小妹子……」

如意頓了頓，依舊不疾不徐道：「跳出六道外，不在輪回中。我誰都不是，只是一抹幽魂。」她看向巷子出口，催促：「妳到底走不走？」

玲瓏一咬牙，搖頭，道：「我還是得回青石巷……玉郎他還在總堂呢，我不能一個人這麼走了。」

如意聞言卻道：「妳為什麼會當白雀？」

玲瓏一愣，不解她為何明知故問，「不是跟妳說過嗎？為了還債。我大哥生了病，我娘只能賣了我……原想著進六道堂總比進青樓強，誰知道都是一個樣。」

如意反問：「為什麼妳大哥生了病，妳娘就要賣妳，難道妳的命不是命？十年前，為了一個男人，妳家賣了妳；十年後，妳又要為了一個男人，再把自己的命填進去。值得嗎？」

玲瓏垂眸，卻無絲毫遲疑，「值得的。我和他已經……」她撫摸著小腹，目光溫柔，已不覺噙了些幸福的笑意，「如意，妳很快就能當小姨啦。」

如意一怔，目光轉向她的小腹，原本冷硬的表情便柔和下來。她小心地把手放上去，像是小孩子初次觸摸到珍寶。察覺到掌心下的溫熱時，那雙黑漆漆的眼睛便亮了一亮，一瞬間彷彿又變回早先那個笨拙單純的小舞姬。

玲瓏輕聲道：「我和玉郎很快就要成親啦。」

如意收回手，「那妳回去吧。」又給玲瓏指路，「去青石巷，走侍郎府大門外的馬行街轉天倉橋最快，三千二百步就到了。」

玲瓏一愣，「走那兒？」她探頭望了望大門，「可是，萬一六道堂的人剛好出來……」

如意道：「剛才進府的六道堂有十二個，但外頭有六道堂標誌的馬只有四匹，這說明只有跟著趙季的那幾個才是配騎馬的上三道，其他的都是下三道。六道堂上三道的人對下三道的向來不怎麼關心，這回又是來要錢消遣的，所以不會那麼快發現園子裡的事，更不會馬上出來。妳經過大門時鎮靜點，別露出破綻就行。」

她一揚手，一道銀絲飛出，掛住了遠處民居曬著的紗帽和披風。她將銀絲一掣，取來衣物，遞給玲瓏，「穿上。見到堂主的時候，記得告訴她我已經死了。按規矩，白雀死了之後，被抓去當人質的家人就可以恢復自由。」

朱衣衛為控制白雀，無所不用其極。除了給白雀服食毒藥外，白雀的家人也會被當作人質。一旦白雀逃亡，家人也會受連坐被誅殺。唯有白雀死去，她們的家人才能恢復自由。

玲瓏這才明白，「難道妳是為了妳娘，才一直忍著當白雀受罪？」

如意沒有作答，只催促道：「趕緊走。」

玲瓏只得換上披風戴上紗帽，匆匆離開。她走了兩步，腳步一頓，忍不住回頭，「妳的手，要不要包紮一下？」

如意低頭看了眼自己的手，才想起先前為了脫出桎梏，她曾將手指掰脫臼。這點疼痛於她只是尋常，卻不料玲瓏竟還記掛著，眼中有一絲感動閃過，嘴上卻道：「不用妳管。」

玲瓏躊躇著，「那……妳保重。」到底還是不能放心，又折回去，擼下腕上的金鐲子塞給她，「拿著。我不敢問妳要去哪兒，可妳獨自一人，總歸得有點錢財傍身，我才放心。」這才又轉身離開。

如意看著手中的鐲子，突然叫住玲瓏：「等等——」玲瓏回頭，只聽如意道：「明日酉時，圓通寺石塔下，我會帶韓家的糧草圖過來。」

玲瓏愣了愣。

如意拋了拋鐲子，「我不喜歡欠人情。我幫妳將功折罪，妳幫我確保我家人能平安回家。」一言罷，她便飛身而去。

❋

侍郎府裡，宴會還在繼續。

為一次勒索殺七、八個舞姬而已，於趙季而言不過是茶餘飯後的消遣，甚至都不足以讓他皺一皺眉頭。酒酣耳熱之際，他倚靠在座席上怡然閉目，忽然想到那幾個道眾離開已有一個時辰，便轉頭問他身側的親信婁青強：「怎麼還沒回來？殺幾個娘們兒這麼費事。」

此類勾當他們做得多了，婁青強也是絲毫不當一回事，曖昧一笑，「多半順便還找了個樂子吧。」

趙季也一笑，但仍道：「你去看看。」

婁青強領命而去。然而不過片刻工夫便匆匆折回，焦急地向趙季稟報：「大人……」席上〈入陣曲〉正演至高處，琴女指尖遊走如狂蜂振翅，弦上琴聲促如疾風驟雨。趙季聽不清他說什麼，便示意：「你大點聲。」

事出緊急，婁青強只能提高聲音：「宮中傳來急報，三日之前，我軍被安軍大敗於天

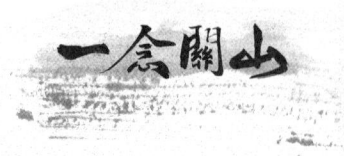

門關！」

琴弦砰的一聲繃斷，周遭一片死寂。所有人都疑惑地看向趙季。

而趙季已經推倒靠几坐起身來，難以置信地瞪著婁青強，「你再說一次?!」

「我軍被安軍大敗於天門關，連失潁、蔡、許三地，聖上、聖上也已然蒙難了！」

這次再無琴聲干擾，所有人都聽得一清二楚，席間賓客瞬間驚慌起來。

趙季怒道：「胡說！不可能！」

他執掌六道堂，敵情軍報皆要經他之手上傳下達，護衛天子周全更是六道堂第一要務。一旦天子罹難，他就是最先該被問罪之人。何況他……

一片慌亂之中，恢宏鐘聲如水紋般在這繁華帝都上空擴散開來。

一聲未平，緊接著便是第二聲、第三聲。

鐘聲傳至席間，瞬間推平了嘈雜。

所有賓客都不由自主地向北張望——那是鐘聲傳來的方向，也是天子宮城之所在。梧都宮城最高處為景陽樓，先帝時置金鐘於景陽樓上，每日清晨鐘聲響時，百官入朝議政。

這一日於薄暮時分，景陽鐘被緊急敲響了。

賓客們紛紛起身整頓衣衫，在心底忖度著婁青強帶回的消息——心中已然信了八分，一時間心思各異。

唯趙季一人呆愣著。婁青強不得不提醒：「大人，景陽鐘響了。是監國的丹陽王殿下在召集百官參加朝會。」

鐘聲一聲緊似一聲。

許久後，趙季猛然回神，霍地站起身來，疾步而出。府外侍從們早已為趙季備好了馬車，趙季跨步上車，吩咐道：「去章相府！」

掀起車簾時，他不由得一頓，看向天際。

時近黃昏，殘陽如血，四下樓臺靄靄，畫棟雕樑盡數掩於暮色，唯簷角風鐸隨著撼動暮色的景陽鐘聲搖搖而動。

第二章

關山刀兵罷 青衫落拓行

風息沙平，殘旗斜插，如血暮霞漫塗於昏黃天際。這是距天門關戰場數十里的後方，原是輜重後營，但如今也因安軍的追殺而屍橫遍野。

渾身是血的蕭將軍拖著傷腿，拄著半截「梧」字旗杆踉蹌地走在屍首堆裡。他顫抖著翻開一個個屍首，試圖尋找哪怕一個跟他一樣倖存下來的活人，卻只得到越積越多的絕望。他拄著旗杆半跪在地，四下尋望著，聲音裡已帶了哭腔，「……還有人嗎？還有人嗎？」

回答他的卻只有一片死寂。

突然，似是被什麼東西絆住了。他低頭看去，便見一隻染血的手正捉著他的腳踝。他嚇得驚叫一聲，跌倒在地。

便見又有一隻手伸出來，隨即死人堆隆起個插著羽箭、背著行軍鍋的脊背，一個人形慢慢從屍首堆裡爬了出來。

蕭將軍驚懼地後退著，想叫卻嚇得叫不出聲。

那人爬出來後，懶散的眼神向蕭將軍一瞥，小聲提醒：「小聲點，別把打掃戰場的人引過來。」便自行挪動屍首，騰了塊地方坐下，一根一根地拔著背上的羽箭。

他身量修長，年約三十，滿臉髒汙，是從死人堆裡爬出來的人該有的模樣。然而周身卻透出難言的懶散之態，令人辨不明他的身分與閱歷。

蕭將軍驚疑地盯著他，問：「你是誰？」

那人眼皮都不抬，信口答道：「龍驤騎的火頭軍。」

蕭將軍猛然明白過來，「你剛才在裝死?!」

那人耳尖一動，懶散的眼神便凌厲起來，突然就把蕭將軍按在地上，做了個「噓」的手勢，拉過一具屍體的手臂擋住兩人，就地裝死。

蕭將軍正要反抗，忽聽到馬息與人聲。這才知道有人靠近，連忙屏息噤聲。

便有兩個安軍騎兵帶著四個步兵走來，他們已搜刮了不少屍首，步從背上的口袋裝得滿滿當當，就連騎兵的馬鞍上也懸了幾條從屍首身上解來的金蹀躞。

幾人掃視一圈，便有士兵道：「我剛才真的聽到有人說話……」

騎兵操起長矛，「總有幾個沒死透的——」一矛刺下去，挑起一具屍首甩到一旁。另一個騎兵也拔出劍來。步兵會意，紛紛丟下布袋，操起刀劍挨個給屍首補刀。

蕭將軍閉眼裝死，聽那補刀聲越來越近，整個人也越來越緊張，牙關都開始打戰。他幾乎就要跳起來逃跑時，忽覺穴道被人戳了一下，整個人猛地僵住。他難以置信地轉動眼珠，用餘光打量身旁之人，只見那人依舊若無其事地閉目裝死。蕭將軍驚恐絕望，幾乎以為自己要死不瞑目時，忽見那人耳尖又一動。

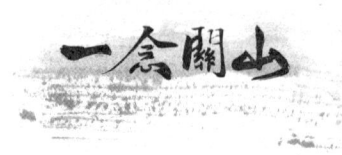

操矛的騎兵從旁邊一具屍首上拔出長矛，正要向他們刺來。忽有一道明光一晃，卻是那人微撥劍刃，反光耀花了騎兵胯下的駿馬。戰馬一聲長嘶，人立而起。持劍的那個騎兵未及牽住韁繩，翻身摔下馬來。

電光石火之間，那人已彈身而起。只一劍揮出，四個衝上來包圍他的步兵便全數喉部中劍倒地。持劍的騎兵連忙爬起身來，架起連珠機弩向那人射去。那人撿起地上的旗杆一揮，騎兵就被帶得手臂一轉，手中的弩箭也射偏了方向，和對面那個正要發射連珠機弩助戰的操矛騎兵互相射成了刺蝟。

一切只在眨眼之間。

躺在地上的蕭將軍難以置信地看著那人的身影，那人已再次恢復了散漫的模樣，揉著腰抽冷氣，「嘶，好疼。」

他上前摸出敵軍身上的葫蘆，喝了幾口水，又順便洗了把臉，耙了耙散亂的頭髮。那臉上髒汙洗去，露出的是一副修眉俊目的好容貌。有那麼一瞬間，那削金鑿玉般的側臉在北地風沙粗糲的落日映照下，似是透出一股歷盡千帆的滄桑。

然而再回過頭來，給蕭將軍解開穴道拉他起身時，卻依舊是一副懶洋洋的散漫模樣。

蕭將軍盯著他，總覺得這人似曾相識，難以置信地呢喃：「你……你有這樣的身手，怎麼會才是個火頭軍？」卻忽地醒悟過來，「不對，我認識你——你是寧遠舟！六道堂的寧遠舟！」

寧遠舟懶洋洋地拉過一匹馬，「蕭將軍好記性，不過就不用代我跟皇后娘娘問好了。」

他翻身上馬，撥轉馬頭要走，蕭將軍忙問：「你要去哪兒？」

寧遠舟散漫地笑道：「忘啦？我已經死了。」

蕭將軍連忙去攔住他，「不許走！你不能當逃兵！你現在就跟我回去，我們聚攏餘部，齊心合力……」

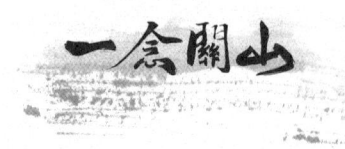

「齊心合力幹麼？聖上不是都已經涼了嗎？」

「你大膽！」

寧遠舟嘆了口氣，抬手一指背上，「看看這兒。我中的箭，是從背後射來的。」

蕭將軍猛地一愣。

背後的，是自己人。梧國內，有人趁這一戰要寧遠舟的性命。

「安國人想殺我們。」寧遠舟看了眼滿地屍首，才又看向蕭將軍。蕭將軍這才看清，那眼中懶散確為歷盡千帆之後燃盡的餘灰。稱之為懶散亦可，稱之為想通亦無不可。寧遠舟道：「聖上戰前聽信內侍，驕奢輕敵，戰時全無章法，陣法混亂，同樣也是在殺我們。蕭將軍，你要對聖上忠孝，那是你的事。可我不欠大梧什麼。我已經不想玩了，你懂嗎？」

蕭將軍還待再言，寧遠舟突然臉孔一板，拔劍直刺他的面門。

蕭將軍大驚，跌坐在地。

不料寧遠舟只是還劍於鞘，一笑，「嚇你的。」

他撥轉馬頭，一夾馬肚，策馬而去。

暮色漸漸浸染大地，只黃沙盡頭的天際殘存一線餘暉。餘暉中寧遠舟跨馬遠去的背影灑脫又寂寥。他在馬背上的褡褳裡摸索著，最終摸出個酒葫蘆。他欣慰地一笑，仰頭抿了口酒。在日落前的最後一點光暈中，曼聲唱道：「相看白刃血紛紛，死節從來豈顧勳。君不見沙場征戰苦，至今猶憶李將軍……」

蕭將軍目送他離去，只覺恍若在夢中。

不知何處鐘聲響起，蕭將軍醒過神來，再欲找尋時，那跨馬而去的身影早已消失不見了。

❋

景陽鐘聲裡，兩側樓牆高聳的漫漫宮道上，梧國天子梧帝的弟弟，於梧帝遠征時受命監理國政的丹陽王楊行健，正在內侍的引導下疾行著。

這位親王自幼便以聰慧俊朗著稱，在先帝朝曾是最被看好的皇子，卻因種種緣由未能繼承大統。皇位旁落時他不曾有怨言和異色。如今才不過二十三、四歲的年紀，驟然遭逢劇變，也同樣未曾顯露悲喜。

此刻行在路上，聽得身後一聲呼喚「殿下」，便停住腳步回過頭去。等看清來人，便拱手為禮，「章相。」

正趨步趕來之人四、五十歲的年紀，紫袍金帶，生得老成精明，正是執掌梧國朝政多年的權相章崧。他抱病離朝不過月餘，此刻行止之間猶然帶些疲病神色，卻是緊趕慢趕地追上前來。

而他身後跟著的便是趙季。趙季已示意所有宮人都隨他遠退至一邊。

章崧趕上丹陽王，也不拐彎抹角，直入正題道：「殿下，臣匆匆前來，就是想趕在朝會之前，要您一句準話。聖上若是真有個萬一，大位應屬何人？」

丹陽王面露憂戚，道：「聖上乃天佑之人，怎會輕易……」

章崧打斷他：「這裡只有你我兩人，就不必說這些官樣文章了吧？當年先皇駕崩，三位皇子都非嫡出，聖上居長，但三兄弟中，您的才智才是最佳。臣最終並沒有擁立您，就是因為臣更需要一個不夠聰明、容易控制的皇帝。可這一年，臣覺得當初的選擇錯了。咱們這位聖上，實在是不堪大用，為了從臣手中奪回大權，竟然聯合閹黨，趁臣抱病之機，私自宣布御駕親征。呵，敗了也好，朝堂之上，也該換個明君了。」

他語出驚人。然而如此大逆不道之辭，素有聰慧友孝之名的丹陽王卻無片言駁斥，只神色一動，抬眼看向章崧。

章崧也盯著丹陽王，「何況聖上對您也不怎麼信任。臨行之前，雖請殿下監國，但調兵的虎符卻仍然在臣手中保管。既然如此，殿下何不與臣做個交易呢？」他微微傾身向前，聲音一沉，「只要以後臣能繼續做朝中領袖，定會全力助您在待會兒的朝會上承繼大統……」

丹陽王眼皮一動，還未回答，便聽遠處趙季清咳一聲。

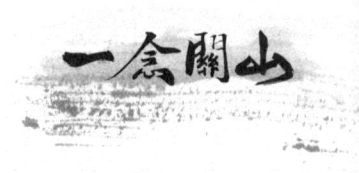

兩人同時抬頭，見幾位大臣出現在宮道盡頭，立刻各自袖手分開。

✵

大殿之上，天子寶座空懸，丹陽王坐在寶座旁的一把椅子上，面無表情地聽朝臣議事。

前線潰敗、天子蒙難的消息傳開，文武百官人心惶惶。天門關南這一會戰，本就起自天子一意孤行。究竟戰勝如何、戰敗又如何，竟無人先有預案，何況是如此慘敗！此刻無人敢擅自建言，都紛紛把目光投向站在首位的章崧。

章崧也並未禮讓，出列道：「……先帝駕崩，安國又大軍壓境，國不可一日無主。先帝臨行之前，親口指定丹陽王監國，故丹陽王應即刻繼位，以安天下！」

他開口便稱「先帝」，朝中霎時便議論紛紛。章崧的門生故吏紛紛出列附和，然而遠征的皇帝卻也並非沒有忠臣，立刻憤怒地出言反駁：「事關帝位，怎可草率？聖上駕崩只是傳言，並無實證，爾等怎可……」

一時間爭得不可開交。丹陽王卻始終平靜，不發一語。

章崧皺了皺眉，「殿下，您怎麼看？」

朝臣也紛紛看過去，等著丹陽王決斷。丹陽王似有為難，遲疑道：「先帝既已蒙難……」

卻忽有清亮的女聲自殿外傳來，打斷了他的話：「聖上尚安，誰敢妄呼先帝？」

百官回頭，先見鳳冠博鬢，隨即便是年輕蒼白卻沉靜威嚴的面容——竟是皇后親自駕臨了。百官連忙垂首躬身，丹陽王也立刻從座上起身相迎。

皇后不過二十許，清端華貴的她在百官的恭敬等待中，扶著女官的手一步步踏上雲龍金階，走進大殿。她昂首自大殿中央穿過，踏上御臺，回過身面朝百官，領受朝拜，儀態從容而鎮定，然而無人察覺之處，輕輕握起的手卻在微微發抖。

梧國皇后蕭妍出身世家，她一露面，不肯依附章崧的朝臣立刻便有了主心骨，紛紛面露喜色。

章崧亦不能咄咄逼人，只問：「娘娘何出此言？」

蕭妍將手中的密信擲給他，「本宮的堂兄蕭明此次也隨聖上出征，這是本宮剛剛收到的密信，信中說道，聖上雖敗，卻性命無憂，如今正暫居安國軍中為客。」

天子還活著，天子被俘了——這消息甚至比天子戰死影響更為深遠。一時間朝臣譁然，紛紛看向章崧手中的密信。章崧看完信，默然無言。

立刻便有老臣出列，迫不及待地否決了章崧先前提案，「既然聖躬尚在，新君之事，就不必再議！」

此為君臣大義，朝臣們紛紛點頭。蕭妍見狀，也輕輕鬆了口氣。

章崧卻緩緩搖頭，「不妥。聖躬安好，固是大喜。但是聖上既已落入敵手，以安國的狼子野心，定會以聖上為質發難！」他看也不看御臺上的蕭妍，只環顧四周，逼問眾臣，「若安軍以聖上性命要脅我大梧舉國投降，我等應還是不應？」

眾臣無不一驚，蕭妍也不由得攥緊了手心。

「所以，只有讓安國得知大梧另有新主，他們扣住聖上已無利可圖……」章崧拱手北向，「我等才能有機會安全迎回聖上！」

朝臣都是一愣，片刻之後，漸漸有人點頭。縱使有拒絕回應者，卻也說不出更為周全穩妥的策略，在章崧目光質問下，也只能紛紛點頭或是沉默避讓。

待堂上幾乎所有人都或回應或默許之後，章崧便看向丹陽王。有朝臣支持，有丹陽王定論，一個蕭妍，縱有皇后之名又能改變什麼？他們的交易依舊可行。

然而丹陽王彷彿沒看到一樣，一言不發。

章崧愈發皺眉，正想再說什麼。丹陛之上，皇后卻忽然開口：「你們想擁立丹陽王？怎麼不問問本宮的意思？」

章崧當即打斷她，跪地請命：「請皇后為百姓計，為蒼生計，為聖上計，速迎丹陽王繼位，勿使安國有可乘之機！」

他占住了大義，是請命，卻也是威逼。朝臣也紛紛跟著跪地，附和道：「請皇后為百姓計，為蒼生計！」

蕭妍不怒反笑，「好啊，聖上尚在，你們就逼起宮來了。」

朝臣們無話可說，紛紛低頭。

蕭妍垂眸，輕撫小腹，這才再度看向群臣道：「太醫院醫正三日前判定，本宮已經有了身孕。」

她聲調平緩，語氣甚至比先前更輕柔些，卻如投巨石入池塘，霎時間滿殿譁然。章崧一時間甚至忘了避諱，驚詫地抬頭看向她。

而蕭妍則轉向了始終一言不發的丹陽王，詰問丹陽王：「丹陽王，當初您與聖上在內書房讀書之時，先帝親口教授的『凡今之人，莫如兄弟』，您應該還沒忘吧？如今聖上蒙塵，不知王弟身為宗室表率，可否替聖上，還有本宮腹中的皇子，看好這把龍椅？」

章崧以君國大義威逼於她，她便同樣以孝悌之倫詰問丹陽王。端看丹陽王敢不敢做這個不忠不孝之人。縱是章崧，也不由得在心底替這女子暗贊一聲。

朝堂之上一片寂靜。蕭妍眼神中含著無比的壓迫力，手卻不覺攥緊了衣襟。

丹陽王回視著她，良久對視之後，才躬身一禮，回道：「臣自當謹勉，不負聖上當初離京所托。」

朝中再次譁然。蕭妍終於鬆了口氣，丹陽王卻又不疾不徐地問道：「不過，娘娘怎麼斷定您腹中的一定是皇子呢？」

眾人皆是一愣，蕭妍也一時結舌，不知該如何應對。

章崧眼神一動，當即上前一步，「國家危難之時，皇后有孕，實乃我大梧之喜！以臣之計，不如保持現狀，仍以丹陽王監國，待娘娘生育之後，視男女而定國統。」

先前不肯依附章崧的老臣都有些愕然，不料他為何突然倒戈，卻也立刻抓住時機，「臣等附議。」

章崧的黨羽也紛紛高聲附議。局面便在章崧一言之間徹底扭轉。

蕭妍後退一步，亦不知是終於鬆了口氣，還是愈發憂心前路艱難。

✵

馬車車廂裡，章崧靠坐在正位上，略鬆了鬆肩膀，掃去因這一日的奔波而起的疲勞。

趙季侍坐在他身側，恭敬地奉上茶水。

章崧從容領受這位六道堂副堂主的服侍，徐徐啜了口茶水，才冷笑道：「想玩別人勸進，自己無奈從之的把戲，他還嫩了點。不接我的話，無視我的示好，無非是覺得皇位非他莫屬，不用承我的情也能登基，以後就不用再受我挾制而已。呵，如今有了更好的選擇，冷冷他也好。」

趙季連忙逢迎，道：「沒錯。皇后為了保住兒子的皇位，自然也會全力跟您合作。」

章崧閉目養神，似有疑惑，「不過，聖上失陷，為何消息是從蕭明那兒傳來，你們六道堂那邊卻一點消息也沒有？」

按說六道堂有天道，專門負責護衛天子安全。縱使前線天道道眾悉數戰死，也還有潛伏在邊境的畜生道能搜集傳遞情報。六道堂該是最先得到消息，也該是掌控機密最多的那個。

若非如此，章崧也不至於得到傳信後，立刻便去同丹陽王交易。

趙季一怔，掩飾道：「這個，畜生道這幾日一直沒傳來消息，想必是偷懶了，下官這就……」

章崧猛地睜眼，眼中精光四射，審視著趙季，「這幾日一直沒傳來消息?!畜生道的消息向來是每兩日一上報，你接管六道堂這麼久了，居然還沒弄清楚?!」

趙季一窒，匆忙跪下：「下官該死！」

章崧瞪著他，見趙季分明沒有意識到他真正的該死之處，沒明白自己為什麼非要打壓寧遠舟讓他掌控六道堂。想到自己竟把這麼個蠢材提拔到這麼機要的位子上，章崧不由得急火攻心。為此等蠢人動怒卻也不值，他便揉了揉額頭壓下火氣，「難怪最近到處都對六道堂怨聲載道，老夫當初真是暈了頭，才會廢了寧遠舟，提拔了你！」

他一提寧遠舟，趙季眼中便流露出恨意。章崧卻已懶得再同他多言，吩咐趙季：「去六道堂。老夫得親眼看看，你到底把六道堂弄成什麼樣子了。」

馬車直驅六道堂而去。

✵

六道堂是梧國太宗皇帝所親設，分天道、人道、阿修羅道，以及地獄道、餓鬼道、畜生道六道。取六道輪回盡在掌握之意。其中天道，掌皇族親貴護衛；人道，監察各級官員；阿修羅道，財色收買，此為上三道。餓鬼道，善造機關；畜生道，專事刺探；地獄道，暗殺偷襲，此為下三道。

上三道道眾多從貴族子弟中篩選，故而上三道道眾往往財薪豐厚、出身高貴；而下三道則多是些三教九流，出身平民甚至氓流，貧窮卑賤。歷代堂主也多從上三道中選拔。縱使同在六道堂中，也常有門第之別：尊崇上三道，而鄙薄下三道。

趙季的叔父曾是天道道主，又有個姑姑嫁入相府為妾。他自命出身高人一等，視堂主之位為囊中之物，卻不料同期裡出了個寧遠舟。

寧遠舟其人，最初原是下三道的普通道眾，在上下六道裡輪轉多年。初時毫不起眼，卻硬是憑藉自己的功績步步提拔。更是憑一己之力創設了森羅殿，專門剖析情資密報。在被提拔為堂主之前，其聲望和功績就已冠絕六道堂。

但縱使如此，趙季也沒將寧遠舟放在眼裡——江南重門第，地獄道出身的賤民，也配與他爭嗎？

老堂主宋一帆臨死時，趙季本以為自己是當仁不讓的繼任人選。誰知老堂主偏偏就是選了地獄道的寧遠舟。

他怒而以此子出身卑下、難以服眾為由反對，卻反而當眾揭開了寧遠舟的出身——寧遠舟不但不貧賤，還是世家子弟出身，更是宋一帆老堂主的關門弟子。當初他正是為了稟承宋堂主改革下三道的意願，這才隱瞞身分，從天道改入下三道歷練。這一下，履歷和出身都無可挑剔的寧遠舟，徹底堵住了所有人的嘴。但趙季從此也深恨上寧遠舟。

而寧遠舟接任堂主之後，更是徹底將堂內規制變革一新。從此只以才能和功勳擇優選取，六道道眾人人皆可升上高位。趙季眼看著昔日被他看不起的下三道日漸與他平起平坐，甚至壓他一頭，對寧遠舟嫉恨日深。

所有這些，章崧都一清二楚。他也正是利用趙季對寧遠舟的嫉恨，驅使趙季將寧遠舟扳倒入獄。

不是寧遠舟不夠好，事實上章崧很是欣賞寧遠舟的才幹，也很清楚在寧遠舟的治下，六道堂才真正成為「六道輪回盡在掌握」的天下利器。他一直想將寧遠舟收歸己用，可惜但凡能人，都不肯輕易為人驅使，身為天子親兵的六道堂，從未被大臣染指過。章崧也只好用自己的方式，教寧遠舟這個新堂主認一認規矩。

原本以為有寧遠舟留下的底子在，趙季縱使平庸貪婪了些，也不至於耽誤大事。所以就算時不時聽到朝臣對趙季手裡這個六道堂的怨言，章崧也都沒放在心上——只要能把六道堂握在自己手中，些許瑕疵，他容得下。

誰知趙季竟連天子的生死這麼緊要的情報都掌控不了，差點便壞了他的大事。

也不由得他不考量，是否還能讓趙季繼續留任了。

✵

六道堂就位於宮城近側，出宮門向北，不多時便到一處幽僻院落。車夫驅車駛進園子後，章崧在趙季的攙扶下走下馬車，抬頭便見一座森冷雄偉的高衙，疊高三層，黑牆綠瓦，將視野遮得密不透風，中央高懸一道豎匾，上書「六道堂」三個大字。大殿左右各延伸出三個分殿，各自懸掛著一道豎匾，正是六道堂上下三道的道堂。

立於大殿門前，宛若被閻羅俯視。明明身在初夏，卻透出森森寒意。章崧不由得心下感慨，果然是六道輪回盡在掌握。對當年設立此堂的太宗，更心生一分敬意。

章崧大步直趨入衙。趙季亦步亦趨跟在章崧身後，將章崧奉上主位，又喚人上茶。

章崧正要說不必，便覺座下有什麼東西，伸手一摸，竟是一支女人的釵子。他大怒，扔在地上，訓斥道：「你就是這麼管事的?!」

趙季低頭瞧見，也霎時冷汗淋漓，「這……這不干下官的事，都是跟著寧遠舟的那些老人混帳。」

章崧怒道：「放屁！寧遠舟革職已經一年了，你還想著賴他?!」

他本想著讓趙季送上案卷來查查，此刻也不必了，直接起身，自去各處查看。

自堂側上樓，見鴿牆的籠格只有寥寥幾隻白鴿，他不由得皺眉——寧遠舟上任後重建了畜生道的情報網，在各國精心布局了一百零八處分堂。是以四方傳向梧國的情報，一向都是各國中最快最多的。梧國六道堂總堂，也是信鴿往來最頻密之處。

他不由得起疑，「怎麼鴿子這麼少？」

趙季還想掩飾，「都飛出去了。」

「是嗎？那森羅殿的密報呢？給我看看。」章崧說著，便自行走向後壁，抬手一按機關。只見嵌入牆壁內的數百只機關盒層層打開，卻全是空空如也。

章崧暴怒，「為什麼什麼都沒有?!」

趙季撲通跪倒，「下官，下官……」

章崧哪裡還想不到，道：「你掌事之後，就把它們全廢了？」

趙季還想狡辯：「森羅殿裡的都是那些下三道不能再從武的道眾，傷的傷，老的老，下官之前覺得養著他們太費事了……」

章崧仰天長嘆：「費事？難怪聖上此次親征會如此慘敗！……你是比朱衣衛會色誘，還是用毒、刺殺比人強？沒有情資密報，你六道堂拿什麼贏過安國的朱衣衛？你還有臉說費事?!我看你根本就是自廢耳目！」他聲色俱厲，氣得手都在發抖。

趙季哪裡還不知自己闖了大禍，忙匍匐上前，「卑職有罪！姑父，求您——」

章崧踹開他，呵斥：「閉嘴！區區小妾之侄，還不配稱我姑父！呵，萬幸我還沒有升你做堂主……」他深吸一口氣，平復下情緒，亡羊補牢，「立刻把寧遠舟給我從獄裡找出來。我要派他去安國。」

趙季緊張道：「安國？」

「第一，必須確定聖上真的還活著；第二，我若是丹陽王，一定想法子先送聖上歸西，再讓皇后難產。所以，必須得有一個人搶在他的人之前救出聖上，能辦妥這件事的，只有寧遠舟。」章崧說著，見趙季面色不對，眼神一厲，「怎麼？」

趙季躊躇道：「寧遠舟此次隨聖上親征，聖上又……卑職只怕不是那麼容易能找到。」

寧遠舟隨聖上親征？章崧隨即便明白過來，冷冷道：「又是你搞的鬼？」

趙季忙辯解：「不是，是寧遠舟在獄中鬧事，多次越獄，這才按律被發配充軍……」

章崧一腳踹在他臉上，恨恨道：「別以為我不知道你們這些伎倆！我陷他入獄，只不過是想殺殺他的威風，好讓他能為我所用，你居然敢壞我大事！」

趙季驚縮成一團。

章崧收足，淡淡道：「七天之內，帶寧遠舟來見我。否則，明年清明，我就讓你姑姑去祭你！」

✵

章崧終於離開。趙季癱坐在椅子上，在婁青強的幫助下，齜牙咧嘴地清理著臉上的傷痕。想起章崧的吩咐，他心煩不已。

他送寧遠舟充軍，根本就沒打算讓寧遠舟活著回來，早安排好人抽冷子對寧遠舟下黑手。此刻卻唯有寄希望於寧遠舟警覺，沒這麼容易被他得了手。

話又說回來，寧遠舟在下三道摸爬滾打多年，謹慎狡詐。趙季也不信他就這麼死了。

他已派出人手搜查寧遠舟的消息，此刻想了想，又吩咐：「也要盯緊寧遠舟那幾個親信——寧遠舟不死，必定得找個落腳處。寧遠舟要是死了，這些人挖地三尺也會把他找出來。」

婁青強會意，回道：「屬下馬上去安排。」

「讓徐鈞去，」趙季又道：「他跟了寧遠舟五年，化成灰也認得。」

婁青強一頓，「徐鈞以下四人的屍體，剛剛在侍郎府後花園的池中被找到了。」

趙季一驚，「什麼?!」

「應該是處置那些舞姬時出了岔子，屬下親自查驗過，舞姬裡恐怕真的混進了朱衣衛的白雀——還沒死的舞姬什麼都不記得了，但身上沾了逍遙散的粉末，那種東西，只有朱衣衛才有。」

趙季疑惑，「朱衣衛？徐鈞至少能在我劍下走上五十招，白雀裡怎麼可能有這樣的高手！」

「要不要馬上找越先生來問一聲？」

趙季臉上閃過一抹厲色，「不用。叫越先生提前行動。章相這會兒正在氣頭上，要是找不回寧遠舟，也只能用這場大功稍微抵擋一二了。」

第三章

靈前斬罪人
破棺見蛾眉

如意快步穿行在街巷之間，向著朱衣衛總堂所在的青石巷趕去。她同玲瓏約定今日酉時在圓通寺石塔下碰面，已如約拿到了糧草圖前去赴約，玲瓏卻始終沒有出現。

梧都的白雀為那張糧草圖籌謀多日，玲瓏更是需要拿這張糧草圖將功折罪。若不是遭遇了意外，她不可能爽約。

忽有大隊人馬自街上疾馳而過，如意忙藏身到暗處。見這群人牽著獵犬，向城外方向去，分明是為找人，心下愈發覺著不妙。

這一行人過後，更夫便敲著更鑼開始巡街，提醒往來之人，今日城門將提早關閉，出入城門務必從速。

如意皺了皺眉頭，加快了腳步。

青石巷口卻是一切如初，臨近傍晚時分，濃蔭鋪地，青石生潮。素日裡往來於此的行人便少，此刻更是幽寂無聲。

如意悄然靠近總堂所在的宅院，見四下無人，便閃身翻牆躍入。

宅院裡卻也是空無一人，寂靜得可怕。如意貼著牆角和庭樹快步行走著。她對此處地形熟悉得很，知曉何處不易被發現。然而一路行來，竟當真一個人影也不曾看見。

繞過後院，來至前庭，只見庭院中荷花盛開，兩隻貓懶洋洋地臥在荷花缸下睡覺。四面院牆屋舍，皆寂靜無聲。

如意不由得屏息，貼著牆根挪到正房窗臺下，透過窗縫窺視著屋內。只見屋中几淨窗明，花影寥落，似是並無異常。

她正要看向別處，眼前忽有一滴鮮血落下。如意一驚，抬頭向上看去，便見房樑之上釘著一具女屍，雙目渾濁圓睜，鮮血自七竅、指端無聲地流出——竟是玲瓏。

如意倒退了一步，便聽側院傳來一聲喝問：「誰?!」

她心如電轉，轉身奔離，剛轉過正房拐角，便見前庭滿地屍首橫斜，慘狀可怖。

便聽一句吩咐：「各處都看看，搜仔細了。」——分明是趙季的聲音。

✵

不過轉瞬之間，婁青強便帶著幾個屬下疾步趕來。

庭院中卻一切如常，只兩隻貓兒似是被幾人的腳步聲驚到，躍至簷廊下，同婁青強碰個正著。

婁青強抬腳踢開貓，遣人四散搜索。庭中一目到底，並無可藏人之處。他確認無異，便對隨後走來的趙季道：「大人放心，只是貓打架。」

趙季的目光也掃過庭院，見庭院中只一缸荷葉輕搖，並無可躲藏之處。這才轉向一旁，問道：「越先生，你確定朱衣衛梧都分堂的所有人都在這裡？」

他身側之人黑衣兜帽遮蔽全身，聲音透過面具的遮擋傳來，甕甕如瓦鳴：「確定，昨天梧都分堂收到在侍郎府上暴露的白雀示警，在冊的所有人都全數轉到青石巷總堂這裡來會合，一個人也沒有少。一共四十七條性命，才三千金，便宜你了。」

趙季冷笑道：「一個也沒有少？可我不相信，你們一隻白雀就能殺得了我四個得力的手下！」

「趙大人是在質問我嗎？」

「我的手下總不能死得不明不白。」趙季審視著他，「越先生，給句明話吧，除了梧都分堂的人，你們朱衣衛總堂，有沒有直接派過其他高手來這裡？」

那黑衣人卻絲毫不為所動，「據我所知，沒有。我和你的交易已經結束了，錢呢？」

趙季冷哼一聲，卻也知道輕易套不出什麼話，便示意婁青強送上金子。那黑衣人接過匣子，看也不看，轉身離去。

婁青強目送他的背影，感慨道：「這位越先生在朱衣衛裡到底是哪路神仙？這可真是個狠人，眼看著四十七個同僚斷氣，連眼皮都沒有眨一下。」

趙季不以為意，「不過是些低等的白雀和朱衣眾而已，死了自然有別的人填上。」便又轉而問道：「那個叫玲瓏的白雀，是你審的？」

婁青強點頭道：「是。屬下親手折斷了她全身的骨頭，她才肯說實話。」

「她那個親親好情郎呢，跟她死一塊兒了嗎？」

婁青強輕蔑地一笑，「怎麼會？那可是越先生的親信，越先生就帶走了他一人。」

趙季思索了片刻，猶然有些疑慮，「我還是覺得，就憑那個玲瓏，一個人幹不了這麼大的事。你再好好把這兒搜一遍——城中也須得嚴加盤查。若真有漏網的朱衣衛，必定會想方設法出城，務必把他拿下。」

婁青強領命。

天氣炎熱，趙季低頭瞧見滿地屍首，微微皺眉，一揮手，「燒了吧。」

✻

六道堂的人穿梭在庭院各處點火，熊熊大火在宅院各處燃起，騰起的火苗映紅了暮色中漸漸暗白的天空。火海之中，唯有庭院中心的一缸水，碧綠清涼。

如意閉息潛伏在那缸水中，用力攥緊了手心。但四面都是敵人，她還不能暴露行蹤。

忽有道眾留意到庭院中央的荷花缸，舉著火把走過來。那荷花缸一人多高，荷花盛放，荷葉田田，看不到缸內情形。他便拔劍往荷花缸中刺了刺，察覺到刺中了什麼，便拔劍來看，見劍上有血，便下意識地探頭往缸裡看去。

如意便在此刻破水而出，手中銀針直刺他咽喉。那道眾猝不及防，便被刺破了聲道。他摸著脖子後退，想喚人來增援，卻發不出聲音，只得揮劍攻來。

如意也持針攻上前去，不料身上一沉，竟半途跌落在地。她察覺到經脈凝塞，連忙催動內力，卻是毫無反應。低頭看去，才見傷口上竟滲出黑血。她猛地醒悟——劍上有毒。

那道眾見她毒發，獰笑著殺上來。但如意很快膝尖用力，輕鬆跪斷了他的咽喉。

大火越燒越旺，各處房舍亭臺都開始坍塌。那小小一隅的纏鬥聲淹沒在烈火和坍塌聲中，無人察覺。

趙季看了一眼火中的宅院，下令：「走吧！」

宅中正房也終於轟然坍塌，如意向著猶然燃燒著的廢墟走去。

她終於從廢墟中翻到了玲瓏的屍首，抬手合上她的雙目，抱起她的屍體從廢墟中走出，凌亂的髮絲凝著乾涸的血跡。

樑柱在她身後倒塌，沖天烈火再度繚繞騰起，映紅了她蒼白如紙的面容，然而那雙漆黑無光的眼睛卻始終冷如寒冰。

✻

大火燒盡時，院中猶自冒著濃煙。看熱鬧的百姓圍在宅院前的巷子裡，探頭探腦地張望著。

景陽鐘於傍晚時響起——官差頻繁穿梭於街巷城門，坊間已流傳起不少謠言。人們紛紛低聲議論著。

無人知曉這一把火源自六道堂對朱衣衛的清剿。在六道堂的授意之下，前來善後的官員只將這案子當普通的失火來處置和通報。清點好屍首之後，他點頭哈腰地陪著婁青強從火場裡走出來，聆聽這位閻羅的吩咐。

婁青強卻突然停住了腳步。就在官員忐忑自己是否出了什麼紕漏時，婁青強回過頭，再次確認了一遍青石路面上按男女分別排列的屍首數量。

隨即這位閻羅皺起眉頭，喚來了六道堂的緹騎，「男的多了一個，女的少了一個。再查！」

✻

一家酒坊地窖裡，如意擠去肩上黑血，用烈酒沖洗傷口。劇烈的疼痛令她精神恍惚，眼前忽地便浮現出些雜亂的畫面。

大火映紅了天空，亭臺在烈焰中坍塌。華服的鳳冠女子回過頭來，推著她，「快走，別管我……」她伸手想拉著那人的衣袖，卻捉了一手空，眼看著那身影遠去……

她心中劇痛，卻嘶喊不出。忽地，那女子回望的面容便同玲瓏死不瞑目的面容重疊了，屍首鋪陳滿地，青石巷的大火沖天而起。

隔著陶缸和灌了滿耳的清水，越先生、趙季和婁青強的聲音雜亂扭曲地傳來——

「四十七條性命，才三千金，便宜你了。」

「那個叫玲瓏的白雀是你審的？」

「屬下親手折斷了她全身的骨頭，她才肯說實話。」

……

利劍迎面向她刺來。

如意陡然從回憶中驚醒。

她解下頸中貼肉掛著的一只錦囊，從裡面取出一枚蠟丸，捏碎，一咬牙，仰頭服下——蠟丸中裝的是高階朱衣衛才有的「萬毒解」，名字雖誇張，但世間八成毒藥確能應效，唯一的缺點，就是使用後七日內內力全無，後面也只能緩慢恢復。

這才又從錦囊裡掏出一塊小小的絲絹，那絲絹上題「索命簿」三字。如意眼中閃過一絲厲色，她以簪為筆，以血為墨，一字一字開始往上添加名字：趙季、越先生、婁青強……

✵

天色已然沉黑，六道堂的人還在青石巷裡翻找搜尋著，卻依舊一無所獲。

婁青強再次將目光投向地上陳列的屍首，忽見火把映照之下，一具男屍身上有一點反光。他衝過去翻找，片刻後便從那屍首身上翻出一枚腰牌——是六道堂的「人道」腰牌。

婁青強臉色鐵青——有人殺了六道堂的人，換出一具女屍。朱衣衛中，果然還有漏網之魚。

已是宵禁時候，各家都已鎖門閉戶，街上卻並不平靜。六道堂的緹騎牽著獵狗，循著乾涸的血跡四處搜尋著。到處都是犬吠聲、腳步聲和踹門搜查聲。

奔走半夜卻一無所獲，婁青強抬頭看見不遠處酒坊招牌，忽地意識到——能在他們眼皮子底下殺人偷屍的，必定是高手。怕是早已料到他們會帶獵犬搜查，必定會尋找能擾亂獵犬嗅覺之處躲藏……酒坊，或者香料舖！

他立刻抬手：「那邊。」

踹開酒坊大門，不多時果然從地窖裡翻找到沾血的衣物。

婁青強看著明顯屬於女人的衣服，有片刻驚訝，「女的？」卻隨即眼神一厲，「還沒走遠，繼續搜！」

如意貓低身體在屋頂上奔跑，卻因為不斷滲血的傷口而越跑越慢。

不遠處傳來狗叫聲，火把的光也漸漸逼近。如意咬了咬牙，把衣物撕成布條，沾上自己的血，包上石塊，一邊跑，一邊向著相反方向奮力扔出去。

六道堂的人牽著興奮狂奔、不停狂叫的獵犬，東衝西撞，奔到盡頭，卻只找到一塊血布包著的石塊，只能轉向再找。

屋頂上，如意伏在屋簷上，安靜地融入夜色。

街道上，婁青強已接連被幾塊沾血的石塊戲耍，氣急敗壞，卻依舊帶著人馬奮力地搜尋著。

月已西沉，如意聽得犬吠聲漸近，卻已無餘力繼續奔逃了。她扭頭看向一側，見不遠處便是一處荒涼的院落，院落中有一間老屋，透過破敗的後窗，月光下隱約可見屋內有幾副棺材。她想也沒想，悄然翻過院牆，穿窗而入。

獵犬終於在如意曾落腳的屋簷下，找到一灘血跡。婁青強摸了摸血跡，見那血跡淋漓，分明是翻過坊牆往那側去了，立刻便帶著手下前去追捕。

夜色已深，坊門已經閉鎖。六道堂的人砸門呼喊坊正來開門，砸了一陣子仍無人來應，便不耐煩地開始踹門。

「六道堂捉拿欽犯，開門！」

卻忽然響起一聲「閉嘴」。婁青強一驚，連忙收手。

坊門打開，裡面站著的果然是趙季。他正帶著幾名手下隱匿在院牆拐角處，似是在圍捕什麼。見婁青強來，他面色鐵青地瞪過去。

婁青強小心翼翼地上前，「大人……」

趙季一臉怒氣，低聲罵道：「滾，別妨礙我辦正事！」

婁青強連忙帶著自己人退下。趙季不是什麼寬以待下之人，何況剛在章崧手下吃了掛落。婁青強不敢讓他知道，自己手底下剛剛走脫了個朱衣衛的奸細。退得遠遠的了，他還不忘叮囑幾個手下：「今晚的事誰都不准透露給大人知道，否則咱們都得死！」

堂裡的規矩、趙季的暴戾，眾人都懂，都栗然點頭，卻也不免要問：「那，今天晚上還查不查？」

婁青強一瞇眼，「不查了，把東西交給越先生，讓他去查——要是逃走的人把這事捅到朱衣衛總堂，吃虧的也不是咱們。」

✵

坊門內，趙季指揮著手下悄悄圍向一處破敗的院門。忽聽得門內一聲細微響動，他一個手勢，眾人立刻躬身躲進隱蔽之處。片刻後，院門打開一條縫，一個腰纏孝帶的少年警覺地探頭出來。

那少年小心地向四周打量了半晌，似乎並未察覺到什麼動靜，便又重新關好了門。眾人鬆了口氣，紛紛直起身來，趙季阻擋不及，便聽牆內傳出一聲：「誰？」

眾人不料這少年竟如此警覺，再要躲避時，那少年竟已直接躍上院牆，見四面都是鬼鬼祟祟的人，當即便持劍攻上來。他看上去不過才十六、七歲年紀，身手已是不俗，招招凌厲，趙季帶著的幾個手下合力竟也不是他的對手。趙季不得不親自出手，這才將少年逼入死角。

少年卻毫不畏懼，伸手便向腰間探去。

趙季眼神一厲，立刻喝道：「元祿！是我！」

那少年一愣，看向趙季，隨即笑了，「趙大人？大晚上這身打扮，是想偷雞呢，還是摸狗呢？也不早點出聲，可真是險哪，差一點我就送您兩顆雷火彈了。」

他手往外一掏，趙季眼皮不自覺跟著一跳，然而拋出的卻只是一枚糖丸。

那名喚元祿的少年將糖丸咬在嘴裡，嘎吱嘎吱地嚼著，黑眼睛含笑帶譏地挑著趙季，對這位鬼見也愁的六道堂副堂主竟是毫不畏懼。

趙季皺了皺眉，「你為什麼會在這兒？」

「稟大人，我——就不告訴你。你不會年紀大了就記性不好吧，小爺元祿我早就不是六道堂的人了。」

少年戲弄過他，轉身便要往門裡走去。趙季臉上一陣紅一陣白，喝道：「大膽！」立刻有手下攔住元祿。元祿又摸出一顆糖丸，上下拋著，毫無懼意，「喲，想嘗一發我當年轟掉半個器械堂的雷火彈？」

手下驚懼後退，趙季卻陰冷地接了句：「你炸啊。我就不信你敢炸掉寧遠舟的老宅。」

元祿臉色變了一變。趙季一揮手，眾人便向院門撲去。元祿左支右絀，漸漸著急起來，「不許進去！你們有沒有點良心？今天是寧頭兒的『頭七』，你們也不怕擾了他的英靈！」

在場都是六道堂的人，聽聞寧遠舟的死訊都不由得一驚，紛紛緩了攻勢。趙季見狀，厲聲喝道：「攻進去。」

眾人不敢抗命，只能繼續圍攻，元祿抵擋不住，逐漸向院中敗退。

一行人闖進院子裡，只見院中處處素白，心中已對元祿的話信了八分。元祿卻無意欺騙他們，身後正堂裡擺的就是寧遠舟的靈堂，他退無可退，只能從腰間摸出暗器開始攻擊。他奇門遁甲之術卻更勝劍術，一時間奇招百出，暗器亂飛。趙季一行雖人多勢眾，卻也對他無可奈何。

趙季被暗器擦傷臉頰，不由得大怒，親自揮劍攻上去。元祿勉強抵擋幾招之後，便被劍架住了脖子。

眾人一擁而上，按住了元祿。元祿掙扎不止，見趙季要推門進屋，急得破口大罵：「趙季，你不准進！」

趙季自然不做理會。推開門，只見屋裡一燈如豆，昏暗寂冷。屋子似已許多年無人住過，並無多餘的陳設。當中一張臨時充作供臺的几案，上陳著幾樣鮮果水酒，應是元祿新供上的。几案後是一張陳舊的高臺，高臺上依次擺放著幾代先祖靈牌，最新的那塊靈牌上寫著「梧故府君寧遠舟之靈」。高臺之後，則停放著幾具棺材。分明是做供奉、停靈之用的祠堂。

六道堂眾人都一凜，紛紛肅立。

趙季走進去，默立一刻後，目光掃過四處，突然飛腳踢向棺材，高臺上的靈牌也倒落一地。

眾人又驚又愧又怕，「大人！」

元祿氣急，破口大罵：「趙季，你還是不是人?!害得寧頭兒充軍戰死還不夠，現在連他的遺骨都不放過！六道堂有你這樣的主事，真是倒了十八輩子血黴！」

趙季冷笑道：「你倒是一心想著寧遠舟，可惜，你家寧頭兒可沒把你當心腹啊。」

他抬腳騰地一下，又踢翻了一具棺材。

元祿死命地掙扎起來，大喊著「住手」。

趙季奪過一支火把，提高了聲音：「寧遠舟，你再不出來，我就放火燒了你家！」

所有人都驚疑不定地四處張望。屋內卻只有火把燃燒發出的輕微畢剝聲。

趙季舉起火把，提高聲音：「一，二，三！」

他把火把扔到了蒲團上，蒲團迅速燒成了火球，又引燃了一旁几案。屋內霎時間濃煙滾滾，眾人都被嗆得咳嗽不止，紛紛往屋外退去。這屋裡傢俱老舊蒙塵，乾燥得很，再拖下去遲早引燃全屋。

然而靈堂之上依舊寂靜無聲。趙季也還在等。

元祿終於掙開牽制，揮著衣服撲上去，試圖撲滅火勢，怒罵道：「趙季你瘋了嗎？寧頭兒的遺骨是蕭將軍親自讓人加緊護送回來的，他怎麼可能還活著?!」

趙季目光赤紅，卻已喪心病狂。他一把揪住元祿的衣領，前來擒拿元祿的道眾也立刻押住元祿的雙臂，將他按住。

趙季抽出腰間匕首，比在元祿鎖骨上，獰笑著高喊：「寧遠舟，你捨得你家百年老宅，那捨不捨得你這個小跟班兒？只要琵琶骨一斷，他那雙巧手可就從此廢了！一！二！

三——」

語音剛落，趙季便抬臂向元祿刺去。眼看那刀尖離元祿的肩膀只有一毫，眾人只覺眼前一花，一個鬼魅似的影子閃過，被他們牢牢制住的元祿便已經被劫到了院外。

那道鬼魅似的身影救出元祿後迅速折回，趙季尚不及反應，身上披風已被挑開，撲在了燃燒的几案上。火苗瞬間熄滅。

元祿和眾人都不由得驚喜出聲：「寧頭兒！」

院中站著的正是從天門關戰場上假死歸來的寧遠舟，只見他仍是一副懶散的樣子，微微眯起眼睛，看向趙季，「深更半夜來我墳頭上折騰，趙季，你真是越來越出息了。」

趙季又驚又喜，「我就知道你沒那麼容易死。一聽察子來報，說有個身高八尺半的男子一口氣買了十三只張記的一口酥，我就知道一定是你！」

元祿愕然，無語又氣惱地看向寧遠舟。

寧遠舟乾咳一聲，「不好意思，就這毛病，下回一定改。」

趙季揮手，道：「拿下他！」

眾人卻遲疑不決——畢竟這可是寧遠舟，他們的「寧頭兒」。

趙季拔劍親自衝上去，大聲道：「抗命者死！」

眾人只能隨他一道殺上去。寧遠舟卻不慌不忙，諸人撲到近前，突然紛紛跌倒，原來一條透明細線如攔馬索一般絆倒了他們。眾人爬起來再衝，寧遠舟穿枝拂柳般幾步橫穿，一干人等已被卸了關節，撲倒在地。

轉眼之間，就只剩趙季在同寧遠舟交手。對趙季，寧遠舟卻不曾手下留情，招招快且硬，不過片刻趙季就已招架不住。眼看自己手臂被擒，疼痛已順著經脈傳來，趙季忙喝道：「天道自柴明以下十六人的下落，你還想不想知道？」

雖然自己在戰時不過只是一個後營的火頭軍，與天道眾護衛相距甚遠，不通消息，但寧遠舟身形一滯，手上動作便停了——逃亡回京的路上，他也曾多次打聽柴明的消息，但梧軍潰如潮退，竟毫無頭緒。想著柴明他們畢竟武功高強，自能與自己一般護得性命，是以寧遠舟才微微放心。不意今日趙季的一句話，竟讓他心弦驟緊——難道柴明他們竟出事了？

趙季自覺拿捏住了寧遠舟的軟肋，冷笑道：「他們可個個都是跟你有過命交情的好兄弟，想知道的話，就跟我進去！」

寧遠舟竟當真放開趙季，跟著他進屋了。進屋後他拾起地上的靈牌，重新擺好，淡聲道：「說吧，柴明在哪裡？」

趙季卻自顧自拿起案上之酒，自己喝了一杯後，又倒了一杯推給寧遠舟，「先喝口酒，慢慢說。」

寧遠舟接過酒。趙季舉杯示意，寧遠舟只好跟他碰杯。

杯口還沒碰上，趙季又道：「現在我執掌六道堂，你只是個火頭軍。」

寧遠舟手一頓，立刻會意。他也懶得去爭這口閒氣，放低杯身，換做雙手捧杯，杯口也比趙季矮了半寸，輕輕一碰。捧杯時見趙季還盯著他，便又扯了扯嘴角，低頭示敬，務要一次就把這人敬舒坦了。

趙季這才滿意，洋洋自得地喝了半口酒，卻將餘酒往寧遠舟臉上一潑。門口的元祿大怒，跳起來就要進屋。寧遠舟抬手阻止。他緩了口氣，平靜地擦拭臉上酒漬。

趙季倡狂地看著他，「我這是讓你醒醒神，認清自己現在的地位。別仗著自己武功好，就真拿自己當個人物。就算你剛才能傷了我，可我姑父章相，轉頭也能下令掘了你寧家祖墳。」

寧遠舟擦乾了臉，點頭認了句：「是。」他自覺趙季該滿意了，便問道：「柴明他們是不是被你派去護衛聖上了？」

趙季道：「等你辦到了章相吩咐的事，我自然會告訴你。」

寧遠舟眼皮一抬，問：「章崧要我做什麼事？」

「聖上北狩蒙塵，章相想找人把聖上救回來。你在安都潛伏了半年，對安國最熟。」

寧遠舟默然不答。

趙季便又道：「章相金口玉言，只要你能成功，不光所有的罪責全免，還許你官復原職。你意下如何？」

寧遠舟一笑，「你先告訴我柴明他們的下落，我再告訴你我願不願意。」

趙季狠聲道：「少給我來這套。」

寧遠舟提醒：「能把你大半夜逼到這兒來，章崧多半下了嚴令吧？」

趙季無奈，只得說道：「柴明他們隨聖上出征，有些人當場戰死，其他的跟著聖上被安國人抓走了。你要是去了安國，順手就能救了他們。」

寧遠舟卻笑了笑，「沒興趣。」

趙季一愣。

寧遠舟擱下酒杯，回身整理高臺上的供物，「我早就不是他們的上司了，問一聲生死，無非念著當日的交情。安國，我是不會去的。」

趙季大怒，一腳踢翻高臺，靈牌掉落一地，「寧遠舟，你別敬酒不吃吃罰酒！」

寧遠舟手裡還捏著一副沒擺好的筷子，低頭看了眼地上靈牌，「趙大人生氣了？何必呢。」他轉身走向趙季，「我問你，可還記得六道堂堂規第九條、第三十一條和第七十八條？」

趙季被他問得有些蒙，只見他面色平靜，眼睛裡卻是半分笑意也無，執掌六道堂多年的威勢彷彿重新回到他的身上。趙季同他對視，莫名竟有些被懾住了。

「記不得了？那我來告訴你。第九條，勾結外人，有害道眾性命者——」

趙季還在聽著，眼前突然就一花。喉間一熱，他驚恐地抬手摸去——那雙筷子竟已穿過了他的喉嚨。趙季瞪圓了眼睛，捂著喉嚨，熱血順著指縫流出。

寧遠舟平靜地背誦著：「有害道眾性命者，死。」

趙季掙扎著走向堂外，元祿連忙讓開。原本散坐各處忙著療傷的道眾們聽到動靜，紛紛聚集過來。趙季伸出手去，啞聲求援：「救我……」道眾們見他瀕死掙扎的模樣，無不駭然。

寧遠舟卻頭都不回，只將倒在地上的靈牌撿起來，輕輕擦拭著，平靜地繼續背誦：「第三十一條，栽贓陷害道眾者，死；第七十八條，大不敬上官者，死。」

他將擦好的靈牌重新擺正，恭敬三禮，「這裡供奉的，除了我寧氏先祖之靈，還有我義父宋老堂主之靈。剛才，趙季踢翻的棺材，是他老人家的。只因他遺命要我扶棺入土，我又一直身處牢中，才拖延至今。」

眾人這才看清，靈牌上寫著的是「梧故輔國大將軍六道堂堂主宋一帆之靈」，忙齊齊跪倒磕頭，「老堂主英靈永照！」

寧遠舟背向他們，朗聲道：「見靈如人，趙季大不敬老堂主，是否有違堂規第七十八條，按律當死？」

眾人相視，不敢答話。

寧遠舟又道：「我為六道堂拋卻生死，奔走十五年，卻因趙季上媚奸相，被兩次陷害，險些死在天門關。他是否有違堂規第三十一條，按律當死？」

眾人大震，看著在地上抽搐的趙季，終於有人大聲回道：「當死。」

寧遠舟轉過身來，道：「趙季上任不過一年，便將老堂主與我費盡心血建立的制度一一破壞殆盡，閒置信鴿司，廢除森羅殿，羅織罪名，將不服者一一投獄；拖累遠征大軍無可用之密報，白白戰死沙場；天道柴明等十六位兄弟，半數血戰而死，半數忍辱被囚……他是否有違堂規第九條，按律當死？」

這一回，六道堂眾人無不聽得虎目含淚，悲憤難抑，齊聲吼道：「當死！」

寧遠舟這才走出正堂，「既然如此，我按六道堂堂規處置這三罪齊發之人，各位可有異議？」

道眾齊聲：「堂主英明！」

寧遠舟卻搖頭，道：「我早就不是你們的堂主了，以後也只想當個尋常百姓，各位如果還念著往日的香火情，最好只當今晚沒見過我。過兩天我為義父遷靈後，自會離開京城。」

地上趙季終於吐出最後一口氣，僵硬不動了，卻早已無人在意。

眾人只聽寧遠舟要走，紛紛上前挽留：「寧頭兒你別走，我們捨不得你！」「自從您走了之後，六道堂就不像個樣子了，您回來吧。」

寧遠舟看向眾人道：「天下無不散的宴席，我意已決。何況我現在一身是傷，也無力再奔走下去了。只想找個山明水秀的地方，劈劈柴、種種花，過幾年安穩日子。還請各位行個方便吧。」

道眾們難過至極，卻也知「寧頭兒」的決定無人能動搖。終於有人一抹眼淚，回身說道：「朱衣衛梧都分堂全數被搗毀，趙都尉出城追擊餘孽，不知幾時才能回來！」

眾人會過意來，連忙找麻袋將趙季的屍體一套，高聲答道：「起碼得三、四天吧！」

「那——天色不早了，朱衣衛奸細也沒抓著，兄弟們，撤！」

他們最後向寧遠舟抱拳致意，道一聲：「您保重。」便扛上麻袋，迅速離開了。

✻

目送眾人離去之後，元祿回身就打了寧遠舟一拳，「你玩假死，幹麼不告訴我？害得我還以為你真沒了，哭了好多回！」

他年紀小，性情率直單純，藏不住心事，此刻又是歡喜又是氣惱。

寧遠舟最放心不下的，其實也正是這個孩子。他嘆了口氣，拍著他的背，示意他先平復心情，仔細解釋著：「對不起，我也是沒法子。你知道，自打章崧開始扶植趙季，我就不想玩了。只是這個身分實在太打眼，不這麼假死一回，把你也騙倒了，那些盯著我的眼睛，怎麼可能放我走？」

「我不管，我打小就是你的跟屁蟲，你活著，去哪兒都得帶著我；你死了，我也得給你看墳！」

寧遠舟的耳朵卻突然微微一動，已凝起心神，「好。我答應你就是。快去把門關好吧。」

元祿興沖沖地跑去關門，嘴巴猶然不停：「說好了啊！那明早我先去化人場瞧瞧。對了，你回京的事，要不要告訴盈公主？上回我進宮，她還攔著我，直問你什麼時候能回來呢……」

寧遠舟卻閃身奔向屋內，一掌擊向棺材。那棺材瞬間四分五裂。

如意從中飛彈而出，狠狠摔在地上。雖用十八跌卸去了些力道，卻也跌得不輕。她在棺中聽到了外面發生的所有事，已經知曉面前的人便是六道堂前堂主寧遠舟，心如電轉，已在思索對策。

她身形一動，寧遠舟立刻飛身而出，一面防備她用毒，一面阻住她的去路，「剛才他們追的就是妳？朱衣衛的奸細？」

如意抬起頭時，已調整好表情。只見她衣衫髮髻凌亂，強撐起的身體微微顫抖，顯得弱不勝衣，黑眼睛裡映著破碎的光，驚恐地看著寧遠舟，「不，奴不是！公子饒命！」

寧遠舟聲冷如冰，絲毫不為所動，「不是朱衣衛？那剛才摔倒的時候為什麼用了朱衣衛的十八跌？」

「奴、奴真的不知道什麼朱衣衛藍衣衛，奴只是個教坊的舞姬！」如意抬手攥住胸口，聲音顫抖，「那天姐姐們去侍郎府獻藝，結果一個都沒能回來，六道堂的官爺硬說姐姐們唱的曲子是詛咒聖上，把她們都殺了！昨晚上他們又上教坊來抓人，說奴也有嫌疑！」她捂住臉，「奴不想死，拚著清白不要，差點被看牢的給禍害了，這才冒死逃了出來……」她說著，便放聲抽泣起來。

寧遠舟卻依舊不為所動。如意卻也知道他沒這麼容易受騙，這番話原也不是為了騙過他。

元祿鎖好門，早聽到動靜跑回來，聽到這番哭訴，心腸已軟下來，「我知道這事，趙季就是為了問人要錢，硬汙她們是奸細！還好這混帳東西已經死了……」他轉向如意，「妳別哭，現在已經沒事了。」

寧遠舟面色不變，「你扶她起來。」

如意搖搖晃晃地起身，還未站穩，寧遠舟已持劍直刺她的面門！如意料知他還會再試，只做未察覺，絲毫不閃避。直到劍尖刺至眼前，才如剛剛反應過來一般，膝蓋一軟跪倒在地。

元祿忙來攙她，「別怕別怕，寧頭兒只是想試妳，不是真要殺妳。」又看向寧遠舟，「她見了劍都不會躲，怎麼會是朱衣衛？」見寧遠舟還是不置可否，便抓起如意的手腕運功一試，隨即嘖了一聲，直接把她的手腕遞給寧遠舟，「喏，一點內力也沒有。」

寧遠舟一把抓住如意的手腕，運功試探。月光之下，那手腕皓白如玉，因害怕而微微顫抖著。寧遠舟卻是毫不憐香惜玉，片刻方道：「丹田裡倒真是空的。」

如意原本就在勉力支持，此時見情勢稍緩，精神一鬆，意識便模糊起來。她身子一軟，順勢倒在了寧遠舟懷中。隱約中，她只聽到元祿擔心的聲音：「哎呀，她暈過去了！」

寧遠舟本能要避，卻到底還是扶住了她。

月光如水，懷中女子面色蒼白得近乎透明。

✵

夜色深沉，月過中天。

丹陽王的府邸卻依舊燈火未熄，丹陽王楊行健正焦急地等在書房中。

自昨日與皇位擦肩而過，他便立刻差人四處搜集前線消息。雖有皇后兄長蕭明的親筆書信，但焉知蕭明所說是否屬實？焉知一切就不是皇后為保住權位而設下的權宜之計？若無確切信源，丹陽王不信天子尚存。他必須儘快瞭解當日情形，才能重新奪回主動。

引路的侍從自門外小跑進來時，還未望見今日來客的身形，丹陽王已迫不及待地起身迎上前。便見月光之下，一位重傷未癒的緹騎被人用擔架抬了進來。

侍從們小心地將擔架放穩，擔架上的軍官勉力起身，向丹陽王行禮，「六道堂天道校尉蔣穹參見殿下。謝殿下派親信接末將回京。」

丹陽王忙按下他，「不必多禮，孤是你的舊主，救你乃是應有之義。我只想知道，聖上如今究竟如何？」

蔣穹艱難地拱手向北遙敬，「末將親眼所見，聖上平安尚在。」

丹陽王一震，失落地坐下，喃喃道：「你親眼所見？」

蔣穹面帶愧色，「是。末將無能，與聖上一起，被安國的長慶侯所俘。」

丹陽王微驚，忙道：「快同孤說說，當日究竟是何情形。」

✵

數十日前。

梧帝下令衝鋒之後，兩軍短兵相接，梧軍漸漸不敵。鏖戰中，忽有一支安軍殺入，將梧帝重重圍困。梧軍和天道眾人奮力突圍，奈何寡不敵眾，一個接一個地倒地。天子戰前英武，陷陣後眼見面前血肉橫飛，早已嚇破了膽，混亂中頭盔滾落在地，驚慌地呼救：「柴明、蔣穹，快召集你們天道護駕！帶朕逃出去！」

天道殘部都忙於護著他拚殺，還來不及回答，便有個白袍小將如風一般殺來。他在奔馬之上彎弓搭箭，箭無虛發。

眼見他一箭射向梧帝面門，柴明奮不顧身地撲上去，擋在了梧帝面前，胸中一箭倒地。蔣穹也隨即被安軍擊倒，終於梧帝身邊再無護衛之人。

白袍小將驅馬來到梧帝面前，翻身下馬。

重傷難起的蔣穹倒在地上，入目只見天地昏黃、伏屍填谷，那一襲白袍落地，他雙眼都被耀得生疼。

而那白袍的主人不過二十出頭的年紀，全不似尋常北地騎士那般粗糲偉壯，生得一副風流蘊藉的俊美模樣，面見梧帝的儀態亦是儒雅有節。

他不失恭敬地向梧帝行禮，「安國長慶侯李同光，參見梧帝陛下。」

惶惶不安的梧帝下意識地道：「平身。」

而李同光在他虛扶之前便直起身來，微微一笑，「陛下萬歲萬萬歲。」便在說話同時，揮出一劍。

一道銀光之後，血箭噴出，梧帝不可置信地頹然倒下。

李同光抖落劍上血珠，桃花眼中笑意未熄，依舊是儒雅風流的俊美少年。這般平靜淡然，彷彿前一刻砍的不是萬乘之尊，不過是一條喪家之犬。

＊

因奮起要和李同光拚命而受傷不輕的蔣穹被押入帳篷時，只見帳中梧帝被束著手銬腳鐐，身上多處包紮著繃帶，神色委頓。

蔣穹幾乎落淚，「聖上！」

梧帝聞聲驀然站起，「蔣穹！」

李同光走進帳中，一笑，「如何，我說你們皇帝平安無事吧？」他自去案上取水，背對著蔣穹邊斟飲，邊道：「既然見到了，就替我帶個話給貴國章相，皇后也行，就說我國並無久留貴國聖上之意，只要十萬兩黃金，便立刻放人。」

蔣穹、梧帝均是一驚。梧帝歡喜詢問：「當真？」

李同光瞥他一眼，「我既然能捉了你，自然也能放了你。」

他隨手一指蔣穹，吩咐手下：「給他馬、乾糧和腰牌，確保他能一路無阻通過各道關卡。」

蔣穹一咬牙，跪倒在地，「唯願侯爺一言九鼎，並善待聖上！聖上乃一國之君，若有人刻意辱之，我梧國上下勇士數萬，當不惜性命討之！」

李同光渾不在意，一笑，「既然你如此豪言壯語，那我就再加一個條件。你們派來的迎帝使，必須是皇子之尊，否則，也配不上你們那尊貴的聖上不是？」

蔣穹愕然，李同光卻已經迤迤然走遠了。

✵

丹陽王聽得雙眉緊皺，「孤記得這個執掌虎翼軍的長慶侯李同光，是安帝唯一的外甥？」

蔣穹點頭，「是，末將聽說他的生母是與安帝一母同胞的清寧長公主，當年曾遠嫁宿國為太子妃，後來兩國交戰，公主拚死逃回國內，受不了少苦，後來又病重早亡。是以安帝對他多有歉疚，年紀輕輕就許他以高位。」

丹陽王搖頭，「單憑歉疚和恩寵，他絕對坐不穩虎翼軍的帥帳；生擒聖上之功，憑的也絕不只是運氣。」他閉目思索著，疑慮重重，「十萬兩黃金，這是想掏乾我大梧國庫啊。外加一位皇子，這分明是衝著孤來的。他們收了錢，多半還會扣住孤和聖上不放，如此一來，朝中就只能擁立皇后之子繼位。到時候君幼國貧，敗亡之日，必不遠矣。」

蔣穹道：「不如讓英王殿下做迎帝使？」

丹陽王苦笑，「三弟他自幼殘疾，打六歲起就沒離過藥碗。讓他去安國，那便是送他去死。」

蔣穹默然無語。

丹陽王嘆了口氣，無可奈何道：「呵，長慶侯這一招，是想離間我們的兄弟情分啊。還真是一石三鳥，難怪安帝如此看重這個外甥。」他頭痛扶額，感嘆：「難啊，難。算了，明日朝會之上，你如實向各大臣講述此事即可。眼下，也只能因勢而就了。」

侍從正要將蔣穹抬下，蔣穹忙道：「等等！殿下，末將還有一事相求！」

丹陽王道：「說。」

「末將一路進京，聽到不少流言。許多人都說，聖上蒙難，乃是我們天道護衛叛國所致。可末將敢以性命擔保，我天道諸人，無論是死是活，都是英勇之輩，絕無叛國宵小！我們可以為國戰死，但不能背著莫須有的罪名！」蔣穹仰望著丹陽王，眼含熱淚，目光切切，「求殿下日後在朝堂之上，為我天道兄弟正名。」

丹陽王長嘆，「不是孤不想幫你，只是天門關戰事遠在千里之外，活著的除你之外，又盡數被俘往安都。若無實證，單憑孤一言半語，如何能還你們清白？」

蔣穹抓緊了擔架，悲憤道：「難道，柴大哥他們就要白死了嗎?!」

丹陽王不能作答，揉著額頭嘆了口氣——今夜需要他煩心的事，實在過於多了，無奈的也並不只有這一件。

他揮了揮手，示意侍從們將蔣穹抬下。

不多時，書房裡便安靜下來，只餘香爐中霧氣繚繞升起。

第四章

廟堂聽紛擾 深宮易冠弁

如意做了個夢。

夢中霧氣瀰漫，然而那霧氣卻又如晨光一般是溫暖柔明的，就像是許多年前她在昭節皇后身邊度過的某一個平凡的清晨。她知曉這是在做夢，現實中她身負重傷躺在六道堂前堂主破舊的老宅中，尚未擺脫猜疑和追捕，是不可能在溫馨中安睡的。

但她好想念當初的日子，她好想那個人……

於是夢中，她便再次聽到如當年一般溫柔的聲音，輕輕呼喚著：「阿辛，醒醒，妳不能再睡了。」

是，她不能再睡了。她必須……

她掙扎著爬起來，便看到了昭節皇后溫柔慈愛的笑顏。她本該意識到自己再次陷入了夢中，卻在看到那面容的瞬間，便模糊了夢與現實的距離，「娘娘！」淚盈於睫。

夢中昭節皇后扶住她，「妳怎麼傷得這麼重？」

她便向昭節皇后傾吐這數日間的遭遇，「我不要緊。可是整個朱衣衛梧都分堂都被叛徒出賣了，沒有一個人活下來。我也在被追殺。」在這個人面前她不必偽裝和自欺，所有的掙扎和心事都可以訴說，「我想替他們報仇。」

沒錯，她想替他們報仇——她早已想離開朱衣衛，她應該自保和遠離。但親眼看著這麼多人死去，她想替他們報仇。

昭節皇后便又問：「那，妳現在安全嗎？」

她在夢中和昭節皇后分析著自己的處境：「我藏的地方是六道堂前堂主寧遠舟的家，

這個人心機很深沉，連我也不知道他以前還在安都潛伏過。不過娘娘放心，這種人，我最會對付了。我之前看過他的卷宗，他也沒跟我打過交道，所以多半不會識破我。我知道他的弱點，嘴冷心熱，特別重視道中兄弟，還喜歡吃甜的。我只要故意在他面前露點破綻，他反而會更相信我……反正六道堂不敢查這裡，我會想盡辦法留下來，等養好傷再逃走……」

昭節皇后撫摸她的頭髮，柔聲道：「妳一定能的，在我心裡，妳一直都是最能幹的。」

如意淚盈於睫，「娘娘，我好想您。」

昭節皇后同樣說道：「我也想妳。」迷霧漸濃，昭節皇后很快就被霧氣包圍，只能依稀聽到聲音，「千萬記得我的話，別為我報仇，妳要有自己的孩子，替我安樂如意地活著……」

如意上前追逐昭節皇后，大喊著「娘娘！娘娘！」，卻聽到一個男人的聲音：「妳還要睡多久？」

如意迷迷糊糊地睜開眼睛，看著眼前男人有些模糊的面容，一時尚未從昏睡中清醒過來。

那男人又道：「上過藥了，死不了的。醒了就趕緊走吧。」

這種聲音，這種語氣……她瞬間清醒過來——是寧遠舟。

於是她立刻「啊」的一聲，緊緊拉住被子遮住自己，驚羞顫抖著問：「是公子幫奴上的藥？那，奴的身子豈不是已經被您……」

寧遠舟卻絲毫不為所動，「省點力氣吧。既然是教坊的舞姬，就別裝得三貞九烈了，不像。」他轉身便走。

如意連忙掙扎著起身，追出去，「公子等等，公子留步！」她追上寧遠舟，「如意並非是想賴上公子。可求您別趕如意走，外面都是惡人，我一個弱女子，只怕一走出這院子，連一刻都活不了！」

寧遠舟頭也不回，自行收拾著院子，「跟我有什麼關係？」

「上天有好生之德，公子是善人……」

寧遠舟停下手裡活計，看向她，一笑，「妳昨晚應該聽見我的身分了吧？六道堂的人，會是善人？」

如意一啞，楚楚可憐地跪倒在地，淒婉道：「您昨晚沒有趕奴走，您就是大善人！求您再發一回好心吧，別趕奴走，您要奴做什麼，奴都心甘情願！」

不知有意無意，她這一跪，跪得玲瓏曼妙，起伏有致。領口恰到好處地半開著，恰可見若隱若現的鎖骨，凌亂的鬢髮繚繞在雪白的頸子上。

寧遠舟一滯，凝視她許久，終於俯身向她靠近。

如意渾身微微顫抖，兩人面容越來越近。寧遠舟的鼻息幾乎能拂上她的脖頸時，如意微微閉上了眼睛。

他的鼻息終於擦上了她的脖頸，有那麼短暫的一瞬間，他們幾乎呼吸相纏。而後寧遠舟伸出手去——拿起了如意身邊放著的柴刀，轉身開始劈柴。聽到劈柴聲，如意愕然睜開眼睛。

寧遠舟背對著她劈著柴，直言戳破：「一個沒有半分內力的人，居然能從六道堂眼皮子底下逃走，舞姬？妳是白雀吧？」

如意眼波一閃，故作驚慌地撲到他身邊，刻意露出破綻，「沒有，奴絕對不是什麼朱衣衛的白雀，公子相信我！」

「那妳是怎麼知道白雀屬於朱衣衛的？」

寧遠舟回頭便見如意愣在原地，分明是啞口無言，於是抬手一指，「門在那邊。」

「我不走。」

寧遠舟無奈嘆息，「惡客難送啊。」他上前押住如意的胳膊，一把捏住了她肩上傷口。

如意傷口崩開，汗水霎時沁滿額頭，但如意知道，唯有這樣的計中計，才能略略取信於寧遠舟。劇痛中，她聲音都有些斷斷續續：「公子就算殺了我，我也不走！審我的人說玲瓏姐姐是朱衣衛的白雀，我記性好，就成了罪過嗎？玲瓏姐姐之前是想要招攬我，可我只當沒聽懂。我不蠢，不想為了一點小錢就捲進麻煩……」

寧遠舟手中繼續用力，冷冷道：「這就從奴變我了？何必呢？一個從來沒有受過折磨訓練的人，居然能在我的手中熬這麼久，就憑這一點，妳出去了也能活得好好的。」

如意咬破了雙唇，滿口是血，卻不肯呼痛。她似乎意識都有些模糊，卻還是斷斷續續地辯解著：「誰說我沒被折磨過？教坊使用蘸水的皮鞭抽我，你們六道堂的人用刑具折磨我，哪個不比現在痛！可就、就算再痛，我、我也能忍，因為我想活，我不想死！」

她仰頭看著寧遠舟，黑眼睛不知是因疼痛還是恨意而水汽泫然。她似乎依舊想以柔弱博取憐惜，眼中水汽如水銀一般滾動著，似是隨時都會凝成淚珠滾落下來。那黑瞳子卻如黑火一般騰燒，淚水始終沒有滾落下來。

不知何時朝陽躍起，晨光越過院牆落在她的身上。一瞬間，盈滿眼眶的水汽映著明光，寶珠般璀璨。她染血的嘴唇，紅得妖冶如夏花怒放。

寧遠舟有片刻失神，手中力道微泄。如意趁機抓向寧遠舟捏著自己肩膀的手，重重地咬了一口。

而元祿的聲音也適時傳來：「你們在幹什麼？」

寧遠舟吃痛，放開了如意。如意立刻抱著肩膀半蜷起來，在他二人看不到的地方，悄悄鬆了口氣。

❋

元祿帶如意回到房內，幫她仔細包紮著傷口，邊包紮邊問：「寧頭兒怎麼下這麼重的手？」

如意楚楚可憐道：「怨我不該跟他頂嘴，我實在是不願再被那幫人抓走了！」可能是元祿不小心碰到傷口，如意突然「啊」的一聲，抽了一口冷氣。

元祿趕忙安慰道：「不痛不痛，已經好了，我現在就給妳熬藥去。放心，寧頭兒那邊，我幫妳說去！」

元祿回到院子裡時，寧遠舟在劈柴。元祿站在他身後，踟躕不去——剛剛給如意包紮時元祿看到了她的傷口，這一次，寧遠舟下手實在有些重。他知道寧遠舟必定有自己的道理，但……

「你真想留下她？」寧遠舟停下斧子，回頭看向他。

元祿下意識地點頭，想了想，又搖頭道：「她是挺可憐的，可她畢竟是個陌生人，你要是覺得她不對頭，我們就趕她走。反正從之前到以後，只要是寧頭兒你說的話，我都聽！」

寧遠舟一笑，「長進了啊。」頓了頓，又問：「不過你見過的姑娘也不少，怎麼突然就對她那麼好心？」

元祿低頭，「當年我爹娘出事，是寧頭兒你把我救出的火場。那會兒我才五、六歲，你們找來照顧我的那個傅母，就是個從良的教坊舞姬，她跟我講了好多當年的事。」他聲音低下去，「我覺得……其實她們挺可憐的。」

寧遠舟一怔，拍了拍他的肩。

元祿終還是狠不下心，「咱們馬上就要離京了，讓她待兩天也沒事吧。真要出什麼幺蛾子，大不了我一劍捅了她就是。」

寧遠舟看著他希冀的眼神，嘆了口氣，「去熬藥吧。」

元祿離開後，寧遠舟才拿出一直背在身後的手，見手背上清晰的一道咬痕，不由得皺了皺眉頭。

⁂

房間內，如意看向肩頭剛剛包紮好的傷口，見紗布上又洇上了血，不由得咬了咬銀牙——寧遠舟。

以敵人的立場而言，此人心機深沉、周密謹慎，實在難纏。但她並未將寧遠舟當成敵人，更沒打算害他。她留下來只是為了躲避六道堂的追捕，順便養傷。畢竟寧遠舟這裡六道堂不敢搜查，對她而言是最安全的去處。

唯一需要留意的是，別在寧遠舟面前暴露了真實身分。這點倒是不難——他們之前沒有打過交道，寧遠舟不可能識破她。而她曾看過寧遠舟的卷宗，雖卷宗上的情報很是有限，譬如昨日趙季說寧遠舟曾在安都潛伏過，卷宗上便沒寫，但經過這兩日觀察，如意也多少摸準了他的弱點。

至於她身上的傷、躲藏於此的理由、寧遠舟對她的懷疑，她本以為只要在寧遠舟面前露些破綻，就能讓寧遠舟相信她只是個無意中聽得祕密的舞姬，洗去白雀的嫌疑，但這男人太敏銳了，單憑裝柔弱根本騙不過他。好在他最終還是有所動容，應當還是吃這一套的。

正盤算著，忽聽到門響，如意忙做出還在抽泣的樣子。

寧遠舟推門進來，譏諷道：「一滴眼淚都沒有，妳這隻白雀，實在是有點……」他抱臂打量著她，皺眉，「嘖嘖。」

如意一滯。

寧遠舟立刻堵住她，「別找辭分辯了，我也懶得聽——妳可以留下。」

如意忙起身要拜，「多謝公子！如意來世必定結草銜環相報！」

寧遠舟卻突然微微一笑，「不用來世，就現在吧。」

如意愕然。

寧遠舟掃她一眼，「瞧妳挺有精神的，待會兒喝了藥，就起來幹活吧。把院子裡的柴都劈了，做些素食。我們出去一趟，回來要吃上熱飯。」他吩咐完了，轉身要走，卻忽地又想起些什麼，特地回頭看向如意的眼睛，「對了，以後少在我面前裝可憐，我這幾天胃不好，不想吐。」這才揚長而去。

如意咬著牙，一把抓住椅背，幾乎要把它捏碎。好半晌，遠遠看到元祿端藥接近的身影，心中鬱氣才稍稍散去。她輕輕舒了口氣，臉上重新擺出帶著一絲感激的微笑。

⁂

梧宮大殿，丹陽王坐於丹陛之上，看著底下大臣爭論不休。

六道堂天道副尉蔣穹已在朝堂上如實講述他在安國大營中的見聞，將李同光的條件告知眾臣。

丹陽王思量一夜，依舊破不了這困局。

他去，則安國俘虜了梧國皇帝後，又賺了攝政王上門。可想而知，必定有去無回。可若他不去，就坐實為臣不忠、為弟不敬的罪名了。若他大節有虧、兄弟離心，怕也無法安穩主持朝政。

他原本希望將真相原本轉述給百官後，有誰能解他兩難，但……

「安國也未必包藏禍心，天門關一戰，他們也損失不小。提出以錢換人之法，也是情理之中。」

「若他們拿了錢不放人呢？光是聖上北狩還不夠，還要再加上丹陽王殿下？上次朝會你就極力反對殿下即位，今日竟然替敵國說話，真是其心可誅！」

「我何時說要讓丹陽王殿下去安國了？不是還有英王殿下嗎？……章相，您是首臣，您說句話吧？」

底下爭得面紅耳赤，卻全是攻訐之言，無一句對家國、對眼下困境有益。而章崧好整以暇地站在底下，彷彿置身事外。不知是不是錯覺，丹陽王甚至覺得他還有些幸災樂禍。

「我可不敢有什麼高論，」章崧慢悠悠地說著：「畢竟前日我曾力主丹陽王殿下即位，若是有人抓住這一點，硬說我不願迎回聖上，那我可就百死莫辯了。」他朝丹陛上拱了拱手，貌似恭敬，「殿下，聖上臨行之前既然已令您監國，那國之大計，還當由您一語裁之。」

丹陽王環視眾人，「孤如何能裁？我若不願為使迎回聖上，則難逃國人不義不悌之責；我若自願為使，則我安國恐臨滅國之難。列位臣工，若是你們面前擺著兩杯毒酒，一杯是砒霜，一杯是鶴頂紅，你們會選哪一杯？」

群臣默然。

丹陽王嘆了口氣，言辭一轉：「可問題是，我們為什麼一定要從那兩杯毒酒中選一杯喝呢？」他目光炯炯。

終於，有人似乎領悟了他話中之意，猛然驚醒，「不錯！安國人如今也必定頭痛該如何安置聖上，難道我國不付贖金，他們便敢危及聖上性命嗎？我們大可以拖上一段時間，讓他們不再奇貨可居。」

這話正中丹陽王的下懷，卻不能由他來說、來決定。但如果這是朝臣普遍的意見，他……

「一派胡言！」卻聽一聲怒斥傳來，當即便有人揮著手中笏板，暴怒地砸過去，跳著腳罵，「聖上蒙難，汝等卻絲毫不見著急，可還配稱人臣？」

殿中眨眼間亂成一團。無人注意到，大殿外有個小內監正扒著窗子好奇地窺視著堂上眾人。

他生得纖瘦柔弱，身量未足，看上去不過十五、六歲的年紀。身上衣帽對他來說太大了些，帽檐幾乎滑到眉角，蓋住了他大半張臉，只露出小巧圓潤的鼻子。他抬手推了推，才又露出一雙滿懷關切的杏眼。

太極殿極盡壯麗巍峨，朱漆菱花的窗子高得彷彿望不到頂。他趴在窗縫上，像是長軸巨幅的邊角上，錯添了隻貓。

忽然一隻手從斜刺裡伸過來，捂住了他的嘴，強行將他拖走了。他連踢帶咬地掙扎著，不留神蹭掉了帽子，滿頭青絲散落。

拖住他的侍衛小聲道：「殿下，是我。」

聽到聲音的小內監立刻停止了掙扎，歡喜又忐忑地回頭看去，「青雲。」面容清秀可親，分明是個女孩。

鄭青雲見她認出了自己，便也鬆開了她，埋怨道：「殿下是尊貴之人，怎能扮成卑微內監，隨意探聽朝會？」

「我、我也是因為擔心皇兄啊。再說了，除了遠舟哥哥和你，誰會把我當正經公主？比起內監，我也高貴不到哪兒去。」女孩聲音細弱又膽怯。

她正是元祿口中的盈公主，生母僅為采女的楊盈。

鄭青雲放柔了聲音：「殿下不可如此自輕，就算殿下生母位卑，但殿下仍是先皇真龍血脈。」

楊盈低下頭去，喃喃道：「可長姐罵我是下賤胚子的時候，就從來沒把我當成父皇的女兒。」

鄭青雲拭去她眼中的淚水，輕聲道：「殿下既然比興陽公主美上十倍，自然也要比她的心胸寬廣上十倍。」

「你當真這麼認為？」楊盈眼前一亮。

鄭青雲點頭，道：「在臣心中，公主就是當世第一美人。」

楊盈鼓足了勇氣，抬頭看向他，「那、那、你為什麼一直不願娶我呢？」

鄭青雲苦笑，「我朝駙馬向來只出於勳貴之家，而我只是個根基全無的侍衛。這一次，我原本也想隨聖上出征，博個武勳，可偏偏未得批准。」

楊盈情急：「你沒去才好呢！遠舟哥哥去的時候，我哭得眼睛都快瞎了！天門關死了那麼多人，要是裡頭也有他，該怎麼辦？我、我……」她說著便哭了起來。

鄭青雲見四下無人，拉著她手安慰：「公主別急，您忘了，寧都尉不單是顧女傅的獨子，還是六道堂的堂主呢，以他的身手，怎麼可能會有事？」

楊盈啜泣道：「真的？你保證。」

「我保證。」

楊盈卻又道：「你騙人，你說駙馬只出於勳貴之家，可長姐的駙馬只是個出身平民的探花。」

鄭青雲道：「興陽公主是先皇后所出，食邑八百，按例，是可以自擇夫婿的。」

楊盈怔了怔，淚水再次湧上來，「我若也有這麼多的食邑就好了。」

鄭青雲輕輕擦掉她的眼淚，柔聲規勸：「皇后如今剛剛有孕，又為聖上之事憂心。公主不是和她關係不錯嗎？若是能常去走動，說不定新帝登基推恩，您就有加封的機會了。」

楊盈一震，忽地又想起些什麼，心神動了動，攬起袍子便向內廷跑去，「我這就去找皇嫂。」

✵

昭陽殿。

蕭妍在宮中來回踱步，難掩焦急——安國開出的條件，關鍵不在於黃金多少，而在於迎帝使。如今都城之中皇子只有兩人。英王自幼體弱多病，何況他的腿當初就是為了救去看龍舟的她才廢掉的。她不能讓英王去送死。

但丹陽王勢必不會為了天子以身涉險——不但不會以身涉險，只怕他還要從中作梗，拒絕繳納那十萬兩贖金。

丹陽王無須直說，只需要拖延。拖延越久，迎回天子的希望便越渺茫，局面對他便也越是有利。

他甚至有現成的理由去拖——天子被俘，英王病弱，而她腹中孩兒尚未出世，連是男是女都還未知。當此之時，誰敢再把朝中唯一可支撐大局的親王送到安國人手裡，誰就是圖謀不軌。

而從楊盈帶回的消息看，丹陽王也確有此意。

楊盈自認帶來的該是個好消息，然而自她將消息告知蕭妍後，蕭妍反而愈發焦慮難安，已經足足一刻鐘沒有坐下了。

楊盈有些懵懂，「皇嫂別著急，安國既然開出了條件，皇兄肯定就能回來。我們大梧又不是沒有十萬兩黃金。」

蕭妍無奈搖頭，「妳不懂，這根本不是金子多少的事。」

正說著，蕭妍宮中的近侍裴女官匆匆而來，「娘娘，英王殿下突然去了朝會！」

蕭妍一驚，猛地頓住腳步。

女官喘息著：「侍衛抬著他進去的，一進殿，他就當著百官的面向丹陽王請命，自請出任迎帝使，接回聖上！」

蕭妍的臉霎時變得雪白。

✵

大殿之上，丹陽王用力地想要扶起跪倒在地的英王，「你起來說話！」

但英王抓著兄長的手，不肯起身，堅持請求：「二哥，你要是不同意，我就一直長跪不起！若是天下太平，我繼續做我的閒王也就罷了。可如今皇兄有難，我如何能置身事外？」

他看向眾臣，道：「聖上北狩，王兄身為監國，當然不能輕易離京。孤若不歸，王兄尚可率百姓迎敵；可若王兄也有個萬一，皇嫂又產女，國祚何人能持？自小，孤就是個什麼事也做不了的廢人，百姓們養了孤這麼久，如今，終於該到孤回報大梧的時候了！」

對上少年親王堅定的目光，先前打作一團的朝臣無不慚愧，也無不動容。終於有人出列奏請：「臣請以英王為使，迎回聖上！」

越來越多的人出列奏請：「臣附議！」

丹陽王道：「絕對不行，父皇走前，曾再三叮囑我要好好照顧你。你連自己走進這大殿都好不艱難，如何還能千里奔波？」

他的目光微微看向章崧。章崧卻袖手不語。

英王一咬牙，磕起了頭，「王兄，我求你，求你許我去吧！」

丹陽王握緊了雙拳，雙眼緊閉，半晌說不出話來。

大半臣子齊呼：「請丹陽王殿下頒令！」

殿外，蕭妍扶著裴女官的手，疾行在宮道上。

楊盈追在她身旁，見她面色蒼白，連忙也上前扶住她的手，道：「皇嫂，妳慢點，小心身子！」

蕭妍卻一步也不肯緩下，道：「不能讓英王去。英王的腿，當初是為了救我才廢的。劉太貴妃臨終時本宮答應過她，一定要護住英王平安！至於迎帝使的人選，大不了，本宮從旁支宗室裡選個人，過繼到先帝名下，誰敢不認他是皇子？」

裴女官擔憂道：「可安國那邊能認嗎？那些宗室，怕也不願意冒死出使吧？」

蕭妍道：「本宮可以許他以親王之尊，食邑三千。重利之前，總會有人動心的。」

聽到「食邑三千」四字時，楊盈身子一震。她腦子裡忽地冒出個膽大包天的想法，自己都覺著荒唐。可那想法一旦浮現，便再也壓不下去。她快步跟著蕭妍前行著，卻滿腦子都是那個念頭。

她突然一咬牙，道：「皇嫂，阿盈有話想對妳說！」

✵

大殿之上，局面依舊僵持不下。

大半朝臣都已跪地，丹陽王卻依舊猶豫不決。

突然英王身子一歪，暈倒在地，大殿中霎時一片慌亂。丹陽王忙扶起他，「快傳太醫！」話音剛落，立刻有內侍扶了英王下去診治。

章崧一副看好戲的樣子，「殿下，您既不願英王出任迎帝使，難道是想自己去？」

丹陽王咬了咬牙，他當然不想自己去，但他也不想送自己的弟弟去死。誰都不去，才最好。原本這話不該由他親自說出，但此刻卻也不由得他再回避表態。他只能咬牙道：「孤尚未——」

話音未落，大殿之外便傳來一聲清亮的嗓音：「臣弟皇四子楊盈，參見丹陽王兄！」

眾人訝異地望向殿外，只見殿門洞開，「少年」單薄的身形出現在耀眼的明光之中，向著他們走來。

「他」面容猶帶稚氣，目光卻很是堅定。跨步進來時「他」似乎略有些拘謹，彷彿是初次出現在大庭廣眾之下。然而「他」很快便平復了心神，在眾人的注視之下，緩緩從大殿中央、從群臣之中走過。

「他」的嘴唇似乎微微有些發抖，卻無疑撐住了場面。每向前走一步，「他」身上的氣質與那一席皇子服飾便也越來越渾然契合。當「他」穿過朝臣中央，來到丹陛之下，仰頭看向丹陽王時，自背後看去，已分明就是個初次出現在朝臣面前的少年皇子。

朝臣們心底都開始打鼓，紛紛交頭接耳——先帝竟真有這麼個兒子嗎？隨即他們很快想起：「先皇確實有第四子……」然而……

「可皇四子不是還沒授爵，就早夭了嗎？」

就連丹陽王也詫異地看向「少年」。直到看清「少年」帶著些期待的面容時，他才震驚地認出來：「阿盈？」他張了張嘴，想說什麼，然而腦中忽有一個念頭電光石火般閃過。他立刻閉上了嘴。

楊盈一拂袍子，行皇子禮下拜，「丹陽王兄，你執掌國事，英王兄又身子不好，都不便離京，既然如此，何不由臣弟來當這個迎帝使呢？」

眾人無不震驚。就在此時，大殿門外又傳來一聲：「盈皇弟此舉，大善！」

蕭妍扶著裴女官的手，款款走了進來。朝臣們連忙跪地參拜。

她一直走到丹陛之上，丹陽王的身側，才停住腳步，轉身面向朝臣，「諸位或許不知，盈皇弟幼時多病，先皇得高僧指點，要待他成年方入玉牒。是以盈皇弟雖未封王，卻是實打實的先皇血脈。此事，丹陽王、本宮都曾聽先皇再三提及。」她眼皮一抬，看向丹陽王，眼含壓迫，「丹陽王殿下，是也不是？」

眾臣先是震驚，爾後有不少慢慢明白過來，交頭接耳。丹陽王也看著皇后。兩人都已是圖窮匕見——對丹陽王來說，誰都不去最好。但此心不可昭然。若有人固請，也算解了他此刻兩難，他會順勢而為。對皇后來說，哪怕送個女扮男裝的假皇子去，也一定要將天子贖回。

短暫目光交鋒之後，丹陽王看向自己的妹妹，「阿盈，妳知道去安國有多危險嗎？妳真的願意當這個迎帝使？」

楊盈情不自禁地抖了一下，卻還是稚氣地仰起頭，「臣弟當然知道危險，不過，只要王兄也封我一個跟你一樣大的親王，再賞我很多很多東西，我就不怕了！」

殿中原本緊張的氣氛，因為她天真的話而輕鬆了不少。

丹陽王輕斥：「兒戲！」

楊盈一臉真摯地回道：「王兄，我真的想去，聖上也是我的親哥哥，我也盼他早日歸來啊！」

朝臣們也都有所觸動——只要能解如今僵局，管他是公主還是皇子呢？終於有人出列奏請：「皇四子公忠體國，臣請殿下頒令，冊封皇四子楊盈為親王！」

眾臣對視一眼，齊聲奏請：「臣附議！」

章崧玩味地看了看眼前三人，一笑，「臣也附議。」

大局已定，蕭妍肩頭也緩緩鬆懈下來。她走到楊盈面前，看著少女不諳世事的面容，忽有一股愧疚混雜著感激湧上。她輕輕拉起楊盈的手，「妳真的想好了？不後悔？」

楊盈點了點頭。

丹陽王便也不再多言，「好！傳令！晉皇四子楊盈為禮王，食邑三千，擇日持節出使安國，迎回聖上！」

群臣齊呼聖明。那聲音在大殿裡來回回蕩，洪亮整齊，楊盈被嚇了一跳。只見殿中寶座巍巍，金柱林立，群臣華服肅立，齊齊俯首，極盡雄偉綺麗，也極盡威嚴肅穆。她先是瑟縮了一下，卻隨即胸中湧出一股豪壯之氣，勇敢地挺起了胸膛。

那種奇異的亢奮感一直持續著，讓楊盈有種如踏步在雲端之上的不真實感。她一直保持著傲然而自信的姿態，直到在宮女們的簇擁中回到殿中，被殿前門檻絆了一步。

宮女們連忙上前，「殿下！」

楊盈身上力氣驟然卸下，這才察覺到自己扶住門框的手竟在發抖，一時有些虛脫感，卻道：「沒事。」

進殿入座後，剛端起茶水，她便聽到門外輕響。知道是誰，她心中立刻雀躍起來，連忙按捺下表情，示意宮女們退下。

待宮女們都離開，確定殿中無人後，楊盈才迫不及待地打開窗子——她有太多心情想同他分享了。看清那個熟悉的身影，她掩不住歡喜叫道：「青雲！」

鄭青雲跳進窗來，眼神卻是擔憂和責備，「殿下，妳怎麼這麼傻?!」

楊盈愣了愣，急切又有些羞赧地解釋著：「我不傻，我現在已經是一品親王啦，只要能夠迎回皇兄，我就可以比長姐還尊貴，可以赦免遠舟哥哥的罪，可以和你、和你在一起……」

鄭青雲又感動又難過，「可一旦被安國人發現妳是個冒牌皇子，妳會死的！」

楊盈爭辯：「我不是冒牌貨，我也是父皇的孩子！我娘在我三歲的時候就死啦，我一個人能在冷宮裡長到這麼大，命硬得很！你看，我當了這麼久公主，身邊卻一直只有兩個小宮女，可剛被冊封，皇嫂就給我配了八個！這麼風光，有什麼不好的啊……」

她最初還勇敢地說著，可在鄭青雲憐惜的目光中，她越說越小聲：「你別再這麼看我了好不好？要不然，我好不容易才攢起來的勇氣馬上就沒了。我其實好怕，好怕，剛才，我腿軟得險些都站不住。可是，我實在不想在深宮裡做個默默無聞、不得自由的小公主了，就算這次很危險，可我還是想搏一回啊！」

鄭青雲心中大痛，「可是，殿下，安國離這裡上千里，妳卻連宮門都沒出過呀！」

楊盈一怔，淚水奪眶而出。

遠離故土的恐懼、對未卜的前途的恐懼、同心愛之人分別的恐懼一起湧上心頭，她終於再次變回那個深宮裡柔弱無助的小姑娘，淚流滿面地同鄭青雲緊緊擁抱在一起。

❋

假扮親王出使異邦，也確實不是如楊盈頭腦一熱時所想那般簡單的事。

皇后宮裡，楊盈一身男裝，聽皇后和皇后宮中女史為她講述安國地理民俗、皇族關係。她自幼長在深宮，生母身分低微不受寵愛，自己也只是個不受重視的公主，宮中對她的教養便也不是那麼上心。許多東西她都得從頭學起，直學得她昏頭腦脹。

皇后正耐心地給她講著課：「……安帝李隼當年也是鬥倒了他的太子嫡兄，才登上了皇位，是以本宮總覺得他一定心術深沉……」回頭就見學生目光呆滯，幾乎可以瞧見自己所說的話一字字被榆木疙瘩彈開的情形，「阿盈？」

楊盈猶未回神，負責教習她的女史已面露不快，皺眉輕敲桌子提醒：「殿下？」

楊盈驟然一驚，惶恐地回神，「對不起，皇嫂，我不是有意走神，只是實在有點累了。」

蕭妍也臉現疲態，柔聲道：「沒事，妳之前從來就不知道這些，現在才急就章，整整學了四個時辰，早就該休息了。」

楊盈狠掐著自己，強令自己清醒起來，對蕭妍道：「我不睏了，皇嫂繼續教我，不，繼續教臣弟吧。臣弟學得越多，才越不會在安國人面前露出破綻。」

蕭妍贊許地點點頭，「就是要這個精氣神，記住，任何時候都不要忘了自己是大梧的禮王。」

「臣弟謹遵教導，」頓了頓，楊盈又想起什麼一般，仰起頭，「不過皇嫂，臣弟托妳的事……」

蕭妍微笑著安撫她：「放心，妳丹陽王兄已經下令赦了寧遠舟的罪，儘快召他回京了。」

正拿著絹書入內的裴女官聞言一震，手中絹書落地，喃喃道：「寧都尉還活著？」

第五章

大道欲朝天
歸隱竟無途

寧家老宅。

如意一臉煙灰，焦頭爛額地在灶臺前奮戰著，將不慎打破的陶碗、燒糊的米麵、焦黑的鍋底風捲殘雲般毀屍滅跡。忽聽到院門外有細微的腳步聲靠近，落地極輕盈平穩，分明輕功不俗。她立刻將鍋蓋一扣，悄然藏起。

院門吱呀一聲被推開，復又關上，寧遠舟摘下遮掩相貌的籬帽，眼也不抬，邊走邊道：「不用躲了，是我們。飯好了沒有？」

如意這才從藏身處出來，「好了，我這就去拿。」

他們一早出門，是為去安排前堂主宋一帆的身後事宜。此刻回來，先進正堂，將老堂主的靈牌重新擺好，拈香為禮，拜了幾拜，才回身到院中，在桌案邊坐下。

如意也已匆匆洗去臉上灰塵，正要端上飯菜，便聽寧遠舟道：「打盆水，我要淨手。」

如意隱忍未動。

元祿連忙起身來，「我來幫妳。」

「服侍」寧遠舟淨手後，如意端上盤熱氣騰騰的豆沙包。元祿眼睛一亮，鼻子微動，「好香，是加了糖桂花的豆沙包！」

寧遠舟也被香氣吸引，問道：「白雀不是只管色誘的嗎，妳還會做這個？」

如意繼續隱忍，裝傻道：「啊，這個豆沙包做得像兔子，不像麻雀，公子您認錯了。」

寧遠舟一哂，道：「繼續裝，白雀的味兒，我三十里外都聞得到。」

如意原本正背對他們，此時一僵，深吸一口後，她眼中閃過一抹厲色。回身時卻只是一臉恍然：「啊，公子鼻子那麼靈，屬犬的吧？」

元祿奇道：「他三十，正好屬犬，妳怎麼猜得那麼準？」隨即噗哧一聲，剛吃進去的糖丸差點把他嗆著。如意忙替他拍背。

寧遠舟冷哼一聲，伸手拿包子。

如意抬眼，「公子不怕裡面有朱衣衛的毒？」

寧遠舟笑道：「怕啊。」

他出手如電，拿過一隻包子分成兩半，一半強塞到如意嘴裡，一半自己吃掉，「不過現在就不會了。」

如意反抗不得，咳嗆半晌，氣結不已。

寧遠舟嚼著包子，邊吃邊道：「嘶，這包子怎麼像前頭巷子劉大媽的手藝？」他看向如意，一挑眉，「嘖嘖。」

如意微笑，「呵呵。」

元祿看看寧遠舟，再看看如意，也嘿嘿笑起來，一拉如意的袖子，「妳也坐吧，一起吃。」

「多謝。」如意看向元祿時，目光不覺又柔和下來。

她攬裙坐下，見元祿三下五除二吃完一個豆沙包，又拿起一個往嘴裡送，便忍不住道：「元小哥，吃點別的菜吧。」

元祿眨了眨眼睛，有些不解。如意便道：「豆沙包太甜，我瞧你剛才又連吃了兩顆糖丸，怕你齁著。小孩子別吃這麼多糖，傷牙。」又順手給他倒了碗水推過去，「喝點水，你剛才吃太快了，小心噎著。」

元祿一怔，看她的眼神多了幾分溫暖，「謝謝。對了，還沒請教姐姐怎麼稱呼？」

「我姓任，叫如意。吉祥如意的如意。」

寧遠舟突然嘴角一勾，道：「宮裡頭的內監，叫吉祥、富貴的挺多。」

如意終於忍不下去了，放下筷子站起，道了句「我吃飽了，先去後院洗衣裳了」，便轉身離開。

元祿嘴裡還叼著個包子，含糊不清地埋怨：「寧頭兒，你就不能跟十三哥學學怎麼好好說話嗎？非要嗆著人？」

寧遠舟懶懶的，神色卻已鬆懈下來，給元祿解釋：「試試她而已。一個教坊舞姬，二十郎當了，還這麼一副受不得激的脾氣，可見她要麼之前極為自傲，要麼是真的沒做過幾天白雀。」

元祿眨了眨眼睛，笑看著他的手背，那手背上紅痕醒目鮮明，「我怎麼覺得，就是因為她把你咬傷了，你才總是找她事啊？可我記得，以前你對其他姑娘家，好像都挺客氣的。」

話音剛落，就見寧遠舟拿筷子敲了一下他的頭，道了聲「吃飯」。

三人用過午飯，如意洗好衣裳，元祿盤腿坐在屋簷下擺飭小玩意兒，寧遠舟檢查馬匹。

✻

突然間，大門就從外被推開了。

如意警覺地低頭蹲藏在窗牆後，元祿本不必躲，然而看清來人模樣，竟也立刻翻窗蹲到了如意身旁。

如意一驚，目光詢問——你躲什麼？

元祿撓了撓頭，口型回應——看寧頭兒的熱鬧。然後便悄悄從窗臺上冒頭出去張望。

唯有寧遠舟躲閃不及，被來人四望的目光捕了個正著。他也只好尷尬地從馬後出來。

那人一身便服，卻是皇后身邊的裴女官。見寧遠舟果然活生生地站在面前，她立刻驚喜地快步上前，「遠舟，你果然還活著！你什麼時候進的京城？殿下還讓兵部在找你……」

寧遠舟尷尬一笑，指了指馬，道：「剛到，妳怎麼來了？」

「我也是剛剛得知你還活著，就想來你家看看。」她一時情切，忍不住上前查看，「你怎麼樣，有沒有受傷？」

寧遠舟不著痕跡地避開，回道：「還行，妳呢，最近也還好嗎？什麼時候嫁去楊家？」

裴女官身子一顫，幽幽地看著寧遠舟。

元祿嘖嘖看戲。

如意見寧遠舟的背已經僵直，目光一閃，便盈盈走了出來，「遠舟哥哥，你什麼時候陪我去買衣裳？」她似是才看到裴女官，一驚，狐疑地走到寧遠舟身旁，拉起他的手，「遠舟哥哥，她是誰？」

寧遠舟微微一愣，見裴女官如遭雷擊，立刻了然，配合道：「以前的鄰居。」他輕咳一聲，向裴女官介紹：「我老家來的表妹。」

裴女官看著寧遠舟將如意拉著他的手藏在背後，似是終於明白了什麼，倒退一步，踉蹌而去。

裴女官一走，寧遠舟立刻放開如意的手。

如意卻道：「我瞧你這位故人穿著打扮氣度不凡，只怕是位官家女子吧？如今她已經看見我了，說不定轉頭就會把我出現在這裡的事告訴別人。」她仰頭一笑，「表哥，要是被人懷疑你有個奸細表妹，只怕不太好吧？」她目光盈盈，似得意，似挑釁，會算計，卻總透著些單純。

寧遠舟嘆了口氣，「不會做飯，倒是滿肚子心機。妳想要什麼？」

「帶我一起出京，只要一離開城門，我立刻走，絕不會再麻煩您一分一毫。」

寧遠舟審視著她，半晌道：「行。」

如意不料他竟這麼輕易就答應了，有些錯愕，隨即莞爾一笑，「真的？多謝表哥。」

寧遠舟一怔，看著她雀躍離開的背影，眼神意味深長。

而在他看不見的地方，如意臉上的笑容迅速消失，一臉狐疑地思索著。

✵

暮鼓聲中，城門關閉，夜幕降臨。

六道堂隱祕的角落裡，婁青強正和越先生密談。

越先生依舊是之前的打扮，黑衣兜帽，聲音透過面具傳出來，甕甕如瓦鳴，不辨男女。他身為間客，賣情報給敵人，做的是一旦暴露必死無全屍之事，不肯以真面目示人實屬正常，婁青強不以為異。

越先生取出一片沾血的碎衣——正是那日夜裡，婁青強從酒坊裡搜到的東西——指著上面沾著的微小蠟片，「這是朱衣衛『萬毒解』特有的蠟殼。有資格用它的，只能是高階的朱衣衛。這個人來頭不小，如果等他回到總部，我們這回合作的事，只怕就掩不住了。」

婁青強故作驚訝，「呀，那越先生您只怕就危險了吧？」

越先生目帶嘲諷，「你們想隔岸觀火？呵，現在外頭已經有六道堂洩露貴國軍情的流言了，我也可以幫你們加一把火，讓這消息天下皆知！」

婁青強聞言大急，「胡說！六道堂從來都是忠心耿耿！聖上兵敗，分明是他自己輕敵——」然而對上越先生的眼神，他卻忽地明白過來。

越先生冷笑，「這種事情，就算你們沒做過，說的人多了，你們就做了。」

婁青強咬牙，終是無法可解，恨恨地問：「你想要什麼？」

「用了萬壽解後，一段時間之內人會內力全失，那人若想把消息傳回總堂，多半會去朱衣衛各地分部調用飛鴿。離京最近的分部是開陽和天璣，我需要在那兩個地方都設下埋伏，但現在梧都朱衣衛的人已經死光了，我人手不夠。」

婁青強想了想，「趙大人不在京城，我只能先借你十個人。」

越先生絲毫不留商討的餘地，「不夠，至少三十。記住，」他湊近婁青強，目光狠戾，「現在我們是一條繩上的螞蚱，要是讓他活著出了梧國，大家都得死！」

✵

義父已入土為安，寧遠舟在梧都最後的牽掛也已了結。自午後他便開始收整行囊，入夜後便已收拾完畢。此刻他正清理書架，將一本本冊子投入火盆中燒掉。

被他差遣出門去買藥材的元祿匆匆進門，來不及放下手裡的東西，便道：「寧頭兒，剛才我在外頭遇到昨兒來的劉大哥，說朱衣衛的梧都分堂，前晚上被趙季帶人給全端了。」

寧遠舟抬起頭來，有些驚訝，「全端了？」他想了想，「朱衣衛這些年在梧都經營得相當不錯，我在任的時候都從沒暴露過。趙季要是能把他們一網打盡，要麼是朱衣衛內訌，要麼就是有人跟他裡應外合。」

「不愧是寧頭兒，一猜就中。劉大哥說，漏消息給他們的人，至少是個紫衣使。」

寧遠舟見怪不怪，繼續整理他的書架，淡淡道：「哪兒都少不了勾心鬥角，我當初還不是吃了趙季的虧？」

元祿急道：「我不是說這個，我是說她，」他指了指外面，「朱衣衛梧都分堂一個活口都沒留，她要真是逃出來的白雀，運氣會不會太好了點？」

「你現在才想到？當初非留下她的，不也是你嗎？」

元祿繞到他身旁，道：「我就覺得她可憐嘛。頭兒，你說要不要再去試試她？」

寧遠舟終於停下手裡活計，似笑非笑地看著他，「要是試出來了，你準備怎麼辦？剛剛你還叫人家如意姐呢，還吃了人家做的豆沙包。」

元祿撓了撓頭，有些無措。

寧遠舟道：「我們已經不是六道堂的人了。就算她是朱衣衛，也跟我們沒有關係。救她一命，就當結個善緣。」他想了想，又道：「趙季的死多掩一天，兄弟們的麻煩就多一天。我們明早就出發吧。」

元祿點頭道：「好。」說著便咳了兩聲。

寧遠舟嘆了口氣，上前試了試他的額頭，關切道：「又受寒了？趕緊吃你的糖丸。」

元祿嘿嘿一笑，拋出糖丸，玩了個花活，又一口在空中咬住。

寧遠舟笑道：「去餵馬吧。」

元祿離開後，寧遠舟收起笑容走到窗邊，推開窗子，對院子裡的如意道：「都聽到了吧？」

如意轉過身來。她傷勢未癒，月色下面容蒼白，素練一般，只一雙水墨染就的眉眼，如畫上遠山，不喜不怒。

寧遠舟道：「明早卯時，記住妳說過的話。城門別後，再無干係。」

如意不發一言。

寧遠舟關上了窗，目光落在自己手背上結了疤的咬痕，輕輕撥開上面的痂皮，暗暗道：「真是個麻煩。」

✵

黎明時，城門開啟。等待出城的百姓在城門前排起長隊。

寧遠舟身著裘衣扮作富家子。他底子好，稍作收拾便是個長身玉立、英俊瀟灑的翩翩貴公子。元祿和如意便裝扮成隨從和丫鬟，跟在他的身後。這三人要麼是六道堂，要麼是朱衣衛出身，對偽裝身分早已駕輕就熟。

終於排到城門，守城侍衛正要盤查三人，六道堂的緹騎巡查經過，馬上對守城侍衛道：「都是自家兄弟，他們沒問題！」

守城侍衛見是六道堂的人，笑著點頭招呼，隨即擺了擺手，便放寧遠舟三人出了城。如意鬆了一口氣。

出城之後，行至岔路，終於到了離別的時候。

寧遠舟對如意並無別情可敘，站得遠遠的，只留如意和元祿說話。

元祿為如意準備了馬匹，執意相贈，「收下吧，騎著能走快點。」

如意柔弱地搖頭，道：「謝謝你了，可我不會騎馬。」

元祿看看她還在繼續偽裝，忍不住欲言又止，終於還是點頭道別，「好吧，那妳自己多保重啊。」

如意深深地福身道：「如意拜謝元小哥救命之恩。」

元祿忙扶起她道：「可別，真救妳命的，是寧頭兒，我只是他的小跟班兒。要不是他殺了趙季，咱們現在誰都別想在這兒。」

如意一怔，頓了頓，還是走向寧遠舟，盈盈拜了下去，用只有兩人聽得到的聲音道：「我欠你一條命。」

寧遠舟依舊是那副懶懶散散的模樣，似是自嘲，「沒事，我欠別人的命也多著呢。」

如意不再多說，走回元祿那邊，道：「你剛才說錯啦，你可不是什麼小跟班兒，你很有本事。那天我躲在棺材裡，聽你跟趙季他們對峙的時候絲毫不落下風。就憑這份膽色，你在我心裡，就是個大英雄。」

元祿大震，失聲道：「如意姐！」他似有千言，終於忍住沒說，「妳，一路順風，下回有緣再會，我請妳喝酒。」

如意一笑，背著包袱走向另一條路。

寧遠舟聽到了這一切，卻突然揚聲道：「想自投羅網，可以去廬州的天璣分部和開陽分部，昨天趙季的手下已經派人往那方向去了。」

如意轉頭，故作不解：「什麼雞？什麼糖？奴聽不懂。奴要回盛州老家。」彷彿還是那個天真爛漫、破綻百出的小「舞姬」。

寧遠舟一笑，轉身帶著元祿翻身上馬離去。

晨光中，他輕裘緩帶，白馬翩翩的閒適姿態，讓如意微一凝神。但她隨後便果斷轉身，繼續趕路了。

兩路人馬就此分道揚鑣，從此陌路。

✵

寧遠舟縱馬在江南小路上，元祿驅馬跟在他的身後。

兩岸青山悠遠，百草豐茂。有清風迎面襲來，馬蹄踏花，塵土生香。此去江湖，從此遠離廟堂鉤鬥，不必再為殺戮和陰謀拚卻性命，機關算盡。寧遠舟心情舒暢，馬蹄輕快。

路上忽見對面有馬車駛來，車上堆滿貨物。他便引馬避讓至一側。江南商貿頻密，路橋便也修得多。這條小徑雖非官道，沒那麼平闊，卻也足容他們兩路人馬並行。然而交會錯身之際，那馬車上綁著貨物的繩子陡然崩斷，貨物落下，揚起一片塵土。

道路被阻斷了，又有貨物接連滾落。馬受驚徘徊，寧遠舟雖察覺有異，卻也一時只能拉緊馬韁。

便在此刻，四面忽有一眾人躍起，向著他們圍攻而來——竟是婁青強率人埋伏於此，等著兩人。

寧遠舟猝不及防，只能自保，眼睜睜地看著元祿左支右絀。

如意走出不遠，卻忽然停住腳步——她依稀聽到遠處似有聲響。

心念一動，她立刻躍到樹梢遠眺，只見遠處煙塵騰起，風中隱約夾雜著寧遠舟聲音：

「元祿！」

如意挑眉，下樹繼續趕路——有寧遠舟這個滴水不漏的男人在，縱使遇上些意外，想必也很快能解決，無須她出手。

然而沒走幾步，便又傳來一聲驚呼——這一次，是元祿。

如意停住了腳步，不免有些擔心。想去，卻又折回。一時猶豫不決。

寧遠舟已被團團圍住，胯下馬匹被人攻擊，驚跳不止。他一邊自保，一邊提醒元祿：「不用管我，用雷火彈！」

可話音未落，便聽「嘩啦」一聲——原來六道堂早有準備，已有人用水將元祿潑得全身濕透。

眼看元祿被婁青強踢飛手中之劍，又有一人刺向他咽喉。危急關頭，一只包袱突然從半空飛來，正擊中劍身，那劍鋒從元祿喉旁險險擦過。元祿驚喜叫出聲：「如意姐！」

如意終於還是來了。她手中並無武器，殺上前時順手從路邊散亂的貨堆裡抓來一塊披帛，刷刷抖出，那披帛如靈蛇一般攻向六道堂等人。一人被擊中頸側，應聲倒地。婁青強揮劍反擊，但巾身柔軟，卻全無著力之處，反而時不時被纏住，肆意戲耍。

如意趁機殺到元祿身旁。她將披帛舞成一只圓環，護住兩人。

元祿得救後還在驚嘆：「妳不是不會武功嗎，還能這樣？」

如意用披帛卷住一個攻來的六道堂道眾，用舞蹈般的姿勢「咔嚓」一聲果斷地扭斷了那人的脖子，言辭乾脆地回道：「飛花落葉皆可殺人，何況綢緞？」

見元祿脫險，寧遠舟一劍逼退婁青強，躍過貨物，與如意會合，背對背而立。兩人都迅速觀察著周圍的情勢，隨即不約而同低聲開口：

「妳帶他離開！」

「我帶他離開！」

話音一落，兩人對視一眼。

寧遠舟道：「你們往西跑，再沿小河逃走。」

如意道：「好，你左邊第三個，剛才被我傷了腿，你往那邊突圍。」

兩人同時出手，寧遠舟從左邊第三人開始猛攻，幾乎是一招一個，不過數招之間便打亂了包圍。如意也趁機猛攻，打開缺口。她牽起元祿的手，在寧遠舟提醒「快走」的同時，已帶著元祿衝殺出去。

元祿脫身，寧遠舟再無顧慮。婁青強太清楚此人武力究竟有多強橫，眼見不敵，當即下令：「弓弩手！射！」

弓弩手猶豫，「可那是寧堂主……」

婁青強大怒，踢翻弓弩手，「給老子射！信不信我打斷你全身骨頭?!」

如意一震，猛地回首看向婁青強。

青石巷小院中，她躲藏在荷花缸裡，親耳聽到婁青強對趙季說道：「屬下親手折斷了她全身的骨頭。」她未看清此人面容，卻清楚記得他的聲音。

原來是他。如意眼中閃過一抹厲色，隨即用披帛卷倒兩人，幾不可見的微喘後，帶著元祿從缺口向西而奔。

如意邊跑邊回視背後，可元祿猛地停了下來。

如意一怔，也隨即停住了腳步——前方是數十名士兵布成的箭陣。密密麻麻的箭正對著兩人，眼看一觸即發。

✻

寧遠舟還在跟婁青強等人纏鬥著，突聽背後一聲：「住手！」

寧遠舟回頭，便見章崧在一眾隨從和士兵的保護下，正向此地走來。

婁青強忙卑躬行禮道：「參見相國！」

章崧卻看也不看他，只是微笑著走向寧遠舟，「寧堂主，趙季既然請不動你，老夫就只能親自出馬了。」

寧遠舟本不想理，但見章崧一揮手，身後元祿和如意被士兵押著走出，只得收劍，回應章崧：「寧某無官無職，當不起如此稱呼，章相近來安好？」

如意被士兵押著，從婁青強身邊走過時，裝作一個踉蹌，電光石火間，指甲刮過婁青強的喉頭。婁青強猝不及防，喉頭頓見一抹血線。他心中氣惱，正要咒罵，喉頭傷口卻突然迸裂，鮮血如泉般噴出。他抽搐著倒地，不過片刻便血盡而亡。

事發猝然，眾人甚至都還不明白發生了什麼。唯獨寧遠舟看得明明白白，眼中也第一次有了震驚之色。

如意指尖滴血。套在手指上的鋒利鐵指套已切斷了婁青強的喉嚨，正一滴滴落著血。

然而她目光冰寒，面容冷漠。知道寧遠舟在看自己，卻是毫不遮掩，只淡淡看回去，道：

「第一個。」

六道堂眾人這才反應過來，撲上去攻擊如意。

寧遠舟上前護住如意，低聲道：「妳還是不裝，才比較順眼。」

章崧卻道：「住手，不得對寧堂主的表妹無禮。」

❋

路邊風雨亭。

如意和元祿坐在亭前石階上——雖沒被捆綁起來，然而三、五個佩刀的侍衛人眼不離地守著，實則已被嚴加看管起來。

如意也無意逃走，只專心幫元祿挑出傷口中的汙物。元祿痛得齜牙咧嘴，如意的手腕卻未見任何顫抖。

風雨亭中，寧遠舟和章崧坐在桌邊，章崧親自點茶，推給寧遠舟。

寧遠舟低頭看了眼茶水，知曉其意，卻沒有碰，只道：「相國來意，寧某心知肚明，只是在下才疏力薄，只恐難以勝任。」

章崧哈哈大笑，「你才疏力薄？那老夫豈不成了行屍走肉？」章崧抬頭看向一旁隨侍的道眾——此人名丁輝，隸屬六道堂地獄道，跟隨寧遠舟多年。當日趙季率眾圍攻寧遠舟時，他便在其中。今日，章崧特地將他帶在身旁。

「說說，在你們這些六道堂緹騎腦子裡頭，間客到底是什麼？」章崧道。

丁輝回稟：「監視、暗殺，還有，收買變節之人。」

章崧不屑一笑，道：「這些小事，節度使養幾個遊俠兒就能辦到，可朝廷為什麼還要花每年軍餉的六分之一，養著你們六道堂？」

亭外，如意的手微一停頓。

章崧道：「寧遠舟的武功或許只比你們高一點，但智計卻勝你們百倍。六道堂上千人，只有他一個人清楚間客對於朝廷真正的作用──不是暗殺，不是偷盜，而是搜集情資，再從成千上萬條情資裡，整理出真正對國政有用的資訊！可他走之後，趙季閒置地獄道，廢了森羅殿，是以聖上出征前拿到的情資，十條倒有九條都是假的，為什麼？因為人家安國朱衣衛也不是吃素的，一樣也會放假消息！沒有經過多路驗證過的情報，就是個屁！」

章崧一指遠處婁青強的屍體，冷笑，「為什麼剛才趙季的親信死了，我無動於衷？因為在我眼裡，他連你們寧堂主的一根寒毛都比不上！」

六道堂眾人盡皆低頭，如意也大為震撼，抬頭再次看向寧遠舟，重新審視起他來。

寧遠舟卻依舊波瀾不驚，「相國謬贊了。」

章崧嘆了口氣，坦言道：「老夫可沒有給你戴高帽子，這一次聖上被俘，敗因之一就在六道堂。其實老夫早就欣賞你的才能，可惜你始終不願為我所用，老夫才只能袖手，聽任趙季再三陷害於你。」

寧遠舟垂眸，道：「相國如此坦誠，無非是想恩威並施，可寧某早已厭倦朝中傾軋，且因入獄身患沉屙，是以難當相國之重托。」他先辭之以禮，隨即眸中精光一閃，不閃不避地直視著章崧，「剛才我表妹的功夫，相國已經見識過了。您固然可以用元祿他們的性命要脅我，可寧某也能趕在他們斷氣之前，送您早登極樂。」

侍衛大驚，紛紛欲護章崧。章崧卻絲毫未見慌張，悠然端起茶杯，微微一笑，「我自然知道你不受要脅，可若是此事關係到盈公主的性命呢？」

寧遠舟一怔。

章崧道：「安人同意我國以重金贖回聖上，但要求以皇子為使。丹陽王監國，英王病重，盈公主便自請以皇子身分赴安。此時此刻，她正在午門行辭陛禮，過一會兒，車駕就該到附近了。」

✵

昔日空曠的午門前，這一日儀仗森森林立。新近受封一品親王，奉命出使安國的皇四子在此行辭陛禮，丹陽王和皇后親自率領百官相送。

楊盈已是一身親王打扮。連日來她一直在皇后殿中練習儀態，此刻儀表已同少年無異。一身金冠蟒袍，對少女而言雖不免重了些，卻恰可支撐起她略顯瘦弱的身量，穿在身上尊貴非凡。

她依禮向丹陽王和皇后拜別。身後隨行長史和女官也隨即上前，聆聽皇后和丹陽王的叮囑。隨後使團依禮拜別。

車馬儀仗，侍從護衛，俱已周備。禮官宣告吉時，楊盈登車啟程。跨步上車時，她萬分不捨地望向都城皇宮的方向。鄭青雲品階不夠，未能前來送行。她臨走前到底沒能再見他一眼。

煙塵滾滾，車隊離宮。

蕭妍揮手目送車駕，楊盈從車中回首，向蕭妍、丹陽王揮手道別。

動身前她一直都在想著要早日啟程完成使命，真到此刻，意識到當真要離開自己自幼生活的地方了，卻不覺間已淚流滿面。

✵

風雨亭中，章崧看向不遠處的官道，不緊不慢道：「令堂乃顧尚書掌珠，昔日是盈公主的教習女傅，將她從三歲照拂到十歲，你少年時也常和公主見面，說聲情同兄妹也並不為過。令堂臨終之前，曾囑咐過你務必照顧好公主；而公主甘願捨身赴安之前，提出的唯一條件，也是要赦免你的罪過。」他一停頓，看向寧遠舟，「丹陽王向來和公主關係淡薄，眼下又對帝位勢在必得，你覺得，他會允許公主平安到達安都嗎？」

寧遠舟端著茶盞的手終於一顫。

章崧微微傾身，向他耳語：「老夫其實並不在意你是否能救出聖上，只要你能平安護送公主見到他，問他要到一封傳位於皇后腹中親子、爾後由我監國的聖旨就行。」

寧遠舟攥著茶杯，依舊沉默。

章崧坐直了身體，眼神一厲，「如果你還想拒絕，老夫現在就讓公主去死。」

他說得平淡又陰狠，甚至故意提高了音量。亭外元祿和如意都聽得一清二楚，同時看向寧遠舟。

寧遠舟面色一沉，抬眼看向章崧。

章崧也看著他，正色道：「公主若死在安國，自然是安人的陰謀；公主若死在國內，那就是丹陽王企圖篡位的鐵證。老夫對誰坐龍椅並不太感興趣，但我絕不允許任何人，挑戰我掌控大梧的權力。」

他抬手一指遠處，只見煙塵滾滾，正是大隊人馬行經之處，「這會兒公主的車駕正好經過西郊山坳，只要我放出鳴鏑，埋伏的人馬上就會點燃火藥。寧大人，你是知道的，我向來沒有什麼耐心。十，九，八……」

他身邊的侍衛彎弓搭上了一支鳴鏑——鳴鏑傳音，是動手的信號。

章崧盯著寧遠舟，似在同他比拚定力。

「六，五……」

元祿終於按捺不住，突然暴起攻向彎弓士兵，企圖搶奪鳴鏑。那侍衛察覺到他的動靜，閃身躲避。然而慌亂之中，手上弓弦竟就一鬆。

鳴鏑破空，劃響天際。

只聽遠處一聲巨響，地動山搖，煙塵滾滾而起，鋪開近一里之廣，草木道路盡數淹沒其中。

眾人無不震驚。元祿雙目赤紅，青筋暴起，氣怒交加地衝向章崧，怒斥：「你殺了公主？她才十六歲！」

卻被如意一把按住，「冷靜點，公主應該沒事。」

元祿猛地一怔，順著她的目光看了過去，只見寧遠舟仍然穩穩地端著茶湯，絲毫不見驚惶。

章崧瞇眼，笑道：「你倒沉得住氣。」

寧遠舟微微欠身，「畢竟相國剛剛才說過，沒有經過多方驗證的情報，就是個屁。單憑一句威脅，就想讓寧某相信您會殺了公主，實在是太兒戲了些。」

✵

西山山坳，使團車隊人亂馬驚，車輛橫斜——適才一聲巨響，煙塵滾來，不但驚了馬匹，人也都嚇得不輕，此刻一團混亂。

楊盈初次出門，遇到這種意外嚇得捂著耳朵尖叫。偏偏受命照顧教導她的女官明女史也並不是個沉穩決斷之人，不但絲毫不能安撫她，反而自己也嚇得驚慌失措。

幸而隨行的杜長史端方沉穩，帶著眾侍衛努力控制住驚馬。此刻巨響平息，他立刻到楊盈車前稟報：「殿下請勿驚惶！只是前面的山道上有山石崩落而已！」

楊盈驚魂未定，撲在明女史懷中哭泣。

出使儀仗所用的車馬是做宣威之用，華蓋蔽頂，四面並無遮擋，便於觀拜之人瞻仰使者姿容。護衛士兵們眼見使者撲進女官懷中驚哭，紛紛注目。

明女史尷尬至極，小聲暗示。楊盈這才警醒，立刻坐正，重新裝出男子姿態。

✵

風雨亭中，寧遠舟平靜地看著章崧，道：「若我猜得沒錯，您確實埋伏了人在途中，但也只是想偽造丹陽王企圖謀殺公主的證據，以期日後所用吧？」

章崧緩緩鼓掌道：「洞見如燭！現在老夫越來越覺得當初不該選趙季去執掌六道堂了。」他嘆了口氣，「好吧。」便端正姿容，站起身來，正對著寧遠舟，「若我放棄威脅，僅僅以一個普通梧國百姓的身分請求你護衛公主和十萬兩黃金安全赴安、贖回聖上，你可願意？十萬兩黃金，是我國兩年歲入，若安國拿了贖金還不放人，大梧不單將人財兩失、再蒙國恥，群強環伺之下，亡國也在旦夕之間！」

他深深一禮，鄭重道：「章崧雖是世人眼中的權臣奸相，但仍不忍同胞生靈塗炭。寧大人，請你看在同為梧人的分上，受章某所請！」

寧遠舟顯然已被打動了，卻仍是沒有說話。

章崧又道：「還有一事——你可知護衛聖上而被俘往安都的天道道眾，已經全數身亡了嗎？」

寧遠舟震驚地看向剛才答話的六道堂緹騎，似在求證。

丁輝低聲道：「因為戰事阻隔，安國各分堂的聯絡一直中斷，前幾天才陸續打通。今天早上，安都分堂傳來消息，說天道被俘的兄弟，因為傷重難治，已經全數殉國了……」

「柴明、石小魚他們呢？」寧遠舟連忙問道。

丁輝道：「柴大哥早就在天門關陣亡。」

寧遠舟閉上了雙眼，元祿也紅了眼圈。四面六道堂眾人，也有不少人偷偷地抹了抹眼淚。

章崧嘆息：「可惜，他們現在在世人眼中，不是英雄，而是叛徒。」

寧遠舟霍然睜眼。

章崧回頭示意，丁輝便呈上幾張帖文和奏章。章崧將東西一份份遞給寧遠舟，「這是在我軍退守瞻州時發現的無名揭帖——『六道堂賣國，傻皇帝遭殃』。這是今日虎峙騎送往朝中的奏章，文中直指天道護衛軍前擅權，與安國勾結，以致聖上蒙塵……」

元祿怒道：「胡說八道！」

寧遠舟流覽之後，將那些文檔撕得粉碎。

章崧道：「你撕得了它，撕不掉天下人悠悠之口。敗軍之將，自然會拚了命地推卸責任，只有一個人活著回來的天道，就成了最好的替罪之物。寧遠舟，你身為六道堂的前堂主，就算可以不心痛當初的革新化為烏有，難道還能眼睜睜地看著當初把你從血海裡背出來的兄弟死後還背上千古罵名？」

寧遠舟閉上眼睛，掩去情緒，「我若不願，那就只有一個法子——我親赴安都，救出聖上，讓他親口對著天下人證明天道道眾的忠貞英勇。」

章崧道：「跟聰明人說話，就是簡單。那你去還是不去？」

眾人都忐忑地看向寧遠舟。

寧遠舟閉目沉思著。良久，他輕輕舒了口氣，睜開眼睛，眼中已是一片清明，再無游移，「去。」說完，便舉起拿了很久的茶盞，一飲而盡，將碗底亮給章崧。

章崧鬆了一口氣。

寧遠舟繼續道：「但要想事成，我必須有足夠的支持。」

章崧當即便從袖中拿出一卷令諭，道：「老夫早已備好敕書，從此刻起，你升任左衛中郎將，重掌六道堂。」

在場六道堂眾人無不歡欣，齊齊跪下，朗聲道：「恭喜寧堂主！」

章崧又拿出一只玉佩遞給寧遠舟，「這是先皇賜我的玉符，你可憑此便宜行事。事若成功，重賞；事若失敗，不罰。」

寧遠舟接過玉佩，「我無須重賞，只要相國許諾事成之後，令六道堂陣亡之人盡入英烈祠，保公主一生富貴安康，並放我歸隱山林。」

章崧道一聲「諾」，潑茶於地，指天起誓：「誓如潑水，可發不可收。」

寧遠舟接下令諭，氣場陡然一變，目光如電，周身再無一絲懶散之氣。他當即便回身吩咐道：「公主的行程不能耽擱，丁輝，你帶天道十人前去護衛公主，定時用飛鴿彙報情況。」

丁輝領命而去。寧遠舟也向章崧辭行：「我需要馬上回京組織人手，儘快出發，如此才能在使團入安前和公主一行會合。」

章崧略作思索，「事不宜遲，老夫親自送你回六道堂。」

✵

一行人步入六道堂。

有巡查回來的緹騎一身疲乏地從旁路過，然而看到寧遠舟跟章崧一道進入六道堂，似是猛然意識到了什麼，瞬間精神抖擻地迎上前來，興奮溢於言表。

「參見相國，參見堂主！」

而後回身一聲高喊：「寧頭兒回來了！呃，相國也來了！」

六道堂招攬三教九流，混雜奇人異士。不少人都性格乖僻，不講究禮儀。章崧也不見怪。只見一路不斷有人迎上來，神色激動地向他們行禮，也不由得感慨：「看來讓你復職，的確是眾望所歸。」便隨意看向一個剛剛迎出的道眾，「怎麼不見趙季？」

這道眾恰也是那日隨趙季前往寧宅的緹騎，他飛快地看了一眼寧遠舟，而後面不改色地向章崧回稟：「趙大人出京追捕朱衣衛餘孽，至今未歸。」

章崧自是毫無察覺，隨手贈了寧遠舟一個人情，「以後六道堂你一言九鼎，趙季如何安排，不必顧及老夫的面子。」

卻不知已被寧遠舟預先用掉了。元祿忍不住發笑。寧遠舟仍平靜地謝道：「多謝相國。」

此行艱難，蕭妍不說，楊盈不知，而丹陽王自己便是此行艱難的理由之一，唯恐不夠艱難，故而無人提及。但章崧卻是心知肚明，否則也不會斷言非寧遠舟不可。寧遠舟說要回來組織人手，他也不由得好奇，「除開那幾個天道的護衛，你準備帶多少人去安都？」

寧遠舟也知道章崧想看一看他選的人的本事，要一個心安，邊引著他走出堂外，邊道：「貴精不貴多，四個就夠。」便看向元祿，「想不想跟我去安國，看看你從來沒見過的大漠和孤煙？」

元祿驚喜，毫不猶豫答：「想！」

章崧也看了眼元祿，見他面容稚嫩、性情跳脫，有些懷疑道：「他？有十八了嗎？剛才瞧他武功也不過平平——」

寧遠舟一笑，「元祿，把你的木鳶放出來給相國看看。」

元祿道一聲「是」，當即像猴子一樣飛速爬上了六道堂房樑，在樑上摸了摸，便摸出一隻木鳶。他抓著木鳶，從三丈高處躍下，落到章崧面前。只是距離極近，差點和章崧的鼻尖碰在了一起。饒是章崧，也被嚇了一跳。

元祿嘻嘻一笑，轉身扭動木鳶上的機關，接著向外一扔，那木鳶便如翼鳥一樣飛到了空中，滑翔一圈後，竟落回到章崧手中。章崧震驚地撫摸著木鳶。只見那木鳶構造複雜，極盡工巧。他曾在書中讀過，還以為是杜撰，誰知今日竟見了實物。

寧遠舟道：「元祿是墨家後人，餓鬼道裡最出色的天才。」

章崧點頭信服，又問：「剩下的幾個是誰？」

寧遠舟便吩咐人：「去叫孫朗來。」

不多時，一個身著常服、打扮潦草的男子從正堂走來，但一見寧遠舟，立馬雙眼放光，「寧頭兒！」

章崧頗帶些玩味的眼神打量孫朗，目光停留在他邋裡邋遢的常服上，「這……」

去給孫朗傳信的人忙道：「孫校尉在楊尚書的私宅不吃不喝微服監察了三日，這才剛回總堂。」

寧遠舟見章崧還有疑慮，一拍孫朗的背，「孫朗，你也露一手吧。」

孫朗喜上眉梢，應諾：「是！」便轉身向章崧行禮，「下官擅長箭術，還請丞相指定一只標靶。」

章崧四面看了看，見遠處數十丈外的樹梢上有一個鳥窩，窩中依稀可見一隻毛茸茸的小鳥，便抬手一指，道：「就那隻小鳥吧。」

孫朗吸了口氣，面露不捨道：「這可有點難了。下官最喜歡毛茸茸的小玩意兒，只怕是下不了手。換成鳥窩右邊那塊樹疤如何？」

不待章崧回答，他已走到武器架前，拿起弓箭，背對大樹道：「一！」

章崧還在詫異，孫朗已然回身彎弓射箭，眾人驚覺，他竟不知何時用布條蒙上了眼睛。

那箭發出，正中樹疤。

眾人還不及驚嘆，孫朗已又回身，換了處位置。再次彎弓射箭：「二！」

射完再換一個位置：「三！」

三箭都齊齊紮在樹疤上同一個地方。

眾人都鼓起掌來，章崧也忍不住點頭，「不錯不錯，還有兩個呢，是誰？」

寧遠舟笑道：「剩下兩個，就需要丞相您幫忙了。」

✵

大牢裡，鎖鏈冰寒，木柵森然，空氣裡浮動著稻草發黴的潮濕氣息。本該是鬼哭狼嚎之地，這一日卻意外地安靜。所有人都屏息看向同一處。

那裡，一雙修長漂亮的手正在為一女子畫眉、塗朱。此刻妝容將成，在那雙妙手之下，微微仰著頭的女子妝容嫵媚至極。那手挑起女子的下巴，片刻後，又為她插上簪子。這才傳來一聲輕笑，「好了。」

那嗓音清朗風流，正該是那雙手的主人。然而那雙手卻穿過牢門木柵的間隙，收向了牢獄之內。不錯，為女子化妝的人，此刻正鎖在牢裡。他竟是隔著牢門為女子化妝的。

被化妝的女子迫不及待地看向木桶中的倒影，扶在木桶上的手肥胖粗糙，衣衫也是最尋常的灰布衣——分明是個肥胖的中年婦人。然而倒影在水中的面容，卻如花魁般嫵媚動人。

婦人陶醉道：「天哪，我鄭牢婆從來就沒這麼美過！」

而牢裡的男人一身白衣，鬍子拉碴卻不掩風流姿態。他悠然坐在稻草之上，宛若食英漱玉的貴公子坐在錦繡堆中，翩然笑道：「鄭姐姐何必自謙，為天下美人增色，是我于十三畢生所求。」但腹中飢腸卻在提醒他，姿態好看填不飽肚子。他輕咳一聲。

婦人恍然，忙把食盒送入，「我都忘了，你吃，你快吃！」

原六道堂阿修羅道都尉于十三依舊不忘姿態，文質彬彬地取過食盒。打開盒蓋，見裡面是隻肥雞，口水都差點從眼睛裡流出來，卻還是背過身去，才形象全無地抓起肥雞狼吞虎嚥。

其他牢房的男犯又饞又怒，紛紛咒罵，于十三恍若不聞。

突然，牢外有人叫道：「于十三，有人來接你出獄了！」

告。

于十三大喜，吞下最後一口肉，瀟灑整好衣冠，這才迤迤然步出。通道兩側也是牢房，關著不少女囚。于十三出獄的消息已經傳開，女囚們正隔欄相告。

關於于十三是個沒良心的風流子一事，他入獄幾日，女囚們早已親身體會——事實上，只怕整個梧都所有信息通暢的女子都耳熟能詳。然而這沒良心的浪蕩子，偏偏有這世上最妙手生春的技藝，能賦予女子一切絕色容貌。實在令人又愛又恨。想到這浪蕩子出獄，再無人能陪她們打發這暗無天日的囹圄生涯，女囚隔著木柵紛紛呼號挽留。

于十三就這樣在眾女的呼號挽留中，一路拱手道：「劉姐姐，我會想妳的……許家妹子，妳千萬要保重……蘇娘子，別忘了我……」

一女囚伸手穿過牢欄拉住了他，「十三哥，你走之前，再給我們變一次戲法好不好？」

于十三溫柔至極地回道：「為美人效勞，雖千萬人吾往矣！」

他一揮袖，手中便變出一朵花來，放在女囚手中。眾女子正在豔羨，于十三又變出更多的花來，撒向她們。一時牢中全是花瓣雨，眾女迷醉讚嘆，紛紛鼓掌。

寧遠舟站在通道盡頭，眼看著這個男人如蝴蝶穿花般從大牢裡走出，卻早已見怪不怪。

然而于十三望見寧遠舟背光而立的身影，卻是一驚，「老寧?!」

寧遠舟道：「有件要命、沒錢的活，你幹不幹？幹了，去年元宵你拐帶裘國公千金的罪，就可以一筆勾銷。」

于十三不滿道：「那哪是拐帶啊？我是那種人嗎？人家小娘子從來沒出過府，我就帶她出去看回燈，然後就好端端地送回府了，沒想到被她爹……」他擺擺手，「算了算了，什麼活？跟著別人幹就算了，跟著你嘛，倒是可以考慮一下。」

寧遠舟道：「保護一位年方十六、柔弱美麗的公主遠赴千里之外。」

于十三眼睛一下子亮了，驚喜道：「十六？柔弱？公主？」他一下子摟住寧遠舟的肩，喜笑顏開，「幹！咱們倆誰跟誰啊！」

✵

羽林軍校場，都尉錢昭正帶著手下羽林軍侍衛訓練。

能被選入羽林軍之人，無不儀表堂堂、武藝過人。都尉錢昭更是個中翹楚，他相貌英偉，精通各種武藝，性情持重可靠，尤其膂力過人，以力舉千鈞著稱。

但這一日被皇后傳喚，卻是因其他的本事。

他入殿覲見時，皇后蕭妍面前堆滿了書畫。

見他拜見，皇后便道：「錢都尉來得正好，這些天為籌聖上贖金，國庫空虛泰半，本宮便想賣掉私庫所藏的幾幅名畫。只是一時花了眼，竟然分不清到底哪一幅《天王圖》，才是吳仙人的原作。」

錢昭上前，掃了一眼兩幅一模一樣的畫，便道：「此幅。另一幅實中有虛，虛中有實，應是吳仙人徒弟盧道客的仿作。」

蕭妍疑惑地問：「何謂實中有虛，虛中有實？」

錢昭道一聲：「恕臣無禮。」便拿起一邊的筆墨，在紙上揮毫，片刻後便畫出一張精妙的畫作。他指著畫中一處，道：「此處便是轉折中虛。」

蕭妍端詳著那畫作，嘆道：「錢都尉不愧名門之後，文武雙絕。若不是章相親自相請，本宮還真有些捨不得。」

錢昭一怔，看向殿門。章崧和寧遠舟不知何時已經出現在那裡。

錢昭向寧遠舟微微點頭。

章崧看向錢昭，道：「錢都尉，聖上蒙塵，除禮王之外，娘娘還欲遣寧將軍率六道堂急赴安都。他心思縝密，擔心因昔年曾被貶官，難以取信聖上，所以想借調一位聖上信任的宮中禁衛一同前去。老夫聽說你之前與六道堂的天道護衛們就頗為熟悉，此次可願暫入六道堂，隨寧將軍救主還國？」

錢昭眼中波光一閃，躬身領命：「臣早有此意，敢不從命！」

至此，寧遠舟所說四人，已全部集齊。

章崧親眼見證過他們的能耐，早已信服，再無多言。

三人出了內廷，一道行在宮道上，往宮城南門去。路上，他便催促著寧遠舟：「人既已齊全，就儘快出發吧。」

寧遠舟道：「除使團之外，我們還需要偽造一個身分。一明一暗，才能方便行事。大戰之後藥物最是緊缺，我想扮成褚國的藥商，這樣在安國行動才不至於太打眼。安排這些還需要點時間，所以明日才能出發。」

章崧點頭。

寧遠舟又道：「此外，還請相國在京中看緊丹陽王，他若從中作梗，我們便會腹背受敵。」

章崧回道：「老夫會盡力，只是事關帝位，他肯定也會有所動作，你們自己也得多加留意才行。」

兩人站在宮道之上，四目相對。雖彼此並無什麼值得動容的交情，甚至從寧遠舟的角度來看，還有些值得相殺，然而想到經此一別，還不知有沒有來日，竟也不免有些靜默。

片刻後，章崧對寧遠舟一禮，「你們離京之時，老夫就不來相送了。願平安歸來，早日再會。」

互相致禮道別之後，章崧走了幾步，半途突然返身問：「對了，使團之中，有沒有你那位如花似玉的表妹？」

寧遠舟聞言一笑：「沒有。」

章崧頗有深意地看了他一眼，轉身離開。

錢昭狐疑地扭頭道：「我認識你二十多年，怎麼不知道你還有個表妹？」

✵

出宮門，坐上了自己的馬車，章崧才終於鬆懈下來，感慨道：「這些天一直鬧哄哄的，直到如今，才算是有了條理。」

身旁親信卻猶然有些擔憂，「相國難道不擔心寧遠舟中途反悔？只要劫了公主，十萬兩黃金在手，他隨便找一塊地方招兵買馬，便又是一方豪強。下官以為，不如將他的表妹留在京中，做為人質。」

章崧微笑看著他，「比趙季還心狠手辣的表妹，你敢留嗎？」

想到眾目睽睽之下婁青強的死狀，親隨一寒，露出些為難的神色。

章崧笑道：「無須擔憂。剛才在亭子裡，難道你沒看見寧遠舟已經把那盞茶都喝光了嗎？」

親隨一愣，「難道那茶裡面……」

章崧點頭，「此藥乃前朝祕傳，名為『一旬牽機』，凡密使出行，必以此藥為牽制，每隔十日必須服下解藥。趙季執掌六道堂後，各處分堂常有不服，他便向我求了此藥，分派給各處分堂用以控制手下。寧遠舟畢竟離開六道堂已經一年了，安國好幾處分堂的堂主早就換成了我們的人；他只有依次經過這些分堂，才能按序領到每一期的解藥，至於最後一枚……」章崧摸了摸袖中的錦盒，撚鬚一笑，「除非他做好所有答應我的事，否則……他是個聰明人，懂得怎麼叫我放心，所以我才會把那枚玉符給他，也讓他安心。」

他說完，便安然靠在車廂上，閉目養神。

忽聽宮城之中暮鼓聲起。只見楚天沉沉，暮色靄靄，樓臺宮闕一重連著一重，遙遙望不見邊際。

第六章

受命聚同道　重輿出梧都

這是如意第二次和寧遠舟一道出城門，只不過上一回他們一個是躲避搜求、意圖退隱的假死之人，一個是逃命的小白雀；這一回卻一個是眾望所歸、位高權重的六道堂堂主，一個是他武功高強、謎團重重的「表妹」。

才不過一日之間，便已歷盡生死起落，恍若隔世。

晨曦之中一座城門，兩人相對而立。寧遠舟看著卸去偽裝的如意，如意也看著煥然一新的寧遠舟。

卻是寧遠舟先開口：「昨天妳殺人的時候，說的『第一個』是什麼意思？」

如意坦言道：「在青石巷虐殺玲瓏的，他是第一個。」

寧遠舟了然，「玲瓏？妳那個白雀姐姐？呵，妳不該選在那個時候動手的。」

如意不屑道：「沒有人比我更知道什麼時候動手最合適。」

寧遠舟一笑，道：「妳連白雀都做不好。」

如意聞言不反駁，只道：「我是最好的刺客，除了殺人，其他的確都不算擅長。」

「是嗎？那妳這個最好的刺客，昨天為什麼會做去而復返、暴露自己其實武功高強的蠢事？」

「因為元祿提醒了我。你殺了趙季，而他是『第二個』。」如意一頓，「我不喜歡欠別人情。」

寧遠舟點頭，道：「剛好，我也是，那我們就算是兩清了。」他向守城的護衛出示權杖，城門護衛收起長槍放行。

如意卻沒有動，她只抬頭看著寧遠舟道：「你現在已經又是六道堂的堂主了，為什麼還要放我走？」

寧遠舟道：「因為這個決定，是我還不是堂主的時候做的。而且妳之前都那麼死皮賴臉出盡百寶了，就當是感謝妳對元祿不錯吧。妳應該慶幸自己的特徵和森羅殿裡任何一個六道堂仇家的紀錄都不相符，否則，我就沒這麼好心了。」

如意一哂，「這麼心慈手軟，難怪之前會被趙季那種貨色陷害。」

寧遠舟反唇相譏：「彼此彼此。妳一個刺客，居然委屈自己做白雀，還為了另一個白雀想要殺六道堂的副堂主，看起來也不怎麼聰明——」他也看向如意，「妳是朱衣衛的叛將，還是褚國的不良人？」

如意淡淡道：「什麼都不是，我只是一個已死之人而已。」

寧遠舟盯了她半晌，卻終究什麼都沒有問。只送她出城門外，把韁繩遞給她，道：「那好，希望我們自此人鬼殊途，再不相逢。」

如意接過韁繩，卻沒有上馬，突然抬頭看向他，問道：「我可不可以不走？」

寧遠舟一怔，不料她竟會提出這種要求。雖明知她不可能不有所盤算，然而乍對上那雙似有所求的眼眸，卻也還是有片刻遲疑。

如意道：「你們不是要去救皇帝嗎？我們可以做個交易，還有幾天，我的內力就可以慢慢開始恢復了。帶我上路，我可以幫你殺人，安國的朝中和宮中的事，我也知道不少……」

「妳想混在使團隊伍裡，躲開那個越先生的追殺？」

如意搖頭，坦言相告：「我不是躲他，而是想找到他，這個人向你們六道堂出賣了整個朱衣衛的梧都分堂。」

寧遠舟想了想，道：「知道越先生身分的人，只有趙季和他的黨羽，但他們現在都死得差不多了。據見過越先生的道眾說，這個人個子比妳高三寸，出現的時候總是戴著面具、穿著黑袍，根據他的武功和口氣推算，至少是位紫衣使。」

「謝謝。但我想和你交易的，是另外一件事。我有一位故人，幾年前突然被人害了，但走之前，她怎麼也不肯說出誰是兇手。你們六道堂的地獄道和森羅殿既然無所不知，能不能……」

寧遠舟打斷她：「不能。妳是別國的間客，我怎麼可能用梧國的公器來和妳交易？我剛才告訴妳越先生的事，只是為了再讓妳欠我一個情，換妳對我們去救皇帝的事情保密。」他一笑，「我不需要刺客，而且妳身上的祕密太多，我的使命又太重，大家還是大路朝天，各走一邊比較好。」

如意默然片刻，終於不再說話。她翻身上馬，牽動馬轡。

寧遠舟卻忽地又問道：「越先生是第三個？」

如意冷冷道：「不干你事。」

她一夾馬肚，頭也不回地疾馳而去。

寧遠舟望著她的背影，身後元祿不知何時已趕來，告知他：「堂裡那邊，都已經準備好了。」

✻

六道堂正堂內，錢昭、于十三、元祿、孫朗已然齊聚。四人神色肅穆，都已換上六道堂堂服。那堂服是本朝太宗所欽定，黑革銀甲，飾以金繡。晨曦之中，甲光耀目，威嚴又壯美。

正堂之外，其餘六道堂之人也都已整齊列隊在庭中，人人靜默挺拔，肅立如松林。六道堂堂主寧遠舟便踏著晨光，走進氣勢一新的六道堂。他面容肅穆，步伐堅定，身上繡金甲冑鏗然作響。

走到重傷未癒卻依舊在兄弟的攙扶下堅持列陣的蔣穹身旁時，寧遠舟停住腳步，蔣穹眼中一熱，「堂主……」寧遠舟連忙扶他起來。

蔣穹哽咽著，滾下淚來，悲涼道：「寧頭兒，是我對不起天道的其他兄弟。如果當初為聖上擋箭的不是柴明，是我就好了，他們也就不會被安人丟在河灘上，客死他鄉，背上一個賣國的罵名！」

寧遠舟拍了拍他的背，道：「我們六道堂的人，只要不是榮歸故里，死在哪兒都一樣。這次行動為百姓也為他們，必正天道英名！你跟老杜兩個坐鎮總堂，隨時支援。」

他擁抱了重傷歸來的戰友後，便大步流星直入內堂。

入堂後，他淨手拈香，率領即將隨他出行的四人一道向內堂中「六道輪回，善惡終始」的條幅敬香。堂外眾人也同時躬身禮敬。

已有道眾手捧托盤，為五人奉上堂徽。堂徽上堂中六道各有標識，如輪盤排列，中央鑄字標識各自身分。堂中道眾人手一枚，見牌如見人。每有出征，必攜帶在身上。

寧遠舟拿起自己的堂徽，其餘四人也同時上前一步，各自拿起。

「六道堂堂主寧遠舟，今領堂徽，不勝無歸！」

其餘四人也齊聲道：

「阿修羅道都尉于十三！」

「餓鬼道副尉元祿！」

「天道都尉錢昭！」

「人道副尉孫朗！」

「——今領堂徽，不勝無歸！」

他們將堂徽佩於腰上，又從道眾手中接過酒碗。

寧遠舟舉起酒碗，鄭重道：「敬柴明等天道兄弟！」他酹酒於地，而後再次舉起一碗酒，「一祭天地，二慰同袍，三壯來路。」仰頭將酒一飲而盡。

堂中眾人隨他一道酹酒，而後飲酒禮敬。

寧遠舟摔碗於地，斬釘截鐵道：「出發！」

晨光鋪地，地上酒霧升騰。五人一同步出六道堂，庭中眾人同時單膝跪地相送。他們皆知此行艱難凶險，啟程五人未必人人都有歸途。然而所有人胸中都豪情滿懷，無懼無畏。六道輪回，善惡始終。壯士一去，不勝無歸。

✽

然而路上行蹤，自然不能繡衣銀甲昭告天下。一行人早已換上商人便服，騎馬「護送」著馬車輜重，扮作商隊緩緩向城外去。

元祿猶然不捨，小聲嘟囔著：「堂服多好看啊，怎麼就穿了那麼一小會兒。」

孫朗拍拍他的頭，耐心解釋：「以後有的是機會穿，現在咱們得扮成商隊啊。再說剛才穿堂服，也是為了寧堂主復職，得給兄弟們鼓鼓勁兒。」

行經寧家老宅時，數日間難得閒適寧靜的生活忽就湧上腦海。寧遠舟一時難掩懷念，見錢昭扭頭看他，連忙低頭輕咳掩飾。

于十三嫌棄地看過來，「不是吧，你怎麼連這點酒都受不了了？」

元祿替他分辯：「寧頭兒坐牢熬刑時受了寒，一直沒好。他又不像十三哥你，有那麼多胖的瘦的黑的麻的紅顏知己照顧。」便摘下水袋，關切地遞給寧遠舟，「潤潤嗓子。」

于十三被他說得很是舒坦，衝街邊看他看呆了的女子拋了個媚眼，得意地對元祿一抱拳，「過獎過獎。」

孫朗扭頭，道：「老錢，給寧頭兒開兩服藥吧。」

錢昭面無表情道：「藥只能治病，不能醫情。我怕他這樣，是因為捨不得那個如花似玉的表妹。」

寧遠舟被水嗆住，咳嗽更劇。

于十三卻來了精神，眼神精亮，道：「如花似玉？表妹？真的?!」

錢昭依舊冷面道：「章相親口所言，怎會有誤。」

眼見于十三立刻撥馬追著錢昭去打聽「表妹」，寧遠舟哭笑不得。

獨元祿有些愣神，低聲問寧遠舟：「如意姐真的走了？」

寧遠舟點頭。

元祿又問：「那她有沒有跟你說，她到底是哪邊的人？」

寧遠舟搖頭，又道：「八成還是朱衣衛，褚國不良人很少用女的。朱衣衛這些年內部傾軋得一直很厲害，連指揮使都換得跟走馬燈一樣快。她孤身一人，身分隱祕，提起朱衣衛的時候很冷漠，為其他白雀報仇的時候又很堅決，多半是顆棋局中的棄子，才會對故主有那麼複雜的感情。」

于十三正和錢昭說著話，突然聽到最後兩字，又精神了，「感情?!」

寧遠舟無奈，轉頭問錢昭：「安軍現在何處？」

錢昭回道：「安帝奪得潁、蔡、許三地後，軍力也到了極限，故而派員鎮守後，便已親率大軍班師回朝。現在應該到了歸德城，聖上也在隨行人員之中。」

✵

梧帝處境不太好。

歸德城距天門關不遠，地近塞北，是安國北疆重鎮。大軍班師回朝，經歸德原入歸德城，便脫離邊境戰場，可安心駐紮休整。

歸德城民風淳樸尚武，聽聞大軍歸來，無不歡騰鼓舞地齊聚在官道兩側，翹首以盼。

自安國建朝以來，從未取得過如此戰績——俘虜了敵國的皇帝。

城外已搭起彩架。隨著鼓聲擂起，大軍行近。遠遠望見天子兜鍪耀日、金甲燦然，兩側山呼萬歲之聲如雷聲滾動，響徹整座城池。

安帝端坐馬上，抬手示意百姓平身，享受著萬眾瞻仰。他已年過不惑，在梧國人口中是個鷹視狼顧的陰鷙貪婪之人，但此刻端坐馬上，卻身姿英偉、威風凜凜。

他身後半步之遙，便是在此戰中立下大功、俘獲了梧國皇帝的虎翼軍統帥——長慶侯李同光。這位安國軍中最年輕的統帥白衣勝雪，玉面金冠，寵辱不驚。所過之處，男子敬仰其武功卓著，女子仰慕其俊美風流。

緊隨其後的，便是被俘虜的梧帝。他依舊是當日揮斥號令的打扮，然而頭盔已丟，蓬頭垢面，繡龍金甲上沾滿血污，雙手被縛。安、梧兩國交戰多年，邊境城池誰家沒有子弟死於戰場？彼此仇恨深重。今日梧帝被俘，兩側安國百姓無不咬牙咒罵，縱使有士卒攔著不許拋擲穢物，也還是忍不住唾棄。

梧帝早如喪家之犬，此刻遊街一般被草芥賤民辱罵，更是恥辱狼狽至極。臉上血痕未消，卻已蒼白如紙。

歸德城中，安帝膝下兩位皇子也早已恭迎多時。眉眼中英氣十足的那位，是安帝長子河東王李守基，另一位眉眼含笑的，則是次子洛西王李鎮業。安國的將兵見了他們，紛紛滾鞍下馬。

安帝儀仗漸近，二人躬身相迎：「兒臣恭迎父王，賀父王威震天下，大勝而歸。」

安帝眉開眼笑，「平身平身！朕在前方肅敵，你們在後協助，也是功勞不小。」

河東王連忙道：「父皇過獎，兒子不過只是押運糧草，又有何寸功？倒是二弟護送貴妃從京城跋涉而來，一路委實辛苦。」這番話，自謙表功之餘，卻是暗諷洛西王沒做什麼正事。

洛西王確無功勞可表，便以孝道回敬，「貴妃姨母既奉父皇旨意前來，兒臣自然要全力盡孝。」

安帝不偏不倚，笑道：「你們都辛苦了，這一回朕從梧軍手裡得到了不少寶物，等安頓下來，各有重賞！」

二人自是欣喜謝恩，隨安帝一道往行營走。一人貌似不經意地透露著自己對行營的上心布置，另一人則不甘其後地暗示貴妃姨母已經焚香沐浴等待多時。安帝彷彿並未察覺兩人暗較高低，連聲應好，只特地叮囑：「記得給同光安排一間離朕近些的營帳，朕晚上還有些軍務要和他商議。」

兩人這才看到後方的李同光。與那些一早就跪在地上的兵將不同，李同光只不過微微欠身，抱拳道：「兩位殿下萬安，請恕末將甲冑在身，禮數不周。」

兩人眉頭瞬間便皺起。河東王沉得住氣些，皮笑肉不笑地道：「長慶侯多禮了，父王對你最是恩寵。既是姑表至親，還那麼客氣做什麼。」洛西王卻已語帶譏諷：「話雖如此，可是同光這一身打扮也太華麗了些，別人不知道的，還以為你是個戲臺上的將軍呢。」

李同光不動聲色道：「兩位殿下過獎。」卻逕直上前，向安帝耳語：「陛下，剛才接到梧國國書……」

安帝聽完，一挑眉，「禮王？朕怎麼沒聽說楊行遠有這麼個弟弟？」

「所以臣才想待會兒好好盤問一下……」

見李同光不但反應平淡，而且完全旁若無人地和安帝密談，兩王頗感無趣，卻也不敢打擾，只能豎起耳朵，努力聽個一言半語。不經意間眼神一觸，對面前儲位競爭者的厭棄便又占據上風，立刻煩躁地分開。

草地中央，篝火騰起。一隻肥美鮮嫩的全羊在火焰的炙烤下滋滋作響，焦香隨著舞樂聲一道飄滿營地。

大軍駐紮，歸德城中烹牛宰羊供獻美酒，安帝舉宴犒賞大軍。王帳前安帝、諸王諸將分坐，此刻酒至酣處，觥籌交錯，絲竹之聲不絕於耳。營地周圍圍滿了士兵百姓，人人都想近前瞻仰天子風姿。安帝心情好，有意與民同樂，早已示意侍衛們不必驅離。

兩位精心打扮的舞姬踩著鼓點獻舞，柔婉綺麗，看得散坐在周圍的達官貴人們不停鼓掌叫好。

然而舞姬再好，也不如安帝身邊初貴妃之萬一。這位初貴妃為沙西王之妹，是沙西部的明珠，也是安國已故皇后的表妹，尊貴美麗，溫婉解語，深得安帝寵愛。安帝班師，不及回到都城，便先傳召初貴妃前來伴駕。此刻初貴妃正侍坐在安帝身側，含笑替他斟酒。一雙明眸如彎月一般，眉心一點朱紅花鈿，嬌俏明豔。一時她仰頭向安帝說了些什麼，引得安帝暢快大笑。

喜慶喧囂之中，梧帝腳戴鐐銬，坐在角落裡，忍受著眾官和舞姬們的指點議論，臉色蒼白地獨飲著。

李同光坐在他的鄰座，見他眉頭緊皺，便笑問：「這酒可還合陛下胃口？」

梧帝搖頭，「又苦又澀，難以下嚥。」習慣了江南的豐饒甘醇、錦繡溫文，此地之貧瘠粗魯實在令人不堪忍受。梧帝想不通自己何以戰敗，忍不住道：「龍蛇混雜，成何體統？這就是你們安國的國宴？」

李同光一笑，「歸德城地近塞北，風俗崇尚天然。陛下以後說不定還要在我國做上好幾十年的客，還是早點習慣為好。」

梧帝道：「朕一天也不想多待，待我皇弟送來贖金，就請貴國依諾送朕平安返國。」

「那位禮王楊盈，真的是陛下親弟？怎麼據朱衣衛回報，之前都查無此人呢？」李同光狀似無意般提起。

梧帝眼神微閃——禮王？楊盈？卻也知事關他能否平安回到梧都，不動聲色道：「盈弟今年十六歲，乃宮人所出，只不過從小養在深宮，又沒領過實職實封，是你們無能才查不到而已。」

李同光貌似恍然，笑道：「哦，原來只是個無用的閒散皇子。也是，丹陽王殿下倒是才略過人，只不過他如今正忙著治理政務，沒時間來迎您這位讓梧國蒙羞的陛下吧？」

梧帝氣得渾身發抖，但也只能強忍。李同光暢快地取酒豪飲，笑容落入河東、洛西兩王眼中，都頗覺刺眼。

席間一曲終了，舞女舞罷退場。河東王起身稟道：「父皇，歸德城的百姓為了慶賀您的大勝，特意織了一張百勝毯，想要獻上。」

安帝道：「宣！」

幾位百姓便抱著一卷地毯獻上，當眾展開。毯上所織，正是安國雄壯威武之師在天子率領下奮勇殺敵、俘獲敵酋的場景。比之江南織物的靡麗工巧，不免風格樸拙，卻別有一股雄渾豪邁之意，更有民心愛戴鼓舞之意。安帝看後頗為高興，立刻揮手道：「賜酒！」

百姓們豪邁地一口喝完，亮出杯底，眾人紛紛拍手叫好。

北地酒烈，燒喉又上頭。滿滿一大碗公灌下去，幾人都醺醺然。邊境民風又彪悍，其中一名女子被酒氣一激，豪興大發，「聖上您是大英雄，梧國的這個蠢皇帝哪配跟您坐在一起！讓臣女替您把他趕走吧！」

她醉醺醺地撿起篝火邊上一根粗樹枝，就向著梧帝衝了過去。安國君臣對這位「敵酋」卻是殊無敬意，都看好戲似的不加攔阻。那婦人就要衝到面前，梧帝卻因腳鐐動彈不得，雖驚怒交加，卻只能舉袖抵擋。眼見那粗黑的樹枝就要打向梧帝面門，突然之間，一根織金鑲玉的馬鞭伸了過來，架住了那婦人的樹枝——出手人正是李同光。

只聽李同光聲音溫柔道：「姑娘的豪爽，委實令人佩服。不過梧國皇帝是咱們聖上好不容易才請來的貴客，您這位歸德城的貴女，能不能瞧在本侯的面上，替聖上多盡幾分待客之禮呢？」

他生就俊美風流的模樣，正是陌上少年，更兼笑意溫潤、語氣輕柔。那女子目光同他一對，臉上霎時飛紅，樹枝啪地掉在地上，捂著臉飛也似地跑了。場中人猛然間哄笑起來。

貴妃抿唇笑道：「瞧瞧咱們的玉面長慶侯，多招姑娘家喜歡！」

安帝也跟著調笑：「看來朕得早點替他找一個名門貴女成婚，省得他老搶朕的風頭。」

貴妃微笑著奉上一杯酒，「光賜婚哪夠？這一回能生擒梧帝，小侯爺是首功，聖上除了美人，只怕還得賞個國公的爵位吧？」

席間眾人紛紛笑著附和。

河東王妒意驟起，冷笑一聲，「同光真是不容易，為了護著梧國皇帝，連美男計都用上了。哦，不過這也不奇怪，畢竟是子從父道嘛。」

此語一出，舉座皆驚。洛西王乾咳一聲，「大哥可別說笑，同光乃是姑姑唯一的血脈，父皇特賜御姓，尊貴至極。」

河東王猶然未覺，大剌剌道：「呵，誰不知道他親爹就是個卑賤的面首……」

他身後親隨連忙拉他。洛西王也高聲提醒：「大哥！你喝醉了！」

宴席上死一般寂靜，眾人都看向李同光。安帝亦沒有出言相助之意，只是玩味地看著眾人的表情——尤其是李同光的表情。

李同光面色卻絲毫不變，平靜地飲下一杯酒，道：「河東王殿下還真是風趣，什麼話本流言都信。」

安帝這才笑道：「說那麼多閒話幹麼，給朕添酒！」

宴席上重新熱鬧起來。梧帝的心，卻沉靜了下來。他看著神色自若的李同光，眼神中突然有了一點複雜的敬意，舉杯道：「剛才，謝了。」

李同光款款笑道：「謝陛下。這苦酒多喝幾回，總能習慣的，不是嗎？」

✵

酒宴殘席上，安國人已醉得歪七倒八。安帝在初貴妃的攙扶下回王帳歇息後，酒宴終於告一段落，尚清醒能走之人各自散去。

李同光也令人攙起醉酒委頓在席的梧國皇帝，送他回帳中看押。行至拐角處，便聽不遠處傳來怒斥與鞭打聲。河東王正氣急敗壞地揮著鞭子痛打親隨，「誰讓你拉著孤的？故意跟老二串通了，當著父皇下孤的面子?!」親隨已被打得血肉模糊，連呻吟聲都發不出了，河東王卻猶不停手。瞥見李同光走來，他下手愈發狠毒，提高聲音辱罵：「賤人，孤今天就要打死你這個面首胚子！」

李同光恍若無聞，逕直走過。河東王氣結，踢了一腳早已人事不知的親隨，惡狠狠地吩咐：「拖下去，扔進河裡。再找幾個梧國俘虜來，放進狗場裡去，孤要看他們狗咬狗！」

李同光目光清明，卻是毫無醉意，一直親眼看著人將爛醉如泥的梧帝扶入房中，又吩咐隨從：「就算他喝醉了，也不能放鬆警惕，看守的人數再加兩人。」安排完看守，眼尾瞥見河東王氣急敗壞離去的背影，又吩咐道：「去河裡把人救了，要狗場的人拉住點狗，別出人命。」

而後他將整個營地都巡視了一遍，確定沒有紕漏後，才轉身淡淡地對親隨道：「去準備，我要散心。」

親信朱殷追隨他多年，知他心中鬱結，立刻領命：「是。」

❋

林中寂靜無比，只有李同光揮劍如風的聲音。月光照在他年輕的臉上，不多時他便練得汗濕鬢髮。他停頓片刻，喘息連連，眼中卻是更加深重的篤定，一劍再起，他繼續不遺餘力地舞著，似是要把胸中所有的不平與憤懣都藉此揮散出去。

待宣洩盡憤懣之後，再次回到營帳之中，李同光已又是一副寵辱不驚、淡然若水的面容。他走入帥帳，平展雙手，腳步不停。隨從追隨在側，動作嫻熟地幫他除去外衣。一展屏風之後，浴桶已然備好，正有人將滿滿一盆冰塊倒入其中。

李同光赤裸上身跨入冰桶之中。刺骨的寒冷透過皮膚侵入四肢百骸，激得骨髓都在發疼。他閉上眼睛，緩緩沉入桶中。桶中冰霧騰起，他那張面對激賞與羞辱始終毫不動容的臉上，也終於微微閃過痛苦與釋然的表情。

隨從們似是早已習慣，見他閉目，紛紛沉默退去。

不知道過了多久，一雙柔荑從他身後悄悄伸了過來，拿著巾子替他抹去額上的水珠，輕柔的嗓音暗含疼惜，「每回不痛快，都這麼壓在心裡作踐自己。你那位師父到底教過你什麼啊？」

李同光身子一側，猛地避開，抓住女子的手腕。看清女子面容後，面色才稍緩，「是妳？」

女子似嗔似怨地回應：「除了我，還有哪個女人敢進你房間？」

李同光不著痕跡地移開她的手，淡淡道：「老頭子睡了？」

女子有點受傷，但仍然一聲輕笑，回道：「睡了，他畢竟也老了，喝多點就不行了，不然我怎麼能出來看你？趕緊出來吧，水裡多冷啊！」

她抬起頭來，雲鬢鳳簪，明眸柔媚如新月，眉心一點朱紅花鈿，尊貴又美麗——竟是初貴妃。

安帝寵妃在側，李同光卻是毫不驚慌，只淡淡道：「比起那幫取笑我的畜生，這水暖得多。」但他還是從水中起身。

初貴妃想替他拿架上的單衫，他不過手一招，內力到處，單衫就已經到了手中，俐落披衣。

他僅著一件半濕的褻衣，越襯得寬肩長臂，手臂上肌肉勁瘦精悍，如白隼展翅。他回過身時，初貴妃望見他衣領下厚實的胸膛，一陣臉熱，垂眸道：「好幾個月沒見了，你想不想我？」

李同光沒有直接回答：「那妳呢？」

「當然想，難不成我還能想那個老頭子？當初他納我入宮，不過是看中我們沙西部的勢力，我傻了幾年，早就清醒了……」

她抬手想親近李同光，手指幾乎攀上李同光的胸口，他卻不著痕跡地轉身避開了。她負氣道：「幹麼一直離我這麼遠？你不想見我是吧？那我就走好了——」

她轉身欲走，卻忽然被寶石明光耀花了眼睛。李同光手裡拿著一只金累絲鑲寶石的鐲子遞來，華貴耀眼。初貴妃一見之下，便已被吸引。

李同光道：「妳又多心了，我只是想去拿這只鐲子而已。」他轉動著鐲子，「這是我生擒梧帝的時候，在他身上找到的。前朝古董，梧后的愛物，他帶在身邊當作念想。我偷偷地藏起來，就是為了今日。」他把鐲子放到初貴妃手中，柔聲道：「願以此物，賀娘娘早踞鳳座。」

初貴妃對鐲子愛不釋手，但一想到安帝，她不禁嘲諷：「可惜，老頭子是不會立我當皇后的。後宮的妃嬪都是各部的貴女，他要保持勢力平衡。所以，他天天說著難忘我的表姐昭節皇后，什麼『結髮夫妻，故劍情深』……」

李同光低聲蠱惑：「太后，也是後宮之主，而且權力比皇后更大。」

初貴妃靠近，依偎在他肩頭，輕聲道：「當然，咱們不就是這麼計畫的嗎？我會幫你二桃殺三士，除掉大皇子和我那個蠢到不行的表外甥二皇子，到時候，我做太后掌控內宮，你做首相權傾外朝……」

這一次李同光沒有躲開，只是淡淡一笑，「再立江采女生的三皇子，他才三個月，最好控制……」

他垂首在初貴妃耳側輕言細語，神色卻清冷至極，沒有絲毫情動。

✲

出梧都一路向西北，追趕了一日夜之後，寧遠舟一行人終於在六十里外的譙州驛署追上了使團。

丁輝帶著手下天道眾人已等候多時，見到寧遠舟，因接到任務而未來得及去拜見寧遠舟的天道眾人難掩激動，紛紛跪地，齊聲道：「堂主萬安！」

聽到聲音，楊盈跌撞著飛奔出來。她面色虛弱蒼白，看清眼前確實是寧遠舟，驚喜卻又猶然有些不敢置信地喚道：「遠舟哥哥！」

身後明女史厲聲呵斥：「殿下，注意體統！」

楊盈一驚，但仍情急地詢問寧遠舟：「你這麼快就回京了？怎麼會突然來這兒？」

她激動不已，哪裡還有心情掩飾，分明一副小女兒情態。杜長史見狀一臉尷尬，明女史則不滿皺眉，不善地瞪著寧遠舟，開口質問：「你是何人？」

寧遠舟並不理會，只一拂衣袍，容色莊重地跪地向楊盈行大禮，「臣左衛中郎將、六道堂堂主寧遠舟——」

錢昭、于十三、元祿、孫朗也隨即跪地，同寧遠舟一道行禮，「參見禮王殿下。」

楊盈一怔，不知該如何反應，只慌忙扶他，道：「遠舟哥哥，你快起來……」

寧遠舟舉起監國玉佩，朗聲道：「臣奉章丞相密令，暗中護送禮王殿下入安，迎帝歸梧。使團一應大小事務，此後皆歸臣所節制。」

杜長史和明女史都臉色一變。卻是杜長史先回過神來，立刻回禮：「下官遵令！」明女史也隨即改了態度，給寧遠舟行禮，道：「女史明氏，參見寧大人。」

一行人移步進入館舍中，楊盈抓著寧遠舟的衣袖不放。她初次出行便路遇艱險，又是連日奔波，身體虛弱，更兼驚恐憂慮，故而面色蒼白。偏偏隨行杜長史古板，明女史嚴厲，都不是善於揣摩女孩心思、懂得安撫的人。此刻遇上可以信賴之人，楊盈終於可以一訴心中驚恐，「遠舟哥哥，我好怕，杜長史老說到安國後可能會遇上刺客……」她說著便滾下淚來，「我、我會死嗎？」

明女史不快地將楊盈拉開，疾言厲色地規勸楊盈：「殿下應該自稱孤，您也不能那麼稱呼寧大人——」她舉止間對楊盈竟無絲毫敬重之意，只令楊盈愈發驚恐拘謹起來。寧遠舟不由得微微皺眉。

他放緩了語調，輕聲安慰楊盈：「放心吧，我們不是來了嗎？」便先指著最魁梧強壯的孫朗，向楊盈介紹：「這位是孫朗，從今天開始，他就正式加入護衛妳的使團，負責保護妳的安全。」孫朗生得虎背熊腰，向前一站，氣勢逼人，安全可靠。

寧遠舟這才又向楊盈仔細講說：「我們一離京，朱衣衛的眼線必然會增多，所以為了行事方便，我們也會偽造一個身分，一明一暗，配合使團行動。大戰過後藥材最是緊缺，因此我們會扮成去安國販賣藥材的褚國商隊，擔心一路上不太平，便靠著和使團護衛的交情，跟在使團後面一起搭個伴。日後叫我寧掌櫃便好。」他便向楊盈一個個介紹：「天道錢昭，扮商隊的護衛；元祿妳認識，扮小廝；最後這位……」

于十三桃花眼一彎，笑道：「我是商隊最重要的帳房，于十三。初次見面，有個禮物想送給殿下。」他信手一翻，指間一枝嬌豔的鮮花盛放，他笑著遞給楊盈，「剛才在外面摘的，希望禮王殿下看到這鮮豔的花朵，心緒能安寧許多。」

楊盈不由得臉紅，想接卻又畏縮不敢。

杜長史見狀皺眉，正欲說話，寧遠舟卻道：「剛才看殿下身子似乎不太爽利，大夫怎麼說？」

明女史道：「殿下自出京以來，一直鬱鬱寡歡，虛弱無力，可我們走得匆忙，沒帶御醫，再說公主這情況，也不能隨意請民間的大夫。」

錢昭上前一步，直言：「請恕臣無禮。」便給楊盈把脈。

楊盈偷偷抬頭看一眼明女史，小聲辯解道：「我也不想生病，就是總吃不好睡不好，杜大人還天天進講，逼我學安國的東西。」

寧遠舟便問：「殿下學得怎麼樣了？」

楊盈有點心虛地回答：「還好。」

錢昭診脈已畢，依舊是面無表情地說道：「並無大礙，多半是受不了馬車的顛簸，脾胃不和而已。」

寧遠舟便放下心來，提醒錢昭為楊盈開幾方調理的藥劑，便對楊盈道：「那臣來出幾個考題考考殿下。安國有幾位皇子？各自封號是什麼？」

楊盈道：「三個。有一個叫河東王，另外兩個……」她抬眼望見明女史，思路忽就一斷，越是用力去想，便越是想不起來，她敲了敲腦袋，「我剛剛還記得的，就是一下子突然想不起來了。」

教導失職，杜長史很是尷尬，明女史也皺起眉頭。眼看楊盈愈發焦急起來，元祿趕緊替她打圓場，「頭兒，剛剛錢大哥不是說了嘛，殿下這是累了才一時想不起來，不如先好好休息，或許明日就想起來了呢？」

楊盈連忙點頭，惴惴地抬眼看向寧遠舟。

寧遠舟便也起身，道：「既然如此，殿下便早些歇息吧。臣等就不打擾了。」

他帶著眾人施禮退下，楊盈終於長鬆了一口氣。

一行人離開房間，一到外廳，寧遠舟便沉下臉來，轉頭看著杜長史和明女史，厲聲道：「你們失職了。」

兩人羞愧萬分，齊聲道：「下官無能。」卻也不能不分辯一二。

杜長史為難道：「殿下身子不適，老夫也不能強行授課。」

明女史也恨其不爭，忍不住埋怨：「是啊，殿下的性子實在太過柔弱了，又總是思念梧都，動不動落淚發熱……我提點過她好多次了，但她實在是才質有限。」

杜長史卻不盡贊同，對楊盈有不同的看法，「殿下其實頗為聰慧，只是一時千頭萬緒，不知從何學起。好在路途尚遠，老夫和明女史自明日起，一定加倍用功，為殿下授課。」

寧遠舟不置可否，只問：「你們準備講些什麼？」

杜長史拱手道：「大梧與安國之間的恩怨，安國三品以上大臣的大致履歷。」

明女史歷數：「安帝的性情，後宮的情況，以及各位皇子的情況。」

寧遠舟默然。于十三看看杜長史，又看看明女史，見他們確實說完了，沒有再多補充了，終於忍不住問：「就這些？不講朱衣衛？不講安國朝中有哪些勢力？不講萬一進入安國之後，有人刻意為難該怎麼處置？只說三品以上大臣的情況？提醒你們一下啊，把聖上抓走的那個忠武將軍長慶侯，他可只是個從三品。」

杜長史面露尷尬。明女史卻厲聲呵斥：「大膽！你竟敢大不敬！聖上只是北狩！」

寧遠舟淡淡地看了她一眼，明女史感受到壓力，立刻噤聲。得寧遠舟示意「繼續說正事」之後，她才又小心翼翼地辯解：「娘娘怕貪多嚼不爛，只讓我揀最要緊的講講便是。畢竟殿下的職責，只是交付贖金而已。與安國的談判，自有杜大人負責。」

杜長史點頭說道：「不錯，反正世人眼中的禮王殿下自幼不通朝政，若太過精明，反而會讓安國起疑心。」

寧遠舟反問：「杜大人覺得，現在動不動就哭的殿下，就不會讓安國起疑心嗎？」

杜長史語塞。

寧遠舟又轉向明女史發問：「不知明女史將如何講安國初貴妃？」

明女史道：「初貴妃是前任沙西王愛女，數年前入宮，寵冠後宮。她喜騎射，擅媚術……」

寧遠舟只聽一句便夠，立刻打斷她：「多謝。」再次轉向杜長史，「杜大人又準備怎麼和安國談判？」

杜長史正色道：「曉之以利害，動之以情理，自然，還要奉上贖金。」

「要是這三樣都做了，安帝還不肯放人，甚至扣押使團呢？」

杜長史正氣凜然地說道：「若真到了魚死網破之時，老夫自當直闖朝堂，當著文武百官的面，痛斥安帝言而無信，爾後從容赴死，以全君臣之義！」

明女史也盈然有淚，附和著：「不錯，反正我們從離開京城那一刻開始，便已經有了一去不回的覺悟！」

商隊四人面面相覷。片刻後，寧遠舟一笑，說了三個字「有道理」，便不再詢問楊盈之事，轉身問起了他們的房間在何處。

一進房間，于十三就忍不住譏諷：「直闖朝堂，痛斥安帝？戲本子看多了吧？」

元祿也道：「安人要想發難，只消把使團軟禁在驛館之中，一絲風都透不出去。」

于十三已經在開賭盤，「打個賭，咱們的小公主這樣子去到安國，多久會被識破？我賭一天。」

元祿道：「以後有寧頭兒坐鎮，怎麼也能拖到兩天吧。」

錢昭竟也忍不住湊熱鬧，冷不丁插嘴：「半個時辰。」眾人紛紛注目，錢昭一攤手，居然是認真的，「那個女官不行，她根本不尊重殿下，怎麼能教得好她？」

明女史的態度確實一目了然。于十三嘆了口氣，道：「唉，冷宮長大的小公主，就是這麼可憐。」他拍了拍寧遠舟的肩膀，「就知道跟你出來就不會有輕鬆的事。不過公主倒確實是個美人兒。」

寧遠舟眸光變冷，說道：「丹陽王好心計，既不想讓聖上平安歸來，又不想做得太明顯，索性就選了杜長史。這樣不通機變的忠義直臣，到時候辦砸了事，就成了天命如此。」

于十三問：「那現在怎麼辦？公主要是一進安國就出了岔子，我們連皇帝都見不著，還怎麼救人？」

寧遠舟嘆了口氣，「長史是換不了了，得馬上讓皇后再派個得力的女官過來。」

錢昭卻又突然插嘴：「沒有別人了。」

眾人都一怔。他是羽林軍都尉，自聖上出征後就一直受命保護皇后，對皇后宮中情形最熟悉不過，他說沒有別人了，那——

果然就聽錢昭道：「宮中能頂得上用的女官就那麼幾個。除非你是故意找藉口，想換你那青梅竹馬的裴女官過來，不過人家已定親了，不太合適吧？」

寧遠舟被嗆得咳了一下。于十三忙岔開：「要不，讓安國分堂找幾個女道眾過來？」

元祿有些遲疑，「來不及吧？再說趙季把各地分堂的老人裁撤得七零八落的，能不能選到合適的人，還是個問題。」

眾人一時都陷入沉默。元祿說得不錯，既要合適又要可靠，哪有這麼容易找得到。他們實在想不出還有什麼門路。

于十三伸出雙手在空中畫了條凹凸有致的曲線，「唉，要是能天降一個對安國無所不知的美人兒，就阿彌陀佛了。」

寧遠舟卻突然一醒。他確實認得這麼一個人。此人不但對安國無所不知，而且恩怨分明、言出必踐，為一個小小的白雀不惜當眾刺殺六道堂的副尉。她武功高強，也聰明至極，極其擅長判斷時機、偽裝和揣摩人心，正是指導楊盈的最佳人選。

分別前，如意仰望著他的面容已再次浮現在腦海中，她有一雙漆黑美麗的眼睛。那雙眼睛曾楚楚可憐地看著他，亦曾在復仇之後染血凝冰一般沉靜。她和他說：「帶我上路，我可以幫你殺人，安國的朝中和宮中的事，我也知道不少。」她甚至還有意與使團同行。

寧遠舟甚至來不及深思，此刻心中驚喜是因為終於尋得既合適又可靠的人救此刻之急，還是因為這個人恰好是如意，只知不能再遲疑下去。

於是他立刻起身喚元祿：「元祿！飛鴿傳書給總堂蔣穹，要他馬上嚴審已經召回的趙季黨羽，務必查到越先生的行蹤！」

第七章

越女現圖謀
左使劍光寒

梧都北，開陽。

開陽縣城池不大，不過數里見方。在富庶江南算不得繁華形勝的名邑，卻也是個勾連南北、消息通暢的好地方。縣城西南有家開了許多年的老布店，時不時便從南來北往的行商手裡收些各國時興的新料子售賣，在城中女眷們口中也頗有些名聲。

這一日也是生意興隆，不時有客人進出。掌櫃是個隨和的中年人，笑盈盈地親自接待著。直忙到臨近晌午時，店裡空閒下來，才叮囑夥計看好店門，打起簾子進後堂休息。

門簾落下時，他臉上笑意便已收起，肩頸一展，隨和無害的模樣已變得精悍狠辣起來。他走進後堂，抱拳向屋內行禮，恭敬肅然道：「暗哨都放出去了，大人放心。」

一個二十來歲的英俊青年自內打起門簾，便見內堂主座上坐著個頭戴罩袍、面具遮臉的黑衣人——正是越先生。

越先生點頭，對他的安排似是滿意，「一旦那人出現，格殺勿論。」

掌櫃卻猶然有些疑慮，「可是六道堂的人都已經撤光了，屬下擔心，會不會有什麼變故？」

越先生抬眼打量著掌櫃，道：「你怕了？」

掌櫃連忙低頭道：「屬下不敢！只是……」他頓了一頓，試探性地問：「您說逃走的那人有萬毒解，不會是位紫衣使吧？」

安國朱衣衛內等級森嚴，最上為指揮使，其下依次是左右使、緋衣使、丹衣使、紫衣使和尋常的朱衣眾，朱衣眾之下還有數不清的白雀。和梧國六道堂不同，朱衣衛中無善道，所做盡是些刺查暗殺、諜擾策反之事，為清流和世家所不齒。朱衣衛中人出身卑下，也因此晉升尤為嚴苛。每爬出一個紫衣使，背後不知得壘起多少朱衣眾的屍骨。

而萬毒解這樣的珍貴藥物，也只有紫衣使以上之人，方有擁有的可能。「格殺勿論」四個字，未免……掌櫃不能不多問一句。

先前打門簾的青年已又站回到越先生身邊，聞言卻倨傲地一笑，「紫衣使算什麼？就算是位丹衣使，敢蹚我們大人的渾水，一樣得死。」

這青年雖有幾分俏麗容顏，卻一副小人得志的嘴臉，實則不過是越先生的相好罷了，名字似乎喚作什麼玉郎。掌櫃心中並未看得起他，正待向越先生確認，卻忽聽到有鈴聲響動，神色立時一凜，「屬下去看一看。」說著便連忙搶出門去。

只見如意頭戴斗笠，站在櫃檯邊等著。

掌櫃從門簾後走出，依舊是滿臉堆笑的模樣，笑容中卻多了一分謹慎。他一面打量著她，一面走上前來，笑道：「姑娘想選什麼綢緞？」

如意不說話，只推過去一張紙條，那紙條上畫著個古怪的花押。掌櫃看到花押，面色一震，忙揮手令夥計們都退下。

待左右無人了，掌櫃才壓低聲音，目光緊盯著如意道：「三十六宮土花碧。」

如意道：「天若有情天亦老。」

掌櫃張了張嘴，難以置信道：「……任尊上？」

如意微微點了點頭。

掌櫃激動起來，「您、您居然還活著，這可太好了！自打您……」

如意忙做了個噤聲的手勢，低聲道：「我有緊急消息要傳回總堂，飛鴿有嗎？」

掌櫃面色一凜，回稟：「有，我帶您去密室。」

他垂著眼睛，引著如意走向一側密室。如意似是並未懷疑，跟著他走過去。

掌櫃背對著她，目光游移，心中猶豫不決。他已將如意引入陷阱。開陽分堂是他的地盤，堂中機關重重，所有人都在等他一聲令下。但……

正遲疑間，忽有一股濃煙噴出，直衝如意而去——竟是有人搶先觸動機關，強行動手了。

箭已離弦，不容反悔，掌櫃連忙搶前一步。身後一張大網從天而降，已將如意籠罩其中。堂中潛伏的朱衣眾們同時拔劍衝出，將摔倒在地的如意團團圍住。

掌櫃看向不知何時從後堂出來的玉郎，心知就是他故意觸動機關。但此刻如意竟真被控制住，他也只覺得後怕和僥倖，無心同他計較。見越先生從後堂步出，他連忙站到越先生身側。

越先生拍手道：「做得好！」

立下功勞的玉郎難掩驕傲，上前挑開了如意的紗帽。但紗帽飄落之後，掌櫃卻又是一驚：「是妳！」眼前面容，根本就不是他所想之人。

越先生皺了皺眉，問道：「你認識她？」

「她是西街紅香樓的頭牌，平常最擅口技……」掌櫃心念百轉，又驚又怕，上前拎起倒地的女子，急問道：「妳怎麼會在這裡？怎麼會那花押和切口？」

那女子中了迷煙，又受驚嚇，氣息虛弱，「今天早上，有個女人給了我一兩金子，讓我學了她兩句話，再上這兒來……」話音未落，便暈倒在地。

掌櫃腿上一軟，慌張道：「完了，完了，左使故意派她來的，我們都活不成了。」

越先生一驚，「左使？陳左使？」

掌櫃面如死灰道：「不，是——」他一頓，終是說出了那個名字，「是任辛任左使。」

越先生大驚，「不可能，她不是早死了嗎？」

掌櫃點頭，正要說什麼，卻突然前撲倒地而亡。

開陽分堂的堂主在眾目睽睽之下被殺，在場朱衣眾竟無一人察覺是誰從何處下手。堂內一時混亂起來，玉郎連忙護住越先生。有人追出店外尋找兇手，有人上前驗看掌櫃的屍首——只見一根銀針正釘在掌櫃後頸中央，銀針上帶著張布條，上書「叛者唯死」四字。

看到布條上的字，越先生驚恐交加，扯住身旁一個朱衣眾，幾乎破音地命令道：「送我回安都，馬上！」

車輛隨從很快便準備妥當，越先生似乎確實是嚇破了膽，除了自己帶來的十個人外，又將整個開陽分堂能調動的人手全都帶上。在幾十個人的護送之下，向著安都的方向急速趕路。

坐上馬車後，越先生猶然壓制不住恐懼。雖竭力掩飾，身上卻還是不停地顫抖，時不時便因車外一點風吹草動，流露出驚慌。

玉郎見狀，握住越先生的手，輕喚一聲：「大人。」

越先生這才稍微回過神來。

玉郎心中疑惑，小心翼翼地問起：「大人，任辛是誰呀，為什麼……」

越先生忙按住他的嘴打斷他：「別提這個名字！」

玉郎眼神一閃，應聲：「是。不過，管她是誰，玉郎都願為大人分憂，求您撥給玉郎五個人，玉郎這就替大人去殺了她。」

越先生無奈道：「傻孩子，你怎麼可能殺得了她？」他抱緊了懷中錢箱，「我們能帶著這些金子平安回安國，就已經是老天保佑了！」

玉郎不解道：「她有那麼厲害？我怎麼從來沒聽說過？」

「你進朱衣衛才兩年，自然不知道她當年有多可怕。」

越先生不覺陷入了回憶。記憶中的女子逆著光，站得又高又遠。越先生仰望她，從未真正看清過她的面容，卻記得她踏著一眾屍骨殺出生天，玉石般瑩潤的臉上飛濺著熱血。她腳步堅定地走到指揮使面前，身後鮮血浸入泥土。她單膝跪地後仰起頭來，眉睫上染著光，清冷無染。她從指揮使手裡接過淺紫色的絲結，高高舉起，彷彿是只為刺殺而生的無情修羅。

關於那個人的所有記憶全都浸透著鮮血。她從一切被認為不可能活著回來的煉獄裡，收割敵人的頭顱後活著殺出來。千軍萬馬、森嚴大內都如入無人之境。同期所有朱衣衛都畏懼她、敬仰她，將她視作殺神。

越先生竭力忍著身體的顫抖，但聲音卻依舊發抖，「在我們那一代朱衣衛眼中，她簡直就是一個傳奇。當年，她不過是最低級的朱衣眾，卻在遴選會上一戰成名，連敗三位丹衣使，被指揮使直接升為了紫衣使。她是朱衣衛有史以來最成功的刺客，只要她一出手，就沒有她殺不了的人。南平信王、褚國袁太后，都死在她手上。後來，她更因為在一個月中連殺鳳翔、定難、保勝三軍節度使，被聖上親賜左使之號。

「她平時並不怎麼參與衛中具體事務，除了對外行刺，只是負責追緝叛徒。你不知道她的手段有多毒辣，更不知道那些被她親手處置的人，有多恨自己沒早早自裁！」一想到當初她處置叛徒的手段，越先生不禁渾身顫抖。而現在，這個令人聞風喪膽的殺手，盯上了他們。

玉郎聞言也不寒而慄，不解道：「可、可我怎麼從來沒聽說過她？」

越先生遲疑了一瞬，開口道：「本來不該告訴你的……唉，因為她五年之前竟突生禍心，刺殺先皇后，被圍捕後自焚於詔獄。聖上大怒，將她挫骨揚灰，從此嚴禁任何人提起她的名字。當年我就覺得她的死有些蹊蹺，沒想到她竟然真的還活著……」

關於那人的記憶都是可怖的，越先生說著便情不自禁地抱住了雙臂，牙關都在發抖，「她故意當著我的面殺了一個人，就是想挑明身分，讓我害怕！她就是一頭豹子，故意盯著我，一等我露出破綻，就撲上來咬斷我的喉嚨！我還不想死，不想死……」

玉郎打了個寒戰，一咬牙道：「大人別怕，玉郎怎麼覺得，那個人未必就是任辛呢？她要真是那麼厲害的刺客，現在還能放過我們？如今她又沒露面，就憑花押和切口，也作不得數啊。」

越先生一怔，肩頭緩緩鬆懈下來，點頭道：「有道理。剛才的切口和花押也是掌櫃認定的，我並沒有親眼看見。」

玉郎眼珠一轉，道：「屬下一直有個想法，不知當講不當講。」

「說。」

玉郎沉思著道：「那個從青石堂逃走的人，會不會是老跟著玲瓏的那個小白雀如意？畢竟屬下當日清查過所有屍體，確認所有的人都已經死了，只除了如意——玲瓏前一日回報說，她死在侍郎府上了。」

越先生一凜，急速思考道：「沒錯，就是她！呵，你說得對，她不可能是任辛。當年的左使之尊，又怎麼會來做一個最低等的白雀！」

玉郎附和道：「八成她認識任辛以前的親信，碰巧知道些切口花押什麼的，所以就膽大包天，扯著虎皮當旗！大人您想想，那如意既然能想出假死這一招，難道就不能再弄一次調虎離山？您這一回安都，可不就沒人追殺她了嗎？萬一她找個其他的分堂，要了飛鴿向總部傳信告發咱們——」

越先生也終於明白過來，道：「賤人，竟然敢跟我耍心計！她玩假死，無非就是想藉此除籍，換她家人自由而已。」說著惡狠狠地推開窗子，向隨行朱衣衛吩咐：「馬上去查她老家在何處！」

朱衣衛領命去放信鴿。

✵

翌日。

如意回盛州老家路上，途經一個小鎮，路過一處告示欄。告示欄前一群人圍著議論紛紛。當她看到告示寫著「尋人：江氏，知情者可至盛州杜家莊，十金重酬」，瞬間明白了是怎麼回事，不禁又驚又怒。猶豫之後，她一閉眼，深吸了一口氣，似是決定了什麼之後翻身上馬。

正如如意所料，她的義母江氏出事了。此刻，她正被人捆在老家的院中，嘴裡塞滿了布巾，整個人瑟瑟發抖。而一圈弓箭手躲藏在院中各處嚴陣以待。如意若是此時回家，必是危機重重。

而這頭，載著越先生和玉郎的馬車一路飛馳著。車裡，越先生不停催促著馬夫：「快，再快一點！」

玉郎安慰道：「大人稍安，盛州分堂的人不是已經控制住如意的義母了嗎？咱們還有三十人去支援了。只要她一去救人，必定會死無葬身之地！」

越先生並不相信這些人能殺死如意，反駁道：「不行，光靠他們，我放不下心！我剛剛才想到，你那天說的也不全對。如意如果只是普通白雀，怎麼能接連幾次從我們和六道堂的眼皮子下逃脫，還敢當著我的面殺了掌櫃……」

隨著二人的對話，馬車已經來到一座道路狹窄的小橋。車裡的越先生正決絕道：「……所以，我必須親眼盯著她斷氣才行！」

話音剛落，耳邊傳來震耳欲聾的爆炸聲，巨大的氣浪掀翻了馬車。越先生被撞得七葷八素，隨馬車一道墜下橋去，河水倒灌進來，墜住衣物將人往下砸。越先生拖著玉郎，掙扎著推開車窗爬出馬車，跌撞著爬上河灘。

只見河灘上到處是被炸死炸殘的人馬，河上小橋也已被炸斷，只留殘存的橋基。越先生被日頭耀花了眼睛，抬手正要揉一揉，便有一柄劍指上了咽喉。越先生屏息，順著劍抬頭看過去——只見眼前持劍的女子逆光站著，白玉般瑩潤的面孔上濺著鮮血，漆黑的眼瞳冰冷無染。

這一刻，眼前面容確實與記憶中尊貴又遙遠的左使重疊了。

愣怔對視間，被越先生丟在身後的玉郎也掙扎著爬起來，卻是抱緊懷中寶箱，搶了匹馬便不管不顧地拍著馬肚催馬逃走了。

越先生難以置信地喊道：「玉郎！」

聽到這個名字，如意也一凜。然而目光追去時，玉郎卻已消失在山坡後了。

越先生大受打擊，臉色灰敗地坐倒在地，道：「您故意誘我來的。」苦笑著，克制住顫抖的嗓音，「屬下糊塗了，您在暗，孤身一人，我在明，手下眾多。您去分堂刺殺屬下，那便是自投羅網；所以索性將計就計，故意以家人為餌，分散屬下的兵力，再半途出手，一擊即中。果然不愧是任左使。」

如意挑開越先生的斗篷，出乎意料的是，斗篷之下露出一張陌生女子的臉。

如意眉頭微皺，問：「妳是誰？」

越先生道：「梧國分衛紫衣使，越三娘。大人邀月樓蒙難之時，小人還只是一個小小的朱衣眾，沒機會得您召見。」

如意冷然道：「妳既然認識我，應該也知道我的手段。說吧，妳身為梧國分衛之長，為什麼要出賣手下，害了整個梧都分堂四十七條性命？」

「屬下哪有膽子自專，這是總堂的命令。」只聽越三娘自嘲道。

如意冷笑著，手腕一抖，劍尖刺破越三娘的皮膚。

越三娘苦笑道：「屬下命在旦夕，哪敢信口開河？去年經屬下的手，梧都分堂領了兩千兩黃金收買梧帝身邊的胡太監，但這筆款子在總堂的帳目上，卻只是五千兩銀。」

如意瞳孔收縮，道：「有人從中貪墨？」

「是。但這事被梧都分堂的紫衣使發現了，總堂的人怕他告發，索性就下了死令讓我滅口。還說反正這回我軍大獲全勝，梧國分衛也算立了大功，折損一個分堂的人，上頭也不會詳查。我為了讓這件事做得天衣無縫，才找了六道堂合作。他們也想藉此立功，便一拍即合。」

「六道堂給了妳三千兩，妳就賣了四十七個手下，越三娘，妳這生意做得可真精。」比在脖子上的劍尖一顫，越三娘連忙高呼：「大人恕罪！難道大人就不想知道總部貪墨的那個人是誰嗎？」

如意冷笑，「妳會說嗎？」

越三娘察覺到劍身輕晃，不由得一怔，眼睛盯緊如意的手腕，目光晦暗，屏氣凝神道：「只要大人饒屬下一條性命，屬下便知無不言！那人就是……」話音未落，她身形暴起，暗器如雨一般射向如意。

如意急急屏住呼吸，揮劍後退。

越三娘縱劍逼上，獰笑道：「連劍尖都在晃，任左使，萬毒解的效力還在，妳果然一絲內力都沒有了吧！」

如意且戰且退，但畢竟內力已失，在越三娘的猛攻之下漸漸有些體力不支。被炸傷的朱衣衛中也有人緩過勁來，見越三娘正在對敵，也爬起來上前助陣。如意以一敵多，左支右絀，終於露出破綻，被暗器打中了左肩，霎時血流如注。

越三娘收起暗器，見昔日高高在上的殺神捂著傷口虛弱後退，竟被兩個朱衣衛的嘍囉逼在懸崖絕壁前，克制不住心中得意，笑道：「看來妳的本事也不過如此！」

不料如意竟回身一個急旋，手上熱血飛濺開來，糊住了朱衣衛的眼睛。趁他們視野受損，如意身如鬼魅，再度一劍旋出，齊齊劃斷了兩人的咽喉。

越三娘的笑容生生被掐斷，咬牙疾起，揮劍攻向如意。如意已是強弩之末，後繼乏力，再度被逼回懸崖絕地，已是退無可退。

就在這生死關頭，忽聽一聲呼喊：「如意姐！」——竟是元祿。

如意猛然回頭，就見橋上寧遠舟正將幾個藥包擲來。

越三娘以為是暗器，匆忙躲避。如意藉機以飛來的藥包為墊腳，踏空而起，跳出越三娘的堵截。越三娘躲過了藥包，再次追著如意殺過去。如意在空中不及回身，便自腋下一劍回刺，正中越三娘胸前。

越三娘摔落在地。如意再次逼上前去，追問：「下令的人到底是誰？」

越三娘露出詭異的微笑，斷斷續續道：「我不會告訴妳，但他聯繫不到我，一定會查到妳的……」她咳了一聲，口吐鮮血，撲倒在地，當即斷氣。

如意上前試了試她的脈搏，確認她確實死了，才終於卸下防備。鬆懈下來之後，她不禁一陣眩暈，卻仍是勉力從越三娘腰間扯下一只紫色的穗子。

斜刺裡伸出一隻手扶住了她。如意回過頭去，便看到寧遠舟擔憂的神色。

✵

不一會兒，寧遠舟幾人已經坐在裝藥材的馬車上。如意身後墊著氈子，靠在堆疊的藥材包上，抬頭看著碧藍無雲的天空，隨馬車晃晃悠悠地前行著。身旁寧遠舟正在幫她包紮傷口。

自青石堂逃亡以來少有的悠閒，似乎都是同這個男人在一起時，雖說每次都是劫後餘生。

「你們不是去追公主了嗎？怎麼會在這裡？」如意到底還是開口詢問了。

元祿揮著鞭子趕車，聞言脆生生地開口：「我們擔心妳，特意來找妳的。如意姐，妳放心，妳盛州的義母，我們已經救出來了，人沒事。」

聽到義母平安，如意懸著的心終於落了下來，但她也馬上猜出了寧遠舟前來的理由，「想起用得著我的地方了？後悔那天沒跟我做交易了？」

寧遠舟垂著眼睛，道：「對。就按妳那天說的，妳教給公主一切有關於安國的事，我幫妳查害死那位故人的幕後真兇。」又特地解釋：「這是公事，不算我徇私。」

如意諷刺道：「你還真是大公無私啊。」卻也隨即沉靜下來，就事論事，「交易可以繼續，不過價格變了。你還得送我義母去她陳州娘家，安置妥當，並保證我到達安都之前的安全。」

寧遠舟點頭道：「成交。不過我也得先驗貨，如果在進入安國國境之前，公主所學還達不到我的標準，交易便就此作廢。」

如意抬眸，看向他道：「定金都沒付，就想空手套白狼？」

寧遠舟看著她，道：「定金就是我剛才救下的妳的命。妳不是不愛欠人情嗎？」

如意沉默片刻，方道：「成交。但我要你立誓。」

「妳還信這個？」

「信，」如意看著他的眼睛，「我要你以你天道兄弟之名起誓。」

寧遠舟一震，定定地看向她——這女子竟如此瞭解他的死穴何在！半晌後，他舉手立誓：「六道堂寧遠舟，以天道殉國兄弟之名起誓，此生必遵與任如意之約。若違誓，天道諸弟兄永入無間阿鼻，累世不得昭雪冤名。」

如意道：「你重新說一次，我真名不叫如意，叫任辛。甲乙丙丁、戊己庚辛的辛。」

任辛！元祿聞言大驚，下意識地拉緊了韁繩。駕車之馬人立而起，馬車猛地一晃，隨即停下。元祿回首，不可思議地看著如意。

寧遠舟眼中也精光暴漲，聲音一沉：「妳就是任辛?!」

如意平靜無波地看著他，「對。五年前我『死』的時候，你應該還沒當上堂主，只是地獄道的道主。」

「可妳和六道堂卷宗裡的資料完全不一樣。任辛是男的，身高六尺，左臉有長疤。」

如意冷嘲：「那是我刺殺褚國太后時所用的身分，人皮面具而已，你們六道堂難道沒有？」

元祿脫口而出：「有。于大哥就特別會做這個。」話音剛落，他便意識到自己失言，連忙捂嘴。

如意盯著寧遠舟，眸中興致寥落，「看來，你們的地獄道、森羅殿，並沒有像章崧吹噓的那麼好，你也有很多查不到的東西。我有點後悔做這筆交易了。」

寧遠舟道：「可妳沒得選。」

如意和寧遠舟對視良久，冷哼一聲，躺在藥材包上睡下，翻身向裡。

看來是成交了。寧遠舟目光一緩，提醒元祿：「走吧。」

元祿這才回神，忙重新揮鞭上路，猶自喃喃：「任辛居然是個女人？這下好了，有如意姐來教公主怎麼扮男人，肯定沒人能看出破綻。」

寧遠舟笑了笑。陽光照在如意蒼白的臉上，只見她眉間輕蹙，似是有些不滿，想是廝殺過後身體虛弱，卻顯然懶得一動了。雖才剛剛得知眼前女子便是傳聞中令人聞風喪膽的女煞星，然而此刻她側臥在簡陋的馬車上，蹙眉將就著的模樣，與先前也沒什麼不同。

寧遠舟想了想，到底還是微微側了一下身體，替她擋住了刺眼的光。

如意察覺到變化，微微張開眼簾，看向寧遠舟的側臉。只見光影在這男人臉上勾勒出俊朗的線條，她慢慢陷入了沉思。

第八章

陰差收稚徒
陽錯中奇計

歸德城外。

大戰過後，人馬俱疲。雖攜勝歸來，士氣依舊高昂，但也急需休整調養。犒賞宴後，安帝並沒有急於趕回都城，而是令大軍就地駐紮休整三日。他自己也難得偷閒，這一日朝食過後，便帶上兒子、外甥和一干朝臣，一道去營地側近的原野上散步。

正是北地草原綠意成茵的時候，安帝同子侄臣僚們邊賞景邊閒聊著。說到前日犒賞宴上，李同光向梧帝試探禮王的真假時，朱衣衛現任指揮使鄧恢恰巧趕來彙報梧國迎帝使一行的行蹤——梧國禮王一行已然出發離開梧都。

令梧國皇子送贖金贖回梧帝，是李同光一力主張。當日進言時力陳此舉就算不能賺來丹陽王，也能讓梧國朝堂兩派離心。誰知橫空冒出個名不見經傳的禮王來，聽梧帝那邊的口風，這個禮王還真是他的親弟弟。先前盤算顯然已經落空了。

河東王不由得幸災樂禍，「看來梧國是送了只閒棋來，同光，以你的高見，到時候梧帝放還是不放？」

李同光面色平靜道：「此次天門關一役，我國雖然大勝，但將士也多有折損，所以聖上才下令班師回朝。而梧國這回雖然大敗，但元氣猶在，要想讓他們徹底俯首稱臣，須得徐徐圖之。所以梧帝必然是要放歸的，否則難免有背信棄義之名。」說著話鋒便一轉，「但什麼時候放，就有許多文章可做了。」

安帝起了興致，便道：「詳細說來。」

李同光回道：「若是把梧帝多留上一段時間再送回去，到時候丹陽王的勢力已經坐大……」他停頓下來，一笑，「國不可無主，亦不可有二主。」

安帝看了李同光一眼，一笑。

洛西王忙道：「如果梧帝、丹陽王兩敗俱傷，那禮王豈不是繼位之人？父皇，我們一定得好好招待禮王，兒臣願親自主持此事……」

李同光卻打斷他：「臣倒以為，禮王入國，應該最初冷一冷他，等他心灰意懶了，方以重禮接待，冷熱交作，對比鮮明，方能讓他深深記住聖上待他的一片赤誠之情。此外，禮王既然還是弱冠之齡，多半尚無婚配，聖上好客寬宏，宮中還有兩位公主，若是……」他笑了笑，不再多說。

朝臣們心有所悟，紛紛點頭。

安帝也贊許道：「這才是老成持重之言。這接待禮王的事，就先讓禮部看著辦。」便看向兩個兒子，「你們兩個啊，還嫩了些。對了，這一次同光擒獲梧帝，立下大功，還未封賞，」安帝笑看向李同光，道：「朕這就晉你為一等侯，羽林衛將軍！」

李同光眼中閃過一道喜色，忙跪地謝恩。朝臣們也紛紛恭喜這位新任羽林衛將軍。兩位皇子眼看著李同光風光無限，難掩心中嫉恨。

安帝冷眼打量著子侄們的神色，揮了揮手，「都散了吧，朕想自己四處走走。」眾人告退，安帝瞧見身側一副笑臉的男人也要跟著人群溜走，便提醒道：「鄧恢留下。」

朱衣衛指揮使鄧恢依舊是那副面具般的笑臉，停住腳步，笑著領命：「是。」

✵

一離開御前，李同光便被勳貴公子、少年將軍們團團簇擁起來。他本就是勳貴子弟中第一流的人物，此次擒住梧帝立下首功，更令眾人望塵莫及。今日安帝又當眾給他加封，正是風頭無兩的時候，人人羨慕奉承。

「恭喜小侯爺加官進爵——羽林衛將軍，乃是聖上心腹中的心腹啊！」

「是啊，誰不知道聖上向來待小侯爺如親子一般！」

李同光心思再深沉，也難掩春風得意的少年心性。他雖面上依舊寵辱不驚，卻也還是在眾人簇擁下，縱馬去草場上打獵了。

草場上風高天遠，有鷹隼展翅高翔，鳴聲曠遠。

李同光彎弓搭箭，一箭射出。只見空中大鳥應弦而落，四周少年公子們齊聲喝彩。李同光含笑不語，但顯然甚是高興。

然而不多時，替他去拾取獵物的下人卻兩手空空地歸來，向他告狀：「侯爺，鳥在林子那邊被洛西王殿下的親隨拿住了，硬是不給！」

李同光心下一聲冷笑，當即拍馬向林邊奔去。

而安帝和鄧恢也正一前一後向林子走來。

「朕什麼時候才能知道丹陽王的動靜？」安帝聲音不怒自威。

「梧帝被俘之後，梧國大肆清查，梧都分堂因此損失殆盡。臣已從其他分堂調配人員增補。等禮王幾日後到了恒州分堂的地界，便會有消息傳來。」鄧恢的笑容彷彿長在了臉上，說話也是不疾不徐。

安帝聞言道：「朱衣衛梧都分堂全沒了？不會是你下的手吧？朕去年令你執掌朱衣衛，是要你幫朕清理掉多年以來被衛中老人把持的勢力，可不是要你礙了朕的大事。」

鄧恢仍是一副笑模樣地回道：「臣不敢。陛下親征，朱衣衛不單收買了梧帝身邊的吳太監，臣手下還在梧軍軍馬中下毒，出力良多。」

安帝看著鄧恢那張笑臉，不禁氣道：「朕真想把你臉上這笑給扯下來。算了，左右不過是些你討厭的白雀罷了，死了也就死了。倒是關於禮王之事，朕還想問問你……」

✻

李同光來到林邊，卻並未見有人影。然而下人言之鑿鑿，他略一猶豫，還是翻身下馬，隻身進入林中去尋找。

走了幾步，忽然聽到安帝的聲音，李同光一愣，下意識地藏身到樹後，發覺安帝和鄧恢正在林中閒談。

不知說到何處，只聽安帝冷笑，「呵……朕提拔他，不過是為了敲打老大和老二而已，我一出征，這兩個小子就開始不安分了。長慶侯就是一塊石頭，朕要用他磨磨那些不安分的刀。」

聞言，少年得志之心被冰水潑醒，李同光面色大變。

安帝的聲音漸行漸遠，「讓他去管羽林衛，只是要把他拘在京城。難不成，朕還能一直把虎翼軍留在他手裡，養大他的心……」

李同光握緊了拳頭，身體微微顫抖著。待那聲音終於消失在遠處，再也聽不見了，他才起身匆匆離開。

他離開之後，鄧恢道：「剛才樹後有人。」

他臉上始終都帶著面具般的笑容，說這話時，也絲毫看不出不同。

安帝笑看著他，似在思索自己的心腹近臣何種境遇下才能換一換表情，毫不在意地說道：「那是李同光，朕故意讓他聽見的。」

✲

李同光走出樹林時，眾人都已經跟了過來。先前去撿鳥的下人見他面色不豫，小心翼翼地上前道：「侯爺……」

李同光看著他，突然揮鞭，劈頭蓋臉地抽了他一頓，「混帳！連隻鳥都看不住！」

眾人心中驚異，卻也無人敢去觸他的黴頭，紛紛緘默不語。

李同光當眾發洩完，怒氣沖沖地離開了。眾人心中訕訕，無人敢再跟過去。

日光耀得人心煩意亂。李同光獨自走在路上，心中明澈，卻也有那麼一瞬似乎分辨不出，到底是陽光下不時揮動鞭子，向道旁草木發洩憤懣的人是真實的自己，還是心底陰暗處那個洞澈真相後，冷靜盤點著利弊對策的人是真實的自己。

途經營地上一排停著的馬車時，突然有一隻手從車後伸出，拉住了他。李同光下意識地警惕起來，這才看見初貴妃關切的目光。

四面馬車裡都空無一人，初貴妃將他拉到層層馬車中央，才停下腳步回過身來，擔憂地仰頭看向他，問道：「又出什麼事了？我在車裡看見你走路的樣子，擔心得不得了，趕緊找了個由頭跑出來。」她指尖輕輕攀上李同光的臉頰，撫摸著他的頭髮。

李同光握住了她的手。初貴妃一瞬間流露出驚喜至極的表情，李同光卻只是將她的手緩緩放下，目光已然恢復了冷靜，淡聲道：「沒什麼。」

初貴妃心下失望，卻還是說道：「告訴我，不然我會不高興的。」

李同光淡淡道：「他人前剛升了我的官，人後就想故意打壓我。」

此舉分明是忌憚、敲打之意，初貴妃也不由得一驚，卻還是安慰道：「無論如何，升官總是好事，忍得一時之氣……」

李同光道：「我知道，他故意讓我聽見，我就得故意那樣發火。要是全像在宴席上那樣忍下來，豈不讓他更提防我嗎？」

初貴妃這才鬆了口氣，「你呀，心思也太深了些。」

李同光冷笑，「不深，不忍，不時刻保持理智，怎麼能達成我們的宏願？」

初貴妃卻有些失落，幽幽地看著他，「我倒情願你真對我失了理智。同光，我雖然被你迷得神魂顛倒，但不是個傻子。這麼久了，你從來就不願意真正靠近我。你嫌我身上有老頭子的氣味，對不對？」

李同光正欲開口，忽有一聲異響響起。兩人一驚，同時回頭，便見一個洗衣女一臉驚嚇地站在一輛馬車邊，懷裡抱著的衣物掉了一地。見被他們發現，侍女掉頭飛奔。初貴妃如夢初醒，連忙催促道：「殺了她，要是她說出去，我倆都完了！」

李同光不語，疾步追了出去。他追出馬車群時，那侍女已然不見了蹤影。

李同光四處張望，終於在遠處河邊看見一群洗衣女。但她們全都打扮得一模一樣，正埋頭清洗著衣物。李同光快步走上前，依次挑起她們的臉，卻仍然分辨不出。他心下焦急，正要再找，卻忽然察覺到對岸有人正看向這邊——卻是河東王。

李同光眼神一凜，立刻提高嗓音：「妳們誰看見本侯的家傳玉佩了？」

洗衣女們都驚懼搖頭。

河東王還站在那裡看著，李同光心知不能被人察見端倪，只能匆匆離開。

河東王意趣盎然地望著李同光的背影——他還是頭一次見到李同光這麼心急，且還是對著一群洗衣婢。

他抿唇一揮手，吩咐手下：「給我好好查一查。」

✵

所幸那洗衣女還落下了一堆衣物。李同光立刻令親信找來獵犬搜尋，很快找到了人。

被獵犬追到時，那洗衣女正躲在一處偏僻的草場後，假裝晾曬衣物。李同光自背後抓住她的手臂，拽著她回過頭來。她瑟瑟發抖地埋著頭，但李同光還是認出了她。

晾衣竿後便是一頂休息用的帳篷，此刻正空無一人。李同光將她拖進屋裡，拔出匕首，聲音一貫地冷淡，「閉眼。」

洗衣女步步後退求饒：「別殺我，我不會說出去的。」

李同光按住她，溫柔地安撫道：「聽話，很快就過去了。」

他語調憐惜，動作卻是毫不容情。洗衣女掙扎著，「小侯爺饒命！」匕首卻已擦上了她的脖頸，她驚慌失措地喚著：「鷺兒饒命！」

李同光的動作驟然停下，漆黑的瞳子有一瞬間空茫，「妳叫我什麼？」

他手上一鬆，洗衣女已滑倒在地，「奴婢琉璃，以前跟著尊上伺候過您。」

李同光的身體劇烈顫抖起來，回憶瞬間襲上心頭。

他曾被人喚作鷺兒，禿鷺的鷺，荒野裡食腐的惡鳥，無父無母，自生自滅，被所有人厭棄和遠離的不祥之物，恰也是少年時的他最真實的寫照。

卻也曾有人教過他、管過他。那個比他大不了幾歲的女子，卻已是朱衣衛的紫衣使。既沒有母性也不懂得溫柔，強行當了他的師父，卻一次又一次地將他打翻在地，踩著他的臉告訴他：「李鷺兒，記著這屈辱，下一回，你就不會輸。想讓他們在你面前閉嘴，就得讓他們怕你。你知道亂世之中，人最怕什麼嗎？」

他倒在塵埃裡，自泥土和雜草中，望見高高在上的碧藍天空和女子微微俯下的面容。火焰似的紅衣，垂落的黑髮，玉白的面容，還有那雙永遠映著一泓明光的黑瞳子。

他咬著牙頂回去：「不知道。」

女子便凝視著他的眼睛，定定地告訴他：「兀鷺，因為戰場上人一死，兀鷺聞到血腥味，就來吃肉了。別辜負了長公主給你起的這個小名，要讓他們像怕兀鷺一樣怕你。」

那時她的身後，確實跟隨著一個年輕的女朱衣衛。

李同光站不穩，坐倒在榻上，問道：「妳不是朱衣衛嗎？為什麼會在這裡做洗衣婦？

妳在監視誰？」

名喚琉璃的女子淒涼一笑，「奴婢原本只是個白雀，當年有幸追隨尊上。可五年前邀月樓那場大火……」她頓了頓，「奴婢本來也是要死的，還好有衛中舊人相助，奴婢只斷了一根琵琶骨……」

帳外突然傳來腳步聲。一個男子聲音說著：「殿下放心，小的看得真真的，就在這兒！」

琉璃面現驚惶，李同光也緊張起來。電光石火間，李同光突地暴起，將琉璃壓在身下，扯鬆了她的衣裳，埋下頭去。兩人的臉龐只隔分毫，急促的呼吸混在一起，一瞬間回憶再次襲來——

大火吞噬了一切……天牢被燒得只剩一片殘垣斷壁。他在夜色中瘋狂地用鏟子挖著，親隨朱殷在旁邊幫忙，除他們之外，四周空無一人。

突然，鏟子折斷了，他拋下鏟子，不管不顧地就用手挖了起來。他的手很快被磨破，但他瘋了一般甩開阻止他的朱殷，「別管我，我要帶師父走！」他手中不停，不一會兒就見了指骨，鮮血淋漓。

突然有響動傳來，朱殷忙拖他藏到一邊。只見一朱衣衛打扮的年輕女子悄悄走了過來，四處打量了一下，就地點了紙燭，低聲道：「尊上，願您早登極樂……」忽地遠處又有聲音傳來，女子慌忙再拜了一下，便如驚弓之鳥般跑了。

原來那名女朱衣衛便是他眼前的琉璃。

房門隨即被踹開，河東王帶著手下闖了進來。

李同光受驚一般從琉璃身上支起，「誰？」他驚慌失措，身下還壓著個衣衫不整的洗衣婢。

河東王看清他們的模樣，先是驚愕，隨後撇嘴一笑，「打擾表弟雅興了，你們繼續，繼續。」便輕蔑地笑著帶手下離開了。

李同光的風流韻事很快便傳遍了整個營帳。

夜晚安帝帳中舉宴時，底下勳貴公子們都在竊竊私語討論著。河東王和洛西王尤其興致盎然，說話間不時便面帶嘲笑地看向座上獨自飲酒的李同光。

就連安帝也被他們勾起了興致，笑問道：「你們在說什麼？」

河東王立刻起身回稟：「稟父皇，我們在說同光不愧是風流小侯爺，光天化日就把一個洗衣女按進了帳裡。哈哈哈！」

席間眾人都頗有興味地看著李同光，獨初貴妃不知發生了什麼，笑意裡帶些驚慌。

安帝笑看向自己的外甥，「同光啊，什麼時候動起凡心來了啊？」

李同光面色不佳，回道：「一個奴婢而已，我心裡煩悶……啊，酒喝太多失言了。」很快意識到自己說錯話了，忙換作笑臉，對著安帝大聲道：「誰叫舅舅您剛提拔了臣，臣實在是歡喜壞了，總得找點樂子。」

眾人哄笑起來。安帝頗有深意地看了他一眼，也笑道：「這麼說，還怨朕了。」

洛西王起哄道：「那洗衣女在哪兒？趕緊讓大家看看是怎麼個傾國傾城的樣兒啊。」

李同光喚了一聲：「琉璃。」他身後已換成侍女打扮、修飾一新的琉璃便上前一步，福身行禮。李同光面帶笑意，看向眾人，「不過從此以後她可不是什麼洗衣女，而是我長慶侯的貼身侍女，諸位要是不小心叫錯了，我可是會生氣的。」

眾人不料他是來真的，紛紛交換目光，不敢再嬉笑。初貴妃這才明白發生了什麼，難以置信地看向李同光。

入夜後服侍安帝睡下，初貴妃到底還是忍不住，再次找到李同光。見面不及拉下兜帽，便憤怒地質問：「你為什麼不殺她?!她只要活著就是個隱患！難道你真的喜歡上她了?!」

月色之下，李同光面帶隱忍，不發一言。

初貴妃焦急，委屈道：「你說話啊！」

李同光道：「記得綠羅裙，處處憐芳草。」頓了很久，他才再次看向初貴妃，「她哭的樣子和妳很像，那一瞬間，我突然就下不了手了。」

他眸子裡映著月色，看上去隱忍又溫柔，是任何女子都拒絕不了的模樣。初貴妃一愣，竟不知是茫然、憤怒還是歡喜，喃喃道：「你騙我，我活生生地就在你面前，你碰也不碰。一個贗品，你倒和她……」她閉上眼睛，不去看李同光的眼睛，令自己冷靜下來，「大皇子親口說的，你和她滾在一起！我早就知道，你一直只是在利用我，你嫌我髒……」

李同光突然爆發，「我嫌棄我自己身上的卑賤血脈，妳非要我說出來嗎？是，我是不敢靠妳太近，因為我會自卑，我會深深地嫌棄、噁心我自己。妳是沙西部最光彩奪目的明珠，大安宮廷裡最高貴的女人。而我，一個面首的兒子，如果不是因為妳實在太孤寂，不是拿未來的權勢和妳交換，怎麼有資格站在妳的身邊？」他伸出顫抖的手，似想觸摸初貴妃，但還是在最後一刻收回，痛苦地呢喃：「不行，我真的做不到！」

他少有這麼失控的模樣，脆弱又深情。初貴妃被深深地打動，忙握住他的手腕，「好了，你別逼你自己了！」她心中又憐惜，又滿足，輕輕靠向李同光，「我以後也不會逼你了，你不用碰我，只要這樣，讓我靠一靠就好……」

李同光腦海中卻是一片一望無際的草原。記憶中求而不得、不敢碰觸的女子紅衣白馬，如草原上躍動的火焰。她孤身離去，頭也不回，他苦苦追逐，卻是連衣角也再碰觸不到了。

他痛苦地閉上眼睛，對著記憶中的背影默念：師父，鷲兒想您。

烏雲蔽月，林中夜鴉騰起，遠遠地傳來嘶啞的鳴叫聲。

✵

晴日高懸，萬里無雲，烏鴉在空中盤旋著。空氣裡浮動著燥熱，路上塵土都被日頭映得發白。

一樹陰涼之下，有商販用竹竿布棚支起簡陋的茶攤。于十三和錢昭歇在茶攤竹凳上，正喝著茶水，忽見遠處塵土揚起，聽到轆轆車輪聲。不多時，元祿駕著馬車趕來的身影便出現在道路那頭。

于十三立刻起身打招呼：「掌櫃的回來啦！」

馬車停下，走下來的卻不是預料中多少有些散漫不羈的糙漢子老寧頭，而是個冰肌玉骨、鴉羽似的長睫下黑瞳子盈盈含光的凌厲美人。于十三邁出去的步子都在空中滯了一下，他由衷感慨：「北方有佳人，絕世而獨立。寧不知傾城與傾國，佳人難再得……」正吟著詩，忽覺有哪裡不對，「咦，這『寧』字怎麼這麼熟？」

便見寧遠舟跟著美人走了下來。

錢昭打量一下如意，再看一眼寧遠舟，確認道：「表妹？」

寧遠舟乾咳一聲。

于十三恍然大悟，意有所指：「原來是表妹，難怪有個寧！難怪東家讓我們兵分兩路去救人！」當即殷勤上前給如意遞板凳端茶，「表妹坐。表妹想喝什麼茶？表妹臉色這麼白！」他吸了吸鼻子，神色認真起來，「有血腥氣，難道受傷了？表妹怎麼稱呼？」

寧遠舟跟著也坐下來，替如意作答：「任如意。以後她跟我們一起去安國，路上負責教公主。」又向如意介紹：「這是風流鬼于十三，會做人皮面具的那個；這是錢昭，什麼都會一點。」

如意向他們微微點頭。

寧遠舟便招呼錢昭：「她傷得不輕，你給她看看。」

錢昭依言上前給如意把脈，仍是一副死人臉，「沒有內力，中毒了。這傷口，怎麼像朱衣衛的血蒺藜？」

如意目光一閃。寧遠舟不動聲色地遮掩，說出早就為她想好的假身分：「她是褚國的不良人，跟朱衣衛有點過節。」

錢昭便不再問下去，拿起酒壺澆上如意腕上的傷口。于十三看得倒吸一口冷氣，如意卻是面無表情。錢昭自懷中取出精巧的格盒，盒中有數十格，錢昭手如飛蝶般取出各格中的藥粉彈入酒杯中，抬手一指，示意如意：「喝。」

如意毫不猶豫，端起杯子一飲而盡。

于十三看得敬佩不已，鼓掌道：「表妹真是女中豪傑……可是表妹怎麼不說話啊，嗓子不舒服？」

如意面無表情，寧遠舟拍了拍于十三的肩膀，「她只是懶得理你。」

于十三還追在他身後喋喋不休，寧遠舟已自去茶攤主那兒取了兩包東西，提醒眾人：「走吧，回驛館。」

如意正要上車，寧遠舟扔給她一包東西，「吃點吧，免得頭暈。」

乾燥生塵的驛路上，馬車搖搖晃晃地前行。道旁樹冠濃密，在風中窸窸窣窣地搖曳著。

如意坐在馬車上，樹蔭篩落滿身。手中打開的油紙包上，張記的一口酥靜靜地躺在搖曳的光影中。

如意忽就想起，玲瓏總是說：「等完成了這次任務，就叫玉郎買幾包張記的一口酥給妳壓驚。」她一時有些沉默，身旁元祿不解地看著她，「怎麼了？這個可好吃了。」

「沒什麼……以前我有個姐妹，也最愛吃這個。」如意回過神來，分了元祿半個一口酥，「我剛才見你吃糖丸了，只許吃半個。」

元祿乖乖地接過來，「謝謝如意姐。」

如意抬頭看向車外。錢昭駕著馬車，寧遠舟和于十三騎著馬跟隨在馬車兩側。明明隊裡多了個來歷不明的人，卻無人多問一句話。此刻眾人正旁若無人地閒聊著，也並不回避她。

她不解道：「為什麼他們兩個一點也沒有懷疑我的來歷？」

元祿吃著一口酥，理所當然道：「因為妳是寧頭兒帶過來的啊，寧頭兒讓錢大哥給妳看病，那就是把妳當自己人。」

「你們就那麼相信他？」

元祿一笑，「他叫大夥兒去死，我們也不會眨一下眼睛。」

如意不解，「他真有那麼好？」

說到寧遠舟的好，元祿滔滔不絕，與有榮焉，「那當然，我們寧頭兒出身江東世家寧氏，母親又是詩書名門顧氏，在宮中都做過女傅的。我們寧頭兒，論文才，能考進士；論武功，那更是一等一。他胸有機杼，謀略無雙，待兄弟仗義，對手下體貼，還是六道堂裡頭一個二十多歲就當上堂主的人。這樣的人能不好？別說外頭的名門貴女了，就是六道堂裡，想嫁他的女道眾，數也數不清……」

如意看著前方夕陽下寧遠舟的側影，又看看手中的一口酥。若真如元祿所說，那麼，此刻她面前似乎有一個面容英俊、身姿挺拔、文武雙全，並且尚未婚配的男人……

如意突然目光一閃，腦中電光石火般劃過了一個突如其來的念頭，「是嗎？」她抿唇一笑，迷茫消散，整個人霎時間便又生機勃勃起來。

于十三聽到了如意的聲音，靠馬過來，殷勤調笑，「喲，表妹終於開口了，表妹的聲音真好聽。」

如意瞥他一眼，目光冷峻，「別那麼叫我。」

于十三糾纏不休，「表妹怎麼那麼狠心——」

話音未落，如意忽然閃電般出手，她手中稻草刷地一抖，已經變成一條直線，直抵于十三的右胸下部，冷冷道：「你的罩門在巨闕穴。」

于十三神色驟變。幾乎在同時，前方駕車的錢昭回身出手，如意飛身而起，避開他刺來的一劍，同時欺身而上，一根銀針直刺錢昭面門，在他眼球前一公分距離才停住，道：「你的在睛明穴。」

錢昭的瞳孔猛然收縮——兔起鶻落，驚鴻掛影，她的武功竟是自己生平未見！如意卻已收回了手，重新坐回了原位置。

元祿早在錢昭襲來時，就跳到了寧遠舟的馬上，和他共乘一騎。誰知狂風驟雨呼嘯而起，轉眼就已風平浪靜。錢昭面無表情地繼續駕車，如意和先前一樣坐在車上，一抬手，于十三就已把水袋遞到了她的手上。

馬車繼續前行，幾人面色平淡，彷彿什麼也沒發生過一般。

元祿咽了口唾沫，低聲問寧遠舟：「怎麼突然就動起手來了？」

寧遠舟眼皮一耷，見怪不怪道：「一頭新狼加入狼群，就算是頭狼帶進來的，也得跟其他狼排排位置，免得以後亂了分寸。」

元祿恍然大悟，眼神晶亮，「哦。我懂了，那現在寧頭兒是頭狼，如意姐就是二狼囉。」

寧遠舟忍著笑，抬手摸了摸他的頭。

元祿又掰著指頭數起來，「那錢大哥是老狼，我年紀小，就算小狼吧，十三哥呢？」

于十三還未回答，錢昭就面無表情地開口：「色狼。」

于十三氣急道：「喂！平常這麼說就算了，在美人兒面前你怎麼能說實話呢！」拿鞭子便朝錢昭打去，百忙中還不忘對如意諂媚一笑，「我這麼叫妳行吧？」

錢昭依舊面無表情，一手執轡，一手還擊。元祿笑得直不起腰，寧遠舟也搖著頭，忍俊不禁。

隊伍打鬧著前行。如意捧著半個一口酥，不知為何，突然覺得手中的一口酥分外香甜，唇邊不覺浮出一抹笑意。

于十三還在嘮叨：「再說了，老寧怎麼能是狼呢？他明明就是頭心裡有一百八十個彎的老狐狸，對吧，寧狐狸？」

錢昭轉頭冷漠地看他道：「你想說表妹也是狐狸精？」

于十三啪地捂住了自己的嘴，元祿笑得更大聲了。

趕到驛館時，夜色已深。殘月半懸在樹梢，空中星子寥落。街上夜燈零落，遠遠傳來犬吠之聲，愈發凸顯得驛館裡燈火清冷。

✻

傍晚時信鴿便傳來消息，說寧遠舟有要事求見，故而杜長史、明女史和楊盈此刻都還沒有睡。

楊盈略有些疲倦，然而瞥見一側明女史嚴厲的目光，只能咽下哈欠，強撐起精神。她聽到寧遠舟他們進院子的聲音，眼睛才隨之一亮，正要起身出迎，寧遠舟已帶著如意走進門來。

楊盈一眼就看見了寧遠舟身後的紅衣女子——她生得白淨美貌，夜色下也很是顯眼。她正好奇，便聽寧遠舟道：「這是任如意，我幫妳請來的教習女傅。她對安國的情況瞭若指掌，見到安帝之前，由她來教導妳。」

楊盈正要說什麼，如意已從寧遠舟身後走出，一身冰雪殺伐之氣，一拂袖口，俐落行禮，「見過禮王殿下。」明明一身布衣，卻彷彿能聽見鐵甲鏗然之聲。嗓音也是敲金擊玉，字字擲地有聲。

楊盈被她氣勢所懾，下意識地往寧遠舟身後躲，小聲道：「平、平身。」

明女史卻是立刻明瞭此舉含義，一臉震驚地看向寧遠舟，「寧大人，您為何不和我們商議，就隨意換人？」

寧遠舟不答。如意已抬頭看向她，直言：「因為妳無能，教不好她。」

杜長史不明就裡，「這是怎麼回事？」

明女史震怒，「大膽！我乃皇后娘娘親派，當年曾隨潯陽長公主出使過安國……」

話音未落，如意突然提起明女史的衣襟，往窗外一扔。只聽撲通一聲，明女史被準準地摔入馬車車廂中。

杜長史目瞪口呆地看著窗外，事情發生得太快，他一時甚至回不過神來。楊盈眼睛一亮，只覺眼前的如意是如此強大與美麗！

如意懶得解釋，直接交代了對明女史的安排，「送她回京城。」

窗外于十三立刻應聲：「是。」

杜長史鬍子都在發抖，瞪眼看向如意，不必開口便知是「成何體統」云云。如意不待他開口，先行截斷，「你們沒得選，這不是商量，是知會。」

杜長史震驚地看向寧遠舟，寧遠舟回了個無奈的笑容。

楊盈看看杜長史，又看看如意，一瞬間，她徹底下定了決心，立刻高聲道：「我……不，孤——孤要她做孤的教習！這是孤的命令！」

杜長史錯愕地看向楊盈，卻見楊盈神色激動，雙目澄亮，所有膽怯、疲倦都被驅開，正興奮地看著新來的教習女傅。

禮王有令，此事已再無轉圜了。

✵

楊盈的激動一直持續著，哪怕天性中的膽怯、自卑再度追過來，可當如意來給她上課時，她也還是眼睛亮晶晶地追著如意，滿含好奇和親近。見如意在書桌上寫著什麼，她便小心地湊過去，「妳在寫什麼？」

「安國朝堂都有些什麼大人物，待會兒妳要背的。」如意說著，手中卻不停。

先前令她聽得頭大的東西，此刻她卻毫不排斥，只了然點頭，「啊。」反而把自己的水杯端給如意，「那妳一邊喝水，一邊寫。這種泉水，很好喝的，以前我在宮裡都喝不著。」

如意頭也不抬，邊寫邊問：「妳為什麼不怕我？」

楊盈一怔。

如意等了一會兒，停下筆，「妳之前那麼膽小，說句話都結結巴巴的。可後來，為什麼又突然要留下我了？」

楊盈低著頭，沒有回答。

如意抬眼看向她，「說。」

楊盈嚇了一跳，對上如意的目光，磕磕絆絆地說道：「因、因為妳一過來就能制住明女史。明女史她，很嚴厲……」

如意眉頭微皺，問道：「她打過妳？」

楊盈點頭，又下意識地搖頭。

如意一把拉了她過來，卷起她的袖子翻看，果然在她上臂下方看到一大片紫色的出血點。

「用針紮見不得人的地方，為什麼不告訴寧遠舟？」

楊盈眼圈一紅，低聲道：「我怕遠舟哥哥為難，而且明女史也是為了提醒我用功聽講。」

如意看了她一會兒，推開窗子，道：「元祿。」

窗外元祿立刻冒頭過來，「如意姐？」

「給送明女史回去的人傳個信，回京之前，你們六道堂的附骨針，每天三針，一天也不許少。」

元祿一怔，馬上點頭道：「好。」

如意關窗回身，卻見楊盈抽泣了起來。如意皺眉，不解地問：「哭什麼？」

楊盈放聲大哭，撲過來抱了她一個滿懷，「如意姐，妳真好！宮裡的人，都嫌棄我娘只是個宮女……」

如意被她蹭了一身眼淚，調侃道：「妳再哭，我也會嫌棄妳。」

楊盈馬上收聲，離得遠遠地坐好，乖乖地用小狗一樣濕漉漉的大眼睛看著如意。

如意唇角微微一勾，把那張紙放在她面前，「背吧，明天我會查問。」她也不在一旁守著，留楊盈一個人對著紙張背誦，便自行離開。

她走進庭院中時，寧遠舟已經等在外面。見她出來，似有一瞬間的不自在，卻還是很快便走上前來，目光誠摯地看向她，「元祿都跟我說了，謝謝妳。我太久沒有見殿下，疏忽了。」

如意不以為意道：「女人折騰女人的把戲，你不知道很正常。」

寧遠舟轉身為她引路，「我帶妳去休息的地方。除了商隊的人，使團裡還有幾個負責保護的道眾，領頭的孫朗妳在我家見過……」顯然是打算帶她去見使團裡的其他人。

這男人，似乎在盡力避免和她單獨相處，難道他也覺察到了她對他還不算清晰的意圖？

見寧遠舟也沒多問，如意便叫住他：「你不問我怎麼教她？」

寧遠舟腳步一頓，回過身來，「既然託付給妳了，自然用人不疑。何況——」他抿唇笑看著如意，「全天下誰還能比左使大人更熟悉安國的情況？」

「我離開安國已經好幾年了。」如意淡淡道。

「教殿下已經足夠了。」寧遠舟回道，頓了一頓，又道：「對了，為免麻煩，對使團裡的隨員，妳是六道堂的女道眾；但在道眾面前，妳還是褚國來的不良人。」

「為什麼不直接跟他們說我是朱衣衛的白雀？」

「因為我認為這個世界上，沒有一個女人，希望被別人當作出賣色相之人。」寧遠舟看向如意，「妳也一樣。」

如意一震，想起她在寧家老宅時和他說過的話，怔怔地看著他。

寧遠舟又一指西廂房門，「何況，雖然妳和我、和元祿都沒有什麼過節，可老錢他們，有親友死在朱衣衛的手上。尤其是老錢，他對朱衣衛十分痛恨，妳千萬不能在他面前暴露身分。」

寧遠舟回過頭去，如意卻已然做好了決定——有些事情，既已命中注定，那動心動念，便不過須臾。如意忽然近前一步，嫵媚一笑，「寧大人果然體貼。」

寧遠舟突遇軟玉溫香，下意識屏住呼吸，有瞬間僵硬。如意卻已笑著轉身，走進了自己的房間。

寧遠舟看著關閉的房門，不由得抬手摸上手背。手背上被如意咬過的傷痕已然癒合，卻仍是留下了淡淡的疤痕。那一刻，他分明聽到了自己的心跳。

✵

換下了明女史，由如意接任教習女傅後，楊盈脾胃不和的症狀雖未痊癒，精神卻肉眼可見地好轉起來。在驛館中稍作休整之後，使團便繼續前行。

耽誤了這幾日，再啟程時，馬車也加快了速度。楊盈卻沒有再叫苦，和如意一道坐在飛馳的馬車裡，也依舊勤學不輟。等她背誦完安國朝堂政要顯貴，如意又找來安國的州縣輿圖，給她講解安國各部勢力與朝臣關係，不時也考校一下她背誦過的東西。

每每答出問題，楊盈便兩眼晶亮地看著如意，一臉求誇獎的神色，令人忍不住勾起唇角。

如意卻顯然不是個慈愛甚至不是個一味寬和的女傅。偶爾楊盈答不出，不論楊盈再怎麼著急害怕，她也照舊皺眉訓斥。她一嚴厲起來，楊盈便嚇得噤聲，像隻可憐的小狗般低著頭，悄悄紅了眼圈。

如意沒那麼纖細的心思，記不住，那便加課，還不行，那就罰抄。

傍晚時到了驛站，馬車停下。如意話說完，便自行下車。楊盈也趕緊擦乾淨眼淚，強裝出若無其事的模樣，跟著她走下來。即便被訓斥了，小姑娘也依舊想親近師父，緊追著她進驛館去。如意卻不知停下來等一等。

商隊眾人在院子裡停車牽馬，遠遠看見這一幕。似于十三這種，一眼就能瞧出七、八分，忍不住搖頭心疼，唉，美人兒心可真狠，殿下畢竟還是個嬌滴滴——」見寧遠舟眼神飄過來，語調一轉，隨口補圓：「嬌滴滴的娘娘養大的小皇子……」

元祿也心有不忍，目光追著楊盈，「如意姐之前不是對殿下很好嗎？怎麼現在又罵上了？」

只見寧遠舟微皺雙眉，卻仍是替如意解釋：「為師者，必須恩威並施。如意為殿下處罰明女史，並不代表她就要對殿下一直寬和。」

小姑娘到底心思細膩，受了委屈便有些提不起精神。晚飯時楊盈和如意同桌而坐，很久才勉強動了動筷子。

如意卻不給她空閒，依舊端正授課，教習她舉止禮儀，「殿下，請飲此杯。」

楊盈沒精打采地舉起杯來。

如意皺眉，糾正道：「錯了，男子喝酒，應該如此。」她示意給楊盈看。

楊盈學著她的模樣喝了一口，卻被嗆得咳嗽起來。內侍連忙為她順背。

如意看了她一眼，聲音稍緩，「繼續吃飯。」

楊盈拿起筷子，卻實在咽不下去，小心翼翼地抬頭看她，「我——孤，胃口不好，吃不下。」

如意道：「那就去後院蹲半個時辰的馬步，昨天我教過妳。」

楊盈垂下眼睛，乖巧地起身去了。

如意毫不動容，自顧自地喝完杯中酒，才揚聲道：「你是不是覺得我對她太狠了？」

寧遠舟不知何時出現在門前，聞言腳步一頓，「妳現在對她狠，好過以後安國人對她狠。何況——」他看著如意，卻又道：「算了。」

如意頭也不抬，隨手又給自己斟了杯酒，「說清楚。」

寧遠舟沉默片刻，「何況我覺得，妳當初肯定受過比她更多的苦、更疼的傷，才會有現在的模樣。」

如意握著酒壺的手一頓，抬眼看向他。

寧遠舟誠懇道：「時間倉促，殿下要是能學到妳十分之一，我就已經很滿足了。」

如意垂眸，「你突然對我這麼好，真有些不習慣。」

「以前是以前，現在同舟共濟了，自然不一樣。」

如意一笑，道：「是嗎？」她舉杯笑看著寧遠舟，眸中波光盈盈，「現在反正沒有別人，不如坐下來一起喝一杯，好好聊聊怎麼同舟共濟？」

門口的寧遠舟本能地覺得不對，警惕地回道：「我有舊傷，喝不了寒酒。」

如意握著酒壺起身，走到他身邊，小指如輕風般拂了一下他的手背，眼尾波光瀲灩，「那我去幫你熱熱？」

寧遠舟頓覺異樣，正要躲避，如意卻已翩然離開。煙霞似的紅色髮帶自他眼前飄過，只留一縷殘香。

寧遠舟看著她遠去的背影，心中猛然有種異樣的情緒漾起，但他馬上告訴自己這肯定只是錯覺。為此他還特地抬起手背檢查了一下，偏偏那裡什麼異樣也沒有——如意並沒有藉機下毒。

他一抬眼，卻正看見窗子開著，院子裡于十三一臉震驚地看著他，指指如意的背影，又指指他的手，張大嘴一副要叫出來的樣子。

寧遠舟閃電般比畫了四個手勢——「噤聲」「抹脖子」「向後轉」「回屋去」。

于十三一臉不甘，狠狠揮了幾下拳，這才不情不願地走了。

寧遠舟安下心來，卻又忍不住抬起手背，只覺如意指尖劃過的地方，微微熱了起來。

✵

楊盈站在水池邊，紮著馬步。她在車上顛簸一整天，又沒好好用晚飯，此刻早已脫力，渾身都在顫抖。

恍惚之間，她腦海中便又浮現出鄭青雲的身影。

臨行前那夜，依稀也是同樣的月色。鄭青雲與她執手互訴衷腸，淚眼相別。他抬手輕輕幫她拭去淚水，溫柔的聲音彷彿依舊響在耳邊。

她心中悲淒，一時間相思之意、思鄉之情悉數湧上心頭。一個走神，她膝蓋便癱軟下來，幾乎撲倒在地，一雙手從旁伸出，及時扶住了她。

楊盈醒過神來，見是如意，驚喜地喚道：「如意姐！」她想站直，但雙腿酸疼痛不已。

如意攙住她，見她還在努力，便道：「不問我為什麼讓妳紮馬步？」

楊盈的頭搖得彷彿撥浪鼓，「不知道，但妳做什麼肯定都是為我好。」

如意頓了頓，仔細解釋：「妳吃不下東西，一是因為脾胃虛，二是因為長久不活動。出點汗，累一點，慢慢地就會有胃口了。」

楊盈忙點頭，勉強站好，「好，我再來。」

如意看她搖搖欲墜，聲音不覺一緩，道：「先休息一刻再繼續。」

楊盈忙又乖乖地坐好。

如意不解道：「妳怎麼這麼聽話？」

楊盈聲音低低的，乖巧又軟嫩，「我第一眼就喜歡上妳啦，妳的話，我肯定聽。」

如意卻並不這麼認為，「不，妳身為公主，明女史待妳那麼差，可她的話妳也聽。這只說明一件事，妳以前習慣了順從別人，根本不敢反抗別人。」

楊盈一滯，垂下頭去，「乳娘和女官都是這麼教我的，她們說女子以貞靜溫順為要，我是公主，更應該如此。不然，以後一輩子都嫁不出去。」

「誰說女子就一定要嫁人的？妳是公主，大可以獨身一人，永世自在。」

楊盈愕然，「可是，我要是不嫁人，以後誰照顧我，誰陪我說笑，又怎麼生小寶寶啊？」

如意冷笑，「嫁人有什麼好？人生莫作他人婦，百年苦樂由他人。不用嫁人，女人也一樣可以有自己的孩子。」

說到這兒，如意眼前再次浮現華服女子身在一片火光中的場景，只聽那人含淚帶笑地對她說：「妳是個傻孩子，除了殺人，別的什麼也不懂。我只要妳記得一句話：這一生，千萬別愛上男人。但是，一定要有一個屬於妳自己的孩子。記住了嗎？」

楊盈有些蒙，她本能地相信如意不會騙她，可這念頭太過匪夷所思了，不但同她以往所受教導背道而馳，甚至一言打翻了她一直以來的嚮往和努力。她不知該怎麼反駁，好半晌才喃喃道：「可是別人都說，找一個好駙馬，就是我一輩子最重要的事。」

如意聞言從回憶中醒轉，嗤之以鼻：「他們在騙妳。」

「不會的，別人騙我，可皇嫂絕對不會，她也這麼說。」提及蕭皇后，楊盈言之鑿鑿，目光裡滿是篤信。

如意冷笑，「是嗎？那妳知道蕭皇后其實是一心想要送妳下黃泉嗎？」

楊盈霍地站起，瞪著如意，「我不許妳這麼說皇嫂，她待我那麼好！」

「待妳好，卻明知道妳是個漏洞百出的公主，還派妳女扮男裝出使安國？妳真當安國的百官都是瞎子，看不出妳連喉結都沒有？為什麼只派來一個色厲內荏的長史，和一個飛揚跋扈的草包女官？」

楊盈震驚地看著她，聲音漸漸低下去，「不是這樣的。我、我是事起倉促，臨危受命……」

「等妳見到閻王的時候，也可以這麼告訴他。」

楊盈張了張嘴，卻一句話也說不出。

如意直視著她的眼睛，步步緊逼，「讓我來告訴妳真相吧。丹陽王根本不想妳皇兄平安歸來，他恨不得現在就看到妳皇兄的屍首，這樣他就能名正言順地兄終弟及；皇后也沒那麼想救妳皇兄，她只想再多拖幾個月，等她生下孩子，就可以遙尊妳皇兄為太上皇，自己以太后之名臨朝稱制。至於妳和妳皇兄兩個人質，最好一直待在安國暗無天日的大牢裡，過幾年一病而死，這，才叫皆大歡喜。」

楊盈看著她，在她的緊逼下步步後退。如意每說一句，她心中的篤信便破碎一分，更合理的真相卷著驚駭的巨浪衝擊著內心，終於讓過往的一切篤信轟然坍塌。她忍不住大喊著打斷了如意的話，「妳騙我！」

如意憐憫地看著她，「不信，妳可以問他。」

楊盈驚懼地轉過頭，看到了不知何時到來的寧遠舟。她求證一般望向寧遠舟，眼睛裡帶著微茫的期待。

但寧遠舟只嘆了口氣，看向如意，「妳不該告訴她這些的。」

如意道：「她以前反正也不是個千嬌萬寵的公主，這會兒早點清醒也好，至少以後不用做個糊塗鬼。」她轉頭看向楊盈，一字一句告訴她：「楊盈，妳聽好了，要是妳不馬上改掉妳那嬌弱憂愁的性子，妳真的會死。用盡全力去吃，養壯身子，認真學習，才是妳唯一的活路。」言畢，她轉身離去。

楊盈怔怔地落淚，牽起寧遠舟的衣袖，仰頭看著他，「遠舟哥哥，她說的是真的嗎？」

寧遠舟長嘆一聲，點了點頭。

楊盈「哇」的一聲哭出來，撲到了他懷中。寧遠舟想說些什麼，卻終究無話可說，只能輕輕撫摸著她的頭髮，聊作安慰。

楊盈哭得累了，在寧遠舟懷裡沉沉睡去。寧遠舟將她送回房內，安置在榻上，抬手為她擦了擦臉上未乾的淚痕，便給她蓋上被子，悄悄離開。

輕微的關門聲響起，楊盈睜開了眼睛。

房內已熄滅了燈光，月輝透過窗上明瓦落在榻上，明暗交割。她坐起身，抱著自己的膝蓋蜷縮在黑暗的角落裡，無聲地落淚。

如意的話如影隨形地追著她，她其實已經信了，只是……為什麼？明明她這麼聽話，這麼相信他們，這麼努力去按他們說的做了……

她喃喃地念著：「為什麼，為什麼……」為什麼要這麼對她？為什麼她要遭遇這一切？「我不要這樣……人生莫作婦人身，百年苦樂由他人……」她眸光輕晃，似是下定了什麼決心，眼神漸漸堅毅起來。

第二日醒來，楊盈眼睛依舊有些浮腫，卻再沒有像先前那樣，用可憐巴巴的眼神看著如意，討取憐惜。她沉默地在侍從的服侍下淨手，強迫自己多用了些膳食。

使團眾人牽馬備車時，她一個人坐在窗邊看了一會兒，便又拿起如意寫給她的絹冊，默誦要點。直到登上馬車，她才放下絹冊，看向如意。

彷彿一夜之間，惴惴不安的小公主就長大成了沉默寡言的禮王殿下。

路上沒那麼平坦，又要趕在天黑前到下一個驛站。馬車行得飛快，顛簸不止。楊盈依舊有些不適，卻沒說什麼，只等著如意抽問。

如意便接著前一日要點問起：「安國國主有幾個兒子？」

這一次楊盈沒有再中途卡住，「三個。長子河東王李守基，雖然喜歡聲色犬馬，但已數次在安帝出征期間監國，並得其岳丈汪國公一派支持；二子洛西王李鎮業，先皇后所出，雖是嫡子，但身體不算強健，因此並未受安帝特別看待；還有三皇子李承遠，江采女所出，母早亡，才剛出生幾個月，尚未封爵，在朝中最為寡助。」

她一次把幾個問題一起答全。如意合上絹冊，點頭道：「進步挺快。果然還是下猛藥管用。」

楊盈眼眶又一紅，低下頭去，強忍住了沒有哭，「嗯。」

如意便又道：「接下來跟我再練練喝酒的姿勢。女子喝酒，多用雙手捧杯；男子喝酒，多用單手，虎口向內，拇指壓住杯口，沉腕……」她抬手示意給楊盈看。

楊盈打起精神觀摩著，又做給如意看。

趕到白沙驛時，天色尚明。

使團的馬車、儀仗駛進驛館庭院裡，很快就將原本空曠安靜的院子填得滿滿當當。杜長史指揮著眾人開始搬卸用品，催促驛館儘快安排膳食。驛館的吏員則早已得到消息，殷勤地上前迎接，表示膳食早已備好。到處都是忙碌往來的人和催促交談的聲音。

元祿跳下馬車，「我肚子也餓了。」說著便望向前方不遠處的馬車，想到楊盈蒼白的面色，便轉而問寧遠舟他們：「還有幾天才能到邊境啊？」

于十三隨口答道：「早著呢，得先到陵州、茳城，然後還要經過好幾個州縣……」說著便也順著元祿的目光，看向了前方馬車。

一片雜亂中，獨楊盈和如意乘坐的馬車無人打擾。夕陽鋪開金色的輝光，照耀在朱屋青蓋的馬車上，華貴靜美。一時車中人打起簾子踏出車廂，車轅一沉，車上鑾鈴便在金色輝光裡叮噹搖響——卻是如意從車裡走了出來。

于十三一眼瞟見，眼前一亮，隨即又想起些什麼，扭頭去看一旁的寧遠舟。

他分明意有所指，如意一眼瞪過來，「看什麼？」

于十三笑道：「美人香車，交映生輝。」

如意懶得再理他這個不正經，自行跳下車去。身後楊盈也從車廂裡出來，正扶著內侍的手下車，卻突然臉色一變。

于十三也立刻察覺，關心道：「殿下怎麼了？」

楊盈掩飾著：「孤無事。淨房在何處？」有人忙替她指路，楊盈卻走到如意身邊，漲紅了臉，低聲說道：「如意姐……妳有沒有……那個？我好像突然那個了。」

如意見她按著小腹，立刻會意，「沒有。服侍妳的人以前沒有幫妳安排過嗎？」

楊盈咬了咬嘴唇，搖頭，「出來得太匆忙了。」她看看左右，為難地望向如意，哀求道：「剛才過來的時候好像經過了一間鋪子，妳能不能幫我找些有用的東西……求妳了，他們都是男人……」

如意點了點頭，便向于十三索要馬匹，離開驛站，去幫楊盈置辦月事用品。

楊盈一直等到如意離開後，才走向淨房。身後侍女和內侍想要跟來，她回頭喝住：「孤自己去，不用服侍。」

從淨房裡出來，她四下打量了一番。庭院那一端煙火氣騰起，伙夫和雜役們正忙碌吆喝著準備膳食、向外送菜，顯然是驛站的灶房。她一邊觀察著四周，一邊向灶房走去。

灶房外的窗臺下擺著酒缸，有雜役正從缸裡打酒出來，見禮王到來，忙躬身行禮，「參見殿下！」

楊盈看了一眼酒缸，示意他起身，「有水嗎？孤要淨手。」

雜役忙進灶房裡去為她取水。

✵

晚飯時楊盈依舊有些提不起胃口。使團其餘眾人卻沒她這麼纖弱的腸胃，累了一天，紛紛埋頭狼吞虎嚥，大口灌酒。

楊盈勉強吃了幾口，見席間已酒過一輪，便微微皺起了眉頭，捂住了小腹。

她身邊的杜長史察覺到她身體不適，忙擱下筷子，「殿下……」

楊盈似是有些支撐不住，「孤身子不適，你們先用吧。」她起身離開正廳，往自己的房間裡去。

如意不在，她身邊只有兩個不頂事的內侍，杜長史有些擔心，起身想跟過去。寧遠舟卻也察覺到楊盈離席，想起昨夜的事，便攔下杜長史，「我去看看就行，你們先用飯吧。」

楊盈回到房中，汗涔涔地捂著肚子疼倒在榻上。聽到門口響動，她立時繃緊了精神，「誰?!」

見推門進來的是寧遠舟，她才鬆了口氣，聲音裡已帶了些哭腔，「遠舟哥哥，我肚子好疼！」

寧遠舟回頭要去找人，「我讓錢昭過來替妳把脈。」

楊盈慌忙叫住他：「不要不要……」她咬了咬嘴唇，垂著眸子解釋：「我不是病了，如意姐替我找東西去了。你幫我把那邊的熱蜜水拿過來就好。」

寧遠舟這才明白過來，一時間很有些窘迫，忙把桌上那杯水端給她。

楊盈卻不肯接，可憐兮兮地埋著頭，「你幫我嘗一口，看燙不燙。」

寧遠舟便取來一隻空杯子，倒出些蜂蜜水嘗了嘗，「不燙。」

楊盈見他只沾了沾唇，不滿道：「你再多嘗一點，我怕不夠甜。」

寧遠舟只得又喝了一口，向她保證：「夠甜了。」

楊盈這才肯接那杯蜂蜜水，拿在手裡，卻又懨懨地道：「還是很燙。」

她把水杯放到一邊，縮回到被子裡，「我待會兒再喝，現在想睡一下。」

寧遠舟只得替她攏上被子，「那妳好好休息。」

從楊盈房間裡出來，走在簷廊上，寧遠舟突然覺得頭有些暈。他依稀察覺到不對，卻想不出是哪裡出了差錯。勉力扶住廊柱後，他便一頭栽倒在地上。

已開始模糊的視野中，房門打開，楊盈一臉驚惶地從屋裡跑出來。寧遠舟眼前陡然一黑，就此失去了意識。

✵

寧遠舟再醒來時夜色已深，屋裡一燈如豆。如意坐在桌邊，見他睜開眼睛，淡淡一笑，「醒了？」

寧遠舟想掙扎起身，但渾身無力，馬上明白過來，「我中了迷藥？」

如意點頭，又道：「不是我下的，否則你現在根本醒不過來。」

寧遠舟思量片刻，想到楊盈那杯蜂蜜水，愕然道：「是公主？」

如意對小徒弟做下的大事竟似乎還有些贊許之意，「意外吧？連我都沒想到她膽子這麼大，前頭剛支走了我，轉頭就對你們下了蒙汗藥。」見寧遠舟還在思索，便道：「可能那天我說的話把她嚇到了吧。她不甘心，就想逃回京城向蕭皇后和丹陽王問個究竟。只是連我也沒想到，你們這麼多六道堂的人，居然全被放倒了。」

寧遠舟苦笑，「盲拳打死老師傅。這藥，她是從哪兒弄來的？」

如意扶起他，道：「皇后出發前給的，說是以防萬一。口渴嗎？想喝什麼？」

他掙扎著想起身，卻還是動彈不得，莫名竟有些尷尬，「不必了，能麻煩妳叫元祿他們過來嗎？」

如意眼角含笑，上前來扶他，「他們也都被迷倒了，這會兒能動的就我一個。」

寧遠舟再度苦笑，「那可真麻煩妳了。」

說話間，如意已扶著他坐起身來。他渾身綿軟，雖勉力支撐，身體卻還是不由得向前一撲，正撞進如意手臂間。一時間兩人四目相對，呼吸交纏。寧遠舟不由得屏住了氣息，移開目光，竭力想拉開距離。

如意眼眸波光盈盈，扶他靠著床頭，自己則在床邊坐下，笑意友善，「一點也不麻煩。」

她坐得近，寧遠舟甚至能看得清她眸中倒影。偏偏她還若無其事地伸手過來，幫他撥開被壓在肩後的頭髮。一俯身，她身上馨香便又傳遞過來。

寧遠舟尷尬又窘迫地避開，「那個……」

如意隨手助人之後，便又坐正了。她似是並未察覺到兩人距離依舊過近了些，如尋常聊天一般說起來：「你想不想知道，我是怎麼樣一個人？」

這語氣與話題過於親切，不免突兀了些。寧遠舟有些蒙，「啊？」

如意卻已經開口：「我其實不是安國人，任辛也不是我的真名。朱衣衛一向有買來民間少女培為白雀的習慣，買到之後，也懶得起名，就用天干地支隨便組合著叫。我分到的，就是壬辛。後來我長大了，也眼看姐妹們一個個斷了氣，而我呢，終於踩著她們的屍體，一步步從外門白雀變成內門朱衣眾。提拔我的恩人說，沒個像樣的姓總不好，這才加了個人字旁，叫任辛。」

她的身世令人動容，寧遠舟忙安慰道：「嗯，妳很不容易。」

如意一笑，「想知道我那恩人是誰嗎？我告訴你，她就是五年前去世的大安昭節皇后，也是我和你交易中提到的那位慘死的故人。」

寧遠舟聞言不由得愣住，「妳不是因為謀害昭節皇后，才被安帝定罪處死的嗎？」

如意搖頭苦笑，「朱衣衛的生活暗無天日，她是待我最好的人，我又怎麼會害她？那天我趕去邀月樓，其實是想救她。」

如意繼續說道：「是她，把我從白雀那惡臭的泥潭裡一力拖出；此後十年，一直關懷我、指點我，一步步將我送上左使之位。在我心裡，她如姊如母。那天，我其實是知道有人可能要害她，才特意去邀月樓救人的。」說著，昭節皇后端莊和藹的身影，再次浮現在如意眼前。

寧遠舟回道：「難怪，我是早就覺得昭節皇后之死有些蹊蹺……所以，妳發現真相之後，就燒了邀月樓，藉此死遁？」

如意否認：「不是我燒的，是娘娘她自己不想走。」

她猶然記得，那一日昭節皇后鳳冠翟衣華貴端莊，背對著她，仰望著面前熊熊大火。那烈焰已吞噬了邀月樓，火龍般狂舞著燒透了夜空，正向著四周蔓延開來。昭節皇后卻是絲毫沒有逃生的打算。

她隻身一人衝上了高臺，向著昭節皇后伸出手去，「娘娘！」

昭節皇后看到她的瞬間，臉上才流露出焦急來，卻是推著她，催促她：

「快走，別管我。」

她牽住昭節皇后的衣袖不肯獨自離開，昭節皇后滿臉淚水，卻還是微笑著輕撫她的頭髮，「阿辛，聽話。」

她沒能救下昭節皇后。

「那天的邀月樓真熱，明明火焰都已經燒著了她的披帛，可她卻還是笑著囑咐我，要離開朱衣衛，安樂如意地活著，以後不要愛上男人，但一定得有一個屬於自己的孩子。」如意聲音帶著痛苦和自責，說著眼中便湧上淚水，卻立刻閉目收住，令自己重新冷靜下來。

寧遠舟恍然，「所以妳就改名如意了？」

如意點頭道：「對。邀月樓燒塌了之後，我成了眾人眼中謀害娘娘的兇手，受了重傷，又被投入天牢。好在後來，我從前的手下放火幫我燒了天牢，我想方設法逃出來了，安國卻沒有我的藏身之地，就只能逃到你們這邊的盛州，躲在一個剛死了女兒的姓江的大娘家裡養傷。沒想到過了些年，朱衣衛潛進盛州來挑選白雀，下頭的人並不認識我，硬是捉了我去。我既無力反抗，又想藉此機會探察害死娘娘的真兇，便索性將計就計。直到今年，武功才恢復得差不多了。」

真相太過曲折離奇，若非如意直言相告，個中內情怕是誰也猜想不到。寧遠舟也很是震驚，只能感慨：「太複雜了，簡直像千層酥一般，一層疊一層。」他不知該怎麼安慰如意，便向她保證：「妳放心，只要妳按承諾把公主教好了，我一定會全力幫妳查出害死昭節皇后的真兇。」

如意聞言卻轉了個話題，「我挺喜歡任如意這三個字——娘娘臨終前說過，要我以後替她安樂如意地活著，所以就自己改了這個名，任我如意，自由自在。你覺得呢？」

寧遠舟微覺怪異，但仍道：「嗯，我也覺得挺好的。」

如意看向寧遠舟，道：「那我的孩子，叫任小船如何？這個名字，男女都能用，又大氣，又好聽。」

寧遠舟更覺怪異，「好是好，可妳不覺得，和我的名字有點太像了嗎？而且我師父，六道堂的老堂主，就叫宋一帆。」他對上如意的目光，強烈的怪異預感突然籠罩了他。

如意微笑，朱唇輕啟，「雖說孩子是我的，但你畢竟也出了力嘛，名字，就當是個紀念好了。」

寧遠舟五雷轟頂，第一回失了態，「什、什麼?!什麼叫我畢竟也出了力？」他忽然間想到什麼，拚盡全力想掀開被子，奈何藥效還在，雖勉強抽出手來，卻根本掀不動，「難道剛才我對妳……」

如意凝視著他，微微俯身，「不是剛才，是待會兒。我不會強迫你做你不情願的事的。」

寧遠舟終於明白了她的意思，慌亂感和荒謬感如兩片巨浪同時湧起，轟地撞在一起，拍碎了他的思路，「任如意，妳先冷靜一點……是我吃錯了藥，不是妳！」此刻他無力地躺在床上，連抬手推拒一下都做不到，平生頭一次感受到恐慌。

如意卻似是確認了什麼，輕輕一笑，逼近了他。

寧遠舟瞳孔不由得一縮，屏住了呼吸。

如意長睫低垂，吐氣如蘭，「刺客衝動只會死，所以我不會。其實，我早就決定是你了。你武功好、個頭兒高，孩子以後不管是像你還是像我都差不了；你沒成家，給我個孩子，也不會傷害到其他女人；這回去安國其實是九死一生，你要是不幸死在半路，我還能幫你留下一點香火。這麼三全其美的事，你應該開心才對啊。」

寧遠舟拚死掙扎，「好什麼好呀？關鍵——」

如意的手指卻不知何時攀上了他的腰，抬手一勾，解開了他的衣帶，「我本來還想一點點地勾引你，沒想到突然天降良機了。」她目光最終落在他唇上，吐息溫熱，嗓音低柔，「反正你也被下了藥，就當什麼也不知道，其他的交給我就行。」

寧遠舟大驚失色，竭盡全力後仰著，「這、這不是妳一個人就能幹成的事！我只會和我喜歡的人……」

如意卻並未將他的抗拒當一回事，抬手按住他的唇，媚眼如絲道：「你敢說你對我一點都沒動心？別撒謊，我們白雀最精通的，就是揣摩男人的心意和情欲。」

是的，她心中無比肯定，寧遠舟對她的關注，已經遠遠地超越了一般的「合作者」。男與女的羈絆，常起於青萍，長於無形，在無聲中織就一襲綿密的錦緞。

寧家老宅裡，這個男人捏住她傷口試探時，因她一滴淚水而放鬆了牽制。馬車上，這個男人主動替她擋住刺目的陽光。

茶攤上，這個男人把自己假死時還惦記著的一口酥拋給了她。

驛館裡，她手指勾過這個男人的手背時，他的脊背瞬間僵硬……

這個男人根本就不可能沒有心動。此刻抗拒，不過是因為進程超出了他的預期罷了。

寧遠舟垂死掙扎，竭力想找點什麼隱藏自己，似乎這樣就能躲開如意。

如意見狀不禁輕笑道：「我知道為什麼自打我加入商隊，你就對我變得這麼溫柔。攻心市恩嘛，朱衣衛也用同樣的法子調教從別國跑來的叛將。先要刻意提起我過去的傷痛，再同情我、關懷我；一邊說你之前也不容易，一邊哄我開心。就這樣先冷著我，後哄著我，過幾天，再尋個機緣和我同生共死一回，我九成九都會從此對你死心塌地。」

「我……」

如意卻不容他辯解，手指順著他的嘴唇向下，在他下巴上輕輕一勾，眸光瀲灩地凝視著他，「寧大人，你的招數還真是老。」一邊說邊靠近他耳邊，吹了一口氣，笑道：「你的身子，也熱了。」

平日裡外人眼中喜怒不形於色的寧遠舟，此刻終於狼狽萬分，他奮力避過如意，「妳冷靜一點，我心機太深，和我生孩子，妳會吃虧的。」

如意卻微微一笑，「怎麼會呢？孩子像你這樣滿腹機謀才是好事，千萬別像我，除了殺人，什麼都不太靈，拖了這麼些年，也沒查出誰才是害死娘娘的真兇。」她手指順著寧遠舟的下巴向下，不輕不重地劃過他的喉結，停駐在他鎖骨中央，挑起了他的衣襟，「放心，草原上的母獅子，從來都是自己捕獵、自己養孩子的，公獅子只要配合一下就好。待會兒你多努點力，只要一次成功，我就不會再纏著你。」

寧遠舟勉力抓緊自己的衣領，試圖再做一點無謂的抵抗，哀號道：「可我不是獅子，于十三不是叫我寧狐狸嗎？獅子和狐狸，那就不是一回事啊！」

如意卻道：「我不介意。我呢，絕對不會貪圖你的家產，更不會阻撓你和別人在一起。我只要一個完完全全屬於我自己的孩子，我會把從小沒得到的一切全部給她，不讓她再受一絲欺騙、一絲背叛，快快活活地過一輩子。」

寧遠舟拚命搖頭，「妳別聽元祿、于十三他們瞎吹，我命犯天煞孤星，長輩親人都不在了，孩子像我，一點都不好！」

如意笑了，她伏在寧遠舟胸上道：「好巧，我也是。你就認命吧，總之我不會讓你吃虧的，之前我答應幫你把公主平安送到安國，現在我再加一點碼，大不了……再幫你把你們皇帝救出來如何？」

寧遠舟的胸膛不斷起伏，如意卻直接扯鬆了他的衣襟。她正要吹滅蠟燭，寧遠舟忽道：「等等！妳現在和我在一起，真的會害了孩子。我身上有毒！」

如意一怔，手上稍緩。

寧遠舟忙道：「章崧一代奸相，妳以為他會那麼容易地讓人帶著公主、人馬和大筆黃金離京？出發之前，我已經服了『一旬牽機』，每隔十天，必須在他的人手裡領取解藥。現在正是我們出京的第七天，我身上毒性最重的時候。」他強行伸出手腕，遞給如意，「不信妳看看？」

如意將信將疑地給他把脈，隨即臉色一沉，但很快又道：「沒關係，我血中有萬毒解，能克天下之毒，所以蒙汗藥才對我無用。有它在，傷不到孩子。」

眼看她又要動作，寧遠舟連忙解釋：「但我現在腎氣不足，一、兩次肯定成功不了，就算僥倖成了，難道妳想孩子先天不足？」見她終於面現遲疑，連忙穩住她，「妳願意幫我救聖上，我自然再高興不過。但我的頭一個孩子，我自然希望他康健平安。妳再多等兩日，等我拿到第一期的解藥，一定讓妳心想事成。」

如意輕笑，「跟我玩這種拖延時間的把戲？」

眼見她又要俯身，寧遠舟提高聲音：「任如意！妳難道想讓自己的孩子在父母心不甘情不願的情況下來到人間？」

如意心中一凜，直起了身子。突然，她手一探，從懷中取出一只小瓶打開，道：「同心蠱。你用了，我就相信你。」

寧遠舟毫不猶豫地張開嘴。

如意將同心蠱餵入他口中，手指不經意擦過了他的嘴唇，才稍稍平息的氣氛再次曖昧起來。

寧遠舟滿臉滾燙，目光躲閃，「這蒙汗藥怎麼才能解？」

如意似乎很是敗興和受挫，拿過茶几上的冷茶水，衝他就是一潑。

寧遠舟一個激靈，發現手終於能抬起來了，他苦笑著道：「很好，至少我現在不熱了。」

第九章

驛路戲英雄　星峽戰並肩

月光透窗穿戶，照耀著驛館裡杯盤狼藉的正堂。先甦醒過來的人正點起燈燭，挨個用冷水潑醒伏倒在飯桌上的商隊和使團眾人——傍晚時他們就在此處用晚膳，被楊盈加了蒙汗藥的酒全給放倒了。

此刻杯盤都還沒有收起，正堂裡一片混亂，錢昭和孫朗忙著喚醒眾人。于十三還在美夢中親著「小娘子」，迷迷糊糊地親了錢昭的手，被錢昭嫌棄地甩開。

聽到是楊盈給眾人下的蒙汗藥，元祿不可置信地開口：「是殿下下的藥？」

杜長史也悠悠轉醒，意識到所有人都被放倒了，立刻便要去確認楊盈的安危，「殿下，殿下現在何在？」卻差點撲倒在地，眾人連忙扶住他。

楊盈在自己的房間裡——她運氣不好，沒跑多遠便被如意捉了回來。如意也沒有詢問她緣由，只先縛住她的雙手將她扔在床上，確認了驛館內的狀況後，便去料理寧遠舟。

可惜如意同樣運氣不好，因章崧一劑「一旬牽機」，不得不暫且擱置意圖。

寧遠舟要確認楊盈的安危，如意便帶他來確認。

此刻楊盈躺在床上，不哭鬧，也沒有掙扎，只是怔怔地流淚。逃跑失敗，她也沒必要再繼續偽裝堅強和懂事。她想不通她的皇嫂和王兄是否真的想那麼對她，為什麼要那麼對她，她就是想不通！

「還活著，放心了吧？」如意道。

寧遠舟上前查看楊盈的脈息，確認她確實無恙，給她蓋好了被子。

如意卻又冷不丁問起：「你什麼時候才能拿到解藥？」

寧遠舟尷尬地咳了一聲，提醒道：「這個問題不合適在她面前談。」

如意才不信他的鬼話，「在外面，只怕你更不願意談。」她信手點了楊盈的穴，楊盈立即昏睡過去。她接著用匕首割開捆綁楊盈的繩子，轉頭對寧遠舟道：「現在你可以說了吧。」

如意不解。

寧遠舟又咳了一聲：「其實，我覺得有一點妳說得特別對。」

寧遠舟道：「除了當殺手，妳其他方面確實不太靈——很抱歉，之前的約定，恕我不能從命。」

如意一怔，大怒出手。寧遠舟從容接招，沒幾下便將她制住，推倒在一邊，「妳沒有內力，打不過我的。」

如意冷笑，「你想賴帳？」

她反手往自己心口一點，口中密語連連，寧遠舟吃痛，下意識地捂著胸口。待他扯開衣襟，只見有活物在心臟處跳動，讓他愈發吃痛。

如意看在眼裡，解釋道：「同心蠱的噬心之痛，沒人能抵擋得了。」說完便走到他跟前，「求我，我就饒了你。」

寧遠舟掙扎著想推開她，如意反手擒拿。兩人扭打著，撞倒了火盆。

于十三正喋喋不休地追著錢昭理論，忽然聽到楊盈房裡傳來的打鬥聲，忙丟下錢昭，前去查看。踢門進去，卻見寧遠舟和如意扭打在地上，如意翻身騎在寧遠舟身上，抓著他的領口怒斥：「你為什麼不願意跟我生孩子？你答應過我的！」

于十三呼一口氣，抹了把臉，轉身就走。

寧遠舟看到于十三忙道：「還不過來幫忙?!」

于十三腳步一頓，看看如意，再看看他，面露難色，「這個，這個，我不方便插手吧？」

寧遠舟怒吼：「于十三！」

于十三只好接近，幫寧遠舟控制住如意。如意的胸脯因為氣憤而不斷起伏，他一眼看見了，忙偏頭念叨：「罪過，罪過。」

如意憤怒地瞪著寧遠舟，「你逃得過一時，逃不過一世！只要這同心蠱還在你身體裡頭，我隨時隨地都能讓你求生不得，求死不能！」

寧遠舟捂著胸口，氣喘吁吁地站起來，「未必。」

他反手一點自己胸膛，也開始和如意一般念起密語來，指間用氣，逼著胸膛下的同心蠱一點點移動到手臂上。

于十三驚訝地道了聲「呀」。如意同樣震驚地看著寧遠舟，只見他抄起她先前扔在桌上的匕首，看向她，「不止妳一個人去過武陵蠻。」話音剛落，便挑開自己的手臂，蟲蟲帶著血飛出，落進火盆裡，翻滾扭動。

寧遠舟鬆了口氣。于十三卻又提醒：「還得澆點酒，才能燒乾淨！」便向如意解釋，「不好意思，這法子是我教他的，以前有兩個苗女，總是不放過我——」

寧遠舟看了眼于十三，見他還按著如意，便提醒道：「放開她吧。」

于十三有些猶豫。

寧遠舟道：「任姑娘比你更識時務，她知道事已至此，不會再無謂發怒了。」

于十三這才意識到，如意確實安靜得很，忙鬆開手。

如意果然沒再糾纏，恢復自由後，便逕直向門外走去，只在路過寧遠舟身邊時，用極低的聲音說道：「你會後悔的。」

寧遠舟心中愧疚，「對不起。」

而如意也並未等他回應，轉眼便消失在門外。

寧遠舟這才上前，拿起桌上的殘酒澆在火盆中，火盆升騰起一陣烈焰，很快便將蠱蟲殘骸燒盡了。

于十三探頭看了眼門外，兩眼晶亮地盯著寧遠舟，「這到底是演哪一齣？放心，我嘴很嚴的！」

寧遠舟張嘴欲言，又難堪閉嘴。

于十三道：「你要不告訴我，我的嘴就不嚴了。」

寧遠舟無奈與他耳語，心中煩亂，「你在外面不都聽到了嗎？她看我皮囊還不錯，想要跟我借個種罷了。」

還有這等好事！于十三聞言又是震驚，又是惋惜，簡直羨慕至極，「而你居然還不願意，還打她？寧遠舟，你是不是男人啊，那可是你孩子他娘！」

寧遠舟反手塞了枚果子，堵住了他的嘴。

✵

寧遠舟從楊盈的房間裡出來，立刻便被眾人團團圍住。

寧遠舟目光掃過眾人，一眼便能看出使團中人人疑慮，士氣低落。

這卻也不是急在一時的事——唯有楊盈振作起來，才能真正安撫眾人的不安。否則縱使一時鼓起了士氣，也還是無本之木，一點風吹草動就又散了。

便只避重就輕道：「殿下沒事，只是受了些驚嚇。大家也都辛苦了，今天晚上就好好睡一覺，明日不著急出發，原地休整一天。」

杜長史猶在震驚之中，實在接受不了，追問著：「當真是殿下對我們下的藥？她為什麼要這麼做？難道她不想救回聖上了？」

寧遠舟正色道：「但凡大事，必多坎坷；太過順暢，反而難成。杜大人早些回房吧。」便吩咐錢昭：「老錢，幫杜大人開劑定神散。」

錢昭點頭，陪著杜長史離開。杜長史腳步踉蹌，彷彿老了幾歲。眾人望著這位古板老人的背影，竟難得有感同身受之意。

元祿仰頭看向寧遠舟，憂慮道：「頭兒，公主當真不願意去安國？」

寧遠舟淡淡地道：「她只是怕了。」便看向在場眾人，提高音量，「想想你們第一回領差事的時候，是不是也同樣腿軟過？」

六道堂眾人都愣了一愣，瞬間便對楊盈的感受共情起來，紛紛點頭，籠罩著整個使團的愁雲慘霧，也隨之煙消雲散。

寧遠舟正色道：「這件事倒是提醒了我，使團和商隊組建得太倉促，我也很久沒有帶你們出過外差，大家都有些鬆懈了。從今日起，要抽兩個人出來巡查，每兩個時辰換一班，不與大家一起飲食……」

諸人用心地聽著，肅然應道：「是！」

一時眾人各自回房休息，元祿拐了拐心不在焉的于十三，悄聲問道：「剛才殿下屋裡劈里啪啦的，出什麼事了？」

于十三臉一板，敲了敲元祿的頭，「小孩子不許問這些！」

元祿莫名其妙，捂著頭埋怨：「你們為什麼老愛打我的頭?!」

✵

月華流淌，寂靜宜人。

如意在自己房中盤膝運功，竭力想壓下心中火氣。奈何腦海中今日所受挫折翻湧不息，她終於還是氣惱地抓起身旁杯盞，狠狠砸在地上。

「寧遠舟，你等著，我的內力已經在恢復了，今日之恥，我必定要報。你的孩子，我一定要！」

正賭咒著，忽聽門外一陣響動傳來，如意警覺地抬起頭，喝道：「誰?!」

門「吱」的一聲被推開，于十三花枝招展地走進來。

如意冷冷道：「你來幹什麼？」

于十三一拂額髮，亮了個瀟灑的側臉給她，微笑道：「自然是來看妳，美人兒。」

如意莫名其妙，皺眉看著他。

于十三表情豐富，「寧狐狸所作所為，實在是太混帳了。但是，除了他之外，天下好男人還有很多。」說著就變魔術般從身後拿出一束花，遞到如意面前，兩眼晶亮地看向她，「比如我。」

如意一怔。

于十三毛遂自薦：「小可方過而立，有潘安衛玠之貌、太白明皇之才，待女子溫柔如水，擅男兒任俠風流之態，正是姑娘兒子親生父親的最好人──」說著聲音就一頓，最後一個字卡在了齒縫裡──如意的鐵指甲正比在他脖子上，尖端閃著冰冷的光。

「滾！」

于十三卻是越挫越勇，縱使被鐵指甲逼得仰起頭來，脖子也要伸得挺拔玉立，聲音愈發深情款款，「英雄尚無末路事，豈敢美人花下死？況且，小可也心甘情願死在如意姑娘手中，因為那樣，妳就會記我一輩子。」說著便閉上眼睛，一副甘之如飴的模樣，「來吧，不要因為我腰細腿長就狠不下心，我受得住！」

他受得住，如意可受不了，一招將他格飛。

于十三伸出手去，淒美悲情道：「美人兒，妳好狠的心！」

如意回身就要拔劍，錢昭及時飛奔出來，一個果子塞住于十三的嘴，將他倒扛在了肩上，拍了拍他的屁股，「別鬧，該回去喝補腎的藥了。」截下了于十三，他似乎又想起什麼，面無表情地回頭衝如意點了點頭，「他確實很混帳。」

如意初時還沒反應過來，片刻後才忽覺哪裡不對，惱怒地瞪過去，喝道：「站住，你——」

然而錢昭已跑到門口了，怕如意沒聽懂一般，出門之前還不忘解釋：「剛才，他在屋裡，我在門外。剛才的剛才，他也在屋裡，我也在門外。」前一個「他」說于十三，後一個「他」，自然就是說寧遠舟了。

話音未落，人早已消失在夜色中了。

如意半晌才回過神——她剛才摁著寧遠舟的事，居然已經人盡皆知了嗎？

✵

烏雲蔽月，萬籟俱寂。

黑暗中，正在沉睡的寧遠舟輾轉反側，大汗淋漓。

夢境裡，如意的手指彷彿依舊輕柔地遊走在他的身上。她紅唇豐潤，媚眼如絲，噙著笑俯下身來，灼熱的呼吸如湯泉沃雪般撲進耳中，流向全身。寧遠舟耳中便灌滿了水聲，身體在熱泉中不停地下墜。

腦海中忽地響起個聲音：「大道無情……」

他猛地睜開眼睛時，便發現自己已變回了十五、六歲的模樣，正身處幽冷山洞之中。山洞四壁上懸掛著各色美人的畫像，或妖豔，或清純……他立時便記起這是何種場景，連忙仰頭望去，便看到了義父的面容。記憶中不苟言笑的男人依舊是四十許的模樣，高大沉穩，未生白髮。似是察覺到他的迷茫，便嚴厲地皺起眉頭，告誡他：「大道無情，只有過了『欲』字一關，你的武功和心智，才算真正得窺大家門徑。你是我最得意的弟子，別讓我失望！」

他心中一凜，忙凝神靜氣，趺坐冥思。更多的記憶卻隨之襲來。

他看見母親一身素服，眼中含淚，卻還是決絕地推開了義父，關上了房門。

他看見義父借酒澆愁，醉臥亭中，從此義父便再未流露過軟弱。

義父說：「忘情方能入世，欲色皆是冤孽！」

然而如意盈盈的笑意，俯身時自耳後垂落的髮絲，解開他衣襟的纖白玉指，打鬥中不經意相貼時透過衣衫傳遞過來的溫暖與觸感……卻也在告誡聲中不斷閃現。

突然間，如意一劍向他劈來。寧遠舟猛地驚醒過來。

屋內猶然沉黑，四面寂靜無聲。他長呼了口氣，翻身起床，走進庭院裡先洗了把臉，便靠在水缸邊，拿起瓢猛灌了幾口涼水。

正在巡查的孫朗望見他，向他遙遙敬禮，他示意免禮，目光也隨之掃向四周。

天色尚早，除輪班巡查的孫朗外，眾人都還未起床，只見各房間都漆黑一片。但他本能地感覺到有什麼不對，四處觀察尋找，走到馬欄邊時他停了步，眼眸瞬間收縮。

「馬為什麼少了一匹？」他問。

孫朗一驚，趕緊過來查看。寧遠舟卻已經如閃電一般衝向房間。

楊盈還在沉睡。杜長史剛被驚醒。

寧遠舟面色一沉，忙又奔向如意房間，卻見房中空空如也。他上前一探被窩的溫度，臉色愈發沉重。

此刻其他人也已被吵醒過來，聽孫朗說少了匹馬，已各自行動起來。

于十三直奔如意房間，見屋裡情形，便露出果然如此的表情，嘆道：「看看，把人給氣走了吧！換我我也生氣，那麼點小事都不肯答應！這下好了，美人兒一走，誰來教公主？」

外面傳來狗吠聲，錢昭也匆匆趕來，道：「找到馬蹄印了，往余州方向走的，看土的乾濕程度，大約是在一個時辰之前。」

寧遠舟轉頭奔出房去，迎面遇上尚在迷糊的元祿，急道：「給我迷蝶！」

元祿忙掏出一個小盒子扔給他。寧遠舟腳步不停，接過盒子直奔馬廄。他翻身上馬，一牽馬索，「明日此時之前，我一定會趕回來。在此之前，一應事務，交與錢昭代掌。」話音未落，已駕馬衝了出去。

身後于十三追著道：「我跟你一起去！」可他馬剛翻上一半，就被錢昭硬生生地拉了下來。

「孩子的事，只能交給爹娘解決，你不要插手。」錢昭面無表情地說。

于十三不甘地捶地，「為什麼？我也可以的啊！我哪點比他差了？」

元祿不解地看著他們，又看看馳馬而去的寧遠舟的背影，迷惑地撓了撓頭，「什麼孩子，什麼爹娘？」

于十三和錢昭轉頭齊聲道：「小孩子不許問這些！」

元祿捂著頭，不甘道：「又打我！」

孫朗幽幽地探出頭來，虎背熊腰，卻一臉純良，「那我可以打聽嗎？」

✵

梧國，沙溪鎮。

深夜時分，繁華的街市上已沒什麼行人。各處燈火已暗，星空之下瓦屋如山脊起伏。唯有幾處高閣之上還隱隱傳出歡笑與琴歌之聲。

黑暗中，如意勒住奔馬，翻身跳下，將馬拴在路邊，抬頭望向幾處彩燈招展的高閣。街口有狗衝出來吠叫，如意出手如閃電，一塊碎石逕直擊在狗身上。狗低聲嗚咽兩下，乖巧蹲下。

如意拿出從越三娘身上扯下的穗子，讓它聞了聞。狗搖了搖尾巴，飛快地帶著如意向著一處高閣的方向奔去。

沙溪城中最熱鬧的迎來送往之地——憐香樓上依舊燈火通明。房間內杯盤狼藉，花天酒地之後，玉郎饜足地臥在錦繡堆裡睡得正香，突然間一個激靈醒了過來——便見雪刃如水，正橫在他的脖頸處。

玉郎艱難地回過頭去，看清持劍之人的模樣，大驚失色，「如意！」

劍尖一挑，如意嗓音冰冷，「起來。」

玉郎膽戰心驚地滾下床，跪倒在地，哀求：「大人饒命！」

如意只問：「玲瓏本來自己可以逃走的，但她為了你，特意趕回青石巷報信。你是她的未婚夫，為什麼不救她？」

玉郎瑟瑟發抖地指天賭誓，「是越先生逼我的！我本來和玲瓏兩情相悅，卻被越先生看中了，硬逼著我服侍……」

如意冷笑著，反問：「你和玲瓏兩情相悅？」

玉郎宛如抓住了救命稻草，連聲應道：「當然！我的心裡只有她一個！以前我和玲瓏還帶著您逛過園子呢，您不記得了？……我真的是被逼的！」他叩頭不止，「如意，大人，求您饒了我！」

如意目光一寒，卻還是說道：「老實交代越先生的真實身分，我就饒了你！」

玉郎身子一顫，馬上道：「越先生，她就是朱衣衛在梧國的掌事紫衣使，越三娘……」

窗外似有彩蝶飛過，玉郎隱約瞧見蹁躚暗影掠過錦帳，然而驚恐慌亂之下卻也無暇分神細思，只瑟縮地仰望著如意，「收到玲瓏回報已經暴露的消息後，越三娘就覺得這正好是完成總部任務的天賜良機，當晚就發出朱砂令讓梧都分堂的所有人趕回。」

如意追問：「總部下滅口令的那個人是誰？」

玉郎搖頭道：「事關機密，越三娘沒有告訴我。我只不過是她手中的一個玩物……」

如意似是確認完畢，道：「閉眼。」

玉郎不解，卻見如意舉起了劍，他大驚道：「大人！您說過只要我說出越三娘的身分，就饒了我的！」

「凌遲改為處斬，也是饒。」如意手上雪刃一揮，玉郎的脖頸已被斬斷，倒地而亡。如意冷冷看著地上屍首，「你既然和玲瓏兩情相悅，她死了，你當然也不能獨活。」她隨手一扔，將玉郎的屍體扔出窗外，只聽撲通一聲，屍首已沒入窗外河水之中。

如意回身欲走，目光掃過了對面高閣，夜風掀起紗帳，寧遠舟的身形便出現在對面樓閣的欄杆前。

夜色之下，兩人隔空而立，四目相對。

如意皺眉問道：「你怎麼找到這裡來的？」

寧遠舟一指空中還在飛的迷蝶，道：「元祿養的迷蝶。我讓錢昭給妳把脈的時候，就已經叫他在藥粉裡加了迷蝶蜜。方圓五里之內，妳無論在哪裡，迷蝶都能找到。」

如意冷笑，「果然陰險狡詐。」

寧遠舟容色不變，「過獎。妳不是已經知道越先生就是越三娘了嗎，為什麼還要再問他一次？」

「章崧說過，沒有經過多路驗證的情報，就是個屁。」

寧遠舟了然：「妳倒是學得快。」他目光一瞟樓下燈影幽幽的河流，玉郎的屍首已沉入河底，水面上只留一團殘紅，也隨即便淹沒在流水和夜色之中，「原來妳的目的並不是回朱衣衛總部鳴冤，妳只是想要復仇。否則，妳會留下玉郎這個活證。」

「對，我不是你。明明已經被六道堂拋棄過，現在還要為它賣命。」

她摸出懷中的絲絹索命簿，蘸著血在她殺人名單上的「玉郎」旁邊打了一個勾——他是第四個。

寧遠舟輕輕皺眉，看向她手中絲絹，「妳的名單上還有多少個人？」

「很多。所有害了玲瓏和娘娘的人，我都會送他們去六道輪回。」

「所以妳早就決定要來這裡殺他？」

「當然，我知道玉郎的老家就在附近。本來準備明天才動手的。」她收起絲絹，抬頭看向寧遠舟，冷笑，「怎麼，你擔心我一怒之下就此離開，丟下楊盈不管了？放心，我不是你，不會背信棄義。」說著便指著水中，「我會送你去和他作伴。」

「妳現在沒有多少內力，打不過我。」寧遠舟回道。

「你防得了一時，防不了一世。你們六道堂一樣也有地獄道，你應該知道，殺手的耐心比別的人多得多。」

寧遠舟似是一笑，「我會信守承諾，」卻也隨即認真地看向如意，「但妳不能再像今晚這樣脫離我們擅自行動。因為妳一殺人，朱衣衛勢必會聞風而動，這會影響整個使團的安全和我的營救計畫。」

「憑什麼？這並不在我們之前的交易範圍之內。」如意反駁。

「憑妳想為昭節皇后報仇的意願，比我救皇帝的必要性要強得多。任如意，」寧遠舟看著她，「現在是妳在求我。」

如意眼中寒光一閃，飛身躍入對面閣中，欺身而上，揮劍攻向了寧遠舟。寧遠舟卻並不還擊，只是步步後退。避過如意手中長劍，卻被隨著揮來的一掌擊中，他悶哼一聲。

如意手上一頓，抬眼看向他，「為什麼不躲？」

寧遠舟凝視著她的眼睛，輕聲道：「我欠妳的，總得讓妳出了心頭這口氣。」

「我出氣的方式是殺人。」

寧遠舟一笑，道：「妳捨不得的——我死了，就沒人能幫妳查到昭節皇后之死的真相了。」

如意憤恨地收掌，「對，我是捨不得。」她上前一步，黑漆漆的瞳子直對著寧遠舟的眼睛，「我就喜歡你這種滿肚子陰謀詭計的樣子，所以，你一定會成為我孩子的父親。」

寧遠舟屏息，卻沒有後退，「我會小心防備，不會讓妳有這種機會。」

如意輕笑，「是嗎？如果我伺機給整個使團下了毒呢，你也不從？」

寧遠舟面色不變，「不從。妳忘了已托我安排妳義母江氏回陳州娘家了？」

如意眼眸瞬間收縮，冷笑，「你想拿她威脅我？做夢。一個義母算得了什麼，我連親娘都可以殺。」

寧遠舟卻緩緩道：「是嗎？那為什麼妳會不惜殺了婁青強和越三娘，為玲瓏這麼一個不過是對妳不錯的白雀報仇？」他頓了一頓，凝視著如意的眼睛，輕聲說道：「任尊上，妳其實比妳自己以為的更心軟。」

如意的表情由驚轉怒，她張了張口，卻什麼也沒說出來，默默地轉過身，獨自向著窗外。夜風吹過，紗帳如影，樓下水聲泠泠。尋歡作樂之聲也彷彿隨夜風與流水遠去了。夜色之下，她身影單薄又蕭索。

寧遠舟心中一緊，忽就有些不忍。他輕咳一聲，「對不起。」

如意沒有說話，只肩膀微微顫抖。

寧遠舟猶豫了一下，終於還是伸出手，探向她瘦弱的肩頭，「我剛才的話，有些過了──」

話音未落，他的眼睛猛然睜大──如意竟趁勢一回身，紅唇覆上了他的嘴唇！時間彷彿靜止。良久，寧遠舟才猛地推開了如意。

如意詭祕一笑，「寧大人，你其實也比你自己以為的更心軟。」

她一步步接近寧遠舟，寧遠舟也一步步後退著。她似不解，又似勸誘，眸光流轉，嗓音輕柔，細密地糾纏上來，令人掙脫不開。

「你為什麼要拒絕我呢？和我在一起，你又不會有任何損失。我做過白雀，知道你們男人喜歡什麼樣的女人。」

窗外又傳來樂曲聲，如意信手拿起案上不知哪個舞姬留下的披帛，依曲舞動。她確實極其擅長偽裝，也極懂得男人的心思。僅憑身姿儀態、目光表情，她便可一人千面，展現出截然不同的身分與風情。她邊舞動邊詢問著：「是天竺酒坊裡妖豔的胡姬，還是重門深戶裡端莊的閨秀？是絕世而獨立的清冷佳人，還是帶著刺的火熱玫瑰？」她步步逼近退無可退的寧遠舟，「你所有的幻想──」

如意一拉寧遠舟的前襟，紅唇噙笑，媚眼如絲，近在咫尺，呼吸可聞，只消輕輕欺身迎上，他便可吻上她雪白的脖頸。耳中傳來灼熱又輕柔的嗓音：「我，都可以滿足。」

寧遠舟腦中嗡地一響，少年時在山洞中趺坐冥思時，環繞在周身的各色女子畫像彷彿霎時間活了過來。她們妖豔地嬉笑著，歌舞著，周身瓔珞叮噹，披帛飛揚。纖指，媚笑，似嗔，如怨，不斷地旋轉著……

夢中的少年大汗淋漓，殷紅的唇擦過，終於在一聲聲「不要被她們迷惑！別睜眼！她們只是你的心魔！心魔！」的告誡中，忍受不住地睜開了眼睛。寧遠舟目光一晃，一切幻象都已消散，眼前只剩下正勾著他的下巴、俯視著他的如意。

時間終於再次開始流淌，寧遠舟出口卻已是平靜的語氣，「玩夠了？該回去了。」他走到窗邊，背對著如意，「妳這白雀，當得真不怎麼樣。」言畢，他轉身躍下高閣。

如意寒臉扔下披帛，也跟著躍了下去。落地時她微一踉蹌，寧遠舟扶了她一下。她冷冰冰地甩開寧遠舟，寧遠舟卻扔給她韁繩。

兩人不發一語，在微亮的晨光中並肩走向拴馬處。

❋

天光乍明。

白沙驛的庭院裡，元祿心不在焉地餵著馬。寧遠舟說「明日此時之前」回來，卻還不見人影。元祿掛念他，又擔心他能否找到如意，不由得心急地探頭看向院外。

突然，院外傳來馬嘶，寧遠舟和如意先後進了院子。元祿的心也一下子放了下來，忙迎上前，「寧頭兒，如意姐！」

話音一落，原本分散各處的眾人紛紛躥出來迎接，目光齊齊盯著他們。

寧遠舟翻身落馬，眼也不眨，便道：「宮中密使昨晚到了沙溪鎮，緊急召任女官去回話。大家務必對殿下和杜大人保密。」

眾人了然，一哄而散。

如意譏諷地看著他，「不愧是寧狐狸，謊話張口就來。」

寧遠舟反詰：「我是為了妳的面子，和整個使團的軍心。」又道：「再說一次，以後絕對不可未經我允許擅自離隊，否則交易作廢。」

如意一指楊盈的房間，道：「你我的交易只限於我向裡面那位教授安國的知識，可並不包括應付她一次又一次的下毒和折騰。」

寧遠舟道：「我會去處理。」便轉向于十三，「殿下怎麼樣了？」

于十三道：「已經醒了，但是不管怎麼勸，一句話也不說，也不肯吃東西。」

寧遠舟點頭，道：「我去看看。」

他一走，于十三就探頭衝如意搖手，笑靨如花道：「回來啦？妳真的不考慮我昨晚的提議？我真的不比他差——」

如意還沒發作，寧遠舟已霍地轉身，正色提醒：「于十三，如意是我們必須尊重的同伴，不是你可以隨意調笑的女子。」

于十三猶自未覺，「我哪裡調笑了？再說，你見過我對哪個女子不真心、不尊重過了？」

「她只要沒有對你表示過主動垂青，你的每一句求愛之語，都是不尊重，尤其還當著其他人的面。」

如意一怔，有些意外地看向寧遠舟。

于十三這才醒悟過來，拍了自己腦門一記，神色肅然地看向如意，「是我孟浪了。」他深深地躬身致歉：「對不起。」

如意只怔怔地望著寧遠舟遠去的背影，沒有理他。

于十三道完歉，卻又嬉皮笑臉起來，「以後我絕對不會再像剛才那樣了，我只會默默地、真摯地、拚了命地去打動妳，妳遲早有一天會看到我的好……」見如意還盯著寧遠舟，便轉身跟她一道看過去，「妳可千萬別把寧遠舟說的當真啊，他這人就是假正經，自己膽子小，看我對妳好，就專藉這種大義凜然的辭兒來吃飛醋……」

✵

屋子裡開著窗，天光已然大亮。楊盈卻依舊側臥在榻上，面朝裡側，一言不發。自昨日醒來，她便一直保持著這個姿勢，不說話也不肯吃東西。

如意不在，使團和商隊眾人又都是男人——雖有個善於體察少女心思的于十三，卻顯然也不能放他去向楊盈獻殷勤。只能令驛館裡的侍女照料她的起居。

侍女卻也不知該如何是好，只能跪坐在一側，輕聲規勸她：「殿下，您還是多少進些吃食吧……」

楊盈心中悲涼，拉起被子蒙住頭，「我不吃，你們不讓我回京，我就死在這裡。」

侍女輕聲道：「殿下怎麼能說這麼喪氣的話？您是堂堂正正的禮王、迎帝使，聖上的性命、大梧的未來，都靠著您來擎天保駕呢。」

楊盈卻忽地掀起被子，翻身向她，大聲道：「我不是禮王！我是公主！我是女的！我不懂朝政，也不懂那些軍國大事，我只是想回去問清楚丹陽王兄和皇嫂，他們為什麼要騙我，為什麼?!」

侍女大驚失色，手中杯盤落地。

寧遠舟便在此時走進房中，聞言拔出佩劍，向著侍女走去。

楊盈驚嚇地坐起身，喝問：「你要幹什麼?!」

寧遠舟正色道：「親王出行，只帶內侍。她是驛站的侍女，不知內情。妳在她面前暴露了身分，她就只能死。」

侍女渾身顫抖，跪倒在地，「大人饒命！」

楊盈也忙阻攔道：「你不能殺她！」

寧遠舟卻絲毫不為所動，「凡上位者，一言一行，必深思遠慮，否則就會禍及他人。殿下，請記住，她是為妳死的第一人。」

楊盈驚懼，掙扎起來擋在侍女面前，「我不許，我——」她眼神一頓，猛地想起什麼，忙強撐起親王的架勢，仰頭瞪向寧遠舟，「孤乃親王，孤命令你放了她！」

寧遠舟卻道：「外臣不奉內廷之令，妳剛才說了，妳是公主。」

他推開楊盈，將劍架在侍女脖上。楊盈嚇壞了，忙撲上來抱住他的胳膊，「你別殺她！只要你別動手，我什麼都答應！」

寧遠舟看向她，「那殿下還要絕食嗎？」

楊盈突然明白過來，難以置信地看著寧遠舟，「遠舟哥哥，你在威脅我？」一時間悲從中來，她淒涼地笑著，「我都這樣了，你們還是要逼我。好，你要殺就殺吧，大不了，她死了，我轉頭就去上吊，黃泉路上也好有個伴。」

她坐回到榻上，面若死灰地落著淚，不再看寧遠舟。

侍女也撲到寧遠舟腳下，「大人饒命，饒命啊！」

自寧遠舟進屋，商隊眾人便都偷偷探頭，隔著窗子關注著楊盈這邊的狀況，此刻見寧遠舟僵立在當場，上不去、下不來，都有些尷尬。

于十三摸了摸鼻子移開眼神。元祿撓頭，替楊盈解釋道：「殿下這是傷心壞了，鑽了牛角尖了。」

錢昭一言不發地進屋，把侍女拉了出來，交給孫朗，吩咐道：「叫分堂的人關她幾個月。」才總算解開了僵局。

房內，楊盈默默地落著淚。寧遠舟無計可施，只能柔聲規勸：「阿盈，妳堅強些。」

楊盈委屈極了，哭著看向他，「我都被你們騙去送死了！我還怎麼堅強？我從小長在冷宮，爹不疼娘不在，除了顧女傅，誰也沒把我當個正經公主。我不過是為了自由，為了把你從充軍大罪中救出來，才咬著牙想去搏一回。可誰承想，我的親哥哥、親嫂子，居然一面誇著我，一面想拿我的性命去換他們的帝位！」她不甘心，她想不通，「憑什麼？憑什麼呀！」

眼前畢竟只是個十五、六歲的小姑娘，窗外眾人都不知該說些什麼好。如意冷笑，「寧遠舟吃軟不吃硬，這下慘了。」

寧遠舟長嘆一聲，扶住楊盈的肩膀，想要安撫下她的情緒，面對著面和她好好聊一聊，「阿盈，我知道妳現在很傷心，但是這裡頭的道理很複雜，遠舟哥哥得給妳慢慢講——」

楊盈負氣，推開他，「我不想聽。」

寧遠舟還想再嘗試，楊盈情急之下一揮手，寧遠舟避無可避，硬生生地受了一記耳光。楊盈嚇壞了，連忙要查看寧遠舟臉上紅痕，焦急道：「對不起對不起，遠舟哥哥，我真的不是有意的。」

不料寧遠舟卻道：「妳想知道憑什麼嗎？好，我帶妳去看！」他拉住楊盈的手腕，帶著她幾個起躍，便登上了驛館瞭望塔。

高處風急，楊盈站立不穩，見屋頂、樹蔭皆在腳下，地上眾人驚愕地仰頭望來，頭上忽有飛鳥掠過。她不由得晃了一晃，霎時嚇白了臉，驚恐地緊緊抓住寧遠舟，「救命！我要掉下去了！」

杜長史聽到聲音，從屋裡衝出來，抬頭見楊盈被帶到高處，驚嚇地呵斥道：「寧遠舟，你在幹什麼?!趕緊放下殿下！聽到了沒有！」他慌忙催促叫院中的諸人，「你們快去幫忙！別愣著！」

寧遠舟立在旁邊的屋簷上，青袍在風中獵獵飄拂，眉眼中盡是威勢，喝道：「都退下！」他亮出監國玉佩，「我奉皇后和章相之命行事，我在之處，便是王法！」

使團眾人齊聲正色道：「遵令！」隨後他們便整齊劃一地站到簷下，背身向裡。杜長史愕然，卻也無計可施，半晌，也只能無奈地一揮袖子，回了房間。唯有如意一動不動，依舊仰頭望著寧遠舟。

寧遠舟看著驚懼萬分的楊盈，「沒有人會救妳。殿下，我想請妳認真看一看，你們楊家所統治的江山。」

楊盈漸漸從驚恐中抬起頭來，天高雲淡，她順著寧遠舟所指的方向看了過去，只見阡陌交通，田野相連，零零落落的房屋漸漸密集，終於在遠方聚集成一片繁華城鎮。清晨明媚的陽光映照在水陌樓船、朱欄旗幡之上，鱗光點點，屋宇之間有炊煙嫋嫋升起。耳邊傳來寧遠舟輕緩的嗓音，「這個地方叫白沙鎮，那邊是沙溪鎮，更遠的地方，便是殿下生母的故鄉余州了。」

楊盈愕然，忘了害怕，極目望去，「那就是余州？」

「對，余州城方圓二十里，有戶一萬四千五百，城中水陌橫穿，魚米豐饒。殿下可知這樣的城池，梧國一共有多少座？」

楊盈搖頭。

寧遠舟道：「原本有三十八座。可是因為妳的皇兄一次毫無必要的御駕親征，梧國就整整損失了三城。為君者，應止戈愛民，可聖上卻害得數萬人淪入戰火，妻離子散，夫死父亡……你們楊氏，欠百姓們良多。」

楊盈怔了一怔，「可、可那不關我的事，我從小在宮裡，什麼都不知道──」

寧遠舟道：「但只要妳姓楊，這事就跟妳有關。妳固然長在冷宮，不通政事，但妳一樣憑著妳的血脈，享受到了平民百姓一輩子都不可能享受到的衣食無憂。就算再不受重視，公主的年例都至少有五百貫，可那些隨著妳兄長戰死在關山的士兵，撫恤金也只有一貫而已！」

楊盈愕然抬頭，難以置信，「真、真的？」

寧遠舟的目光最終看向楊盈，一字一句告訴她：「楊盈，妳記住了，整個使團，上至我和杜大人，下至內侍馬夫，之所以會願意賠上性命護送妳入安，不是因為愚忠，不是為了加官進爵，而是為了讓兩國百姓少陷戰火，為了洗清那些明明為妳皇兄英勇戰死、卻被潑上叛徒髒水的天道兄弟的冤屈！」他高聲問道：「你們說，是也不是？」

背身向裡的使團成員們早已聽得心潮澎湃，他們雖然看不到現場的情景，仍然齊刷刷地高聲應道：「是！」

杜長史早就在屋裡老淚縱橫，此時也推開窗子，顫顫巍巍道：「是！」

如意怔怔地望著寧遠舟，眼中不知何時，也隱然有了淚光。

記憶中，昭節皇后心疼地捧著她的臉，替她拭去臉上的血痕，告訴她：「阿辛，妳真的不用這麼辛苦的。其實我一直都不想妳再做刺客。」

但她朗聲說：「臣知道，但是娘娘，臣喜歡手中有劍啊。」

昭節皇后嘆氣道：「也罷，有些豪強生來好戰，總想著用百姓的白骨堆起他們的霸業。妳提前除掉他們，免去戰亂之禍，便能挽救許多無辜性命。」所以昭節皇后一次次送她出行。她也一次次出生入死、沐血拚殺，一次次弄髒自己的手。

瞭望臺上，寧遠舟質問著楊盈：「妳覺得不甘心，想要逃回京城，回避妳本應負起的責任的時候，可曾想過這些百姓為楊家血染沙場時，是否甘心？妳下藥之時，可曾想過一旦藥量過多，就會害死使團所有的人？」

楊盈已淚流滿面。她太年輕了，從未走出過宮城，也從未有人教導過她這些。這是她第一次意識到皇城之下還有芸芸眾生，一己悲喜之外還有民生疾苦。她終於明白自己此行重任，明白自己確實是錯了。

她哭著道歉：「對不起。」

寧遠舟放柔了聲音，道：「哭是沒有用的。殿下，很多事，妳一旦做了選擇，便沒有退路。安國之旅固然雲詭波譎，但若殿下從此堅強心志、發憤圖強，臣等必與殿下同生共死！」

楊盈擦了擦眼淚，「真的？」

「臣願以性命擔保。」

楊盈一閉眼，終於下定了決心，「好，那我發誓，以後我不逃了，我一定會堅強起來的！」

✻

白沙驛庭院中，使團與商隊眾人肅然列隊，聽寧遠舟宣告此次事件的處置結果。

侍從奉上一把戒尺。寧遠舟看向眾人，宣判：「王子犯法，與庶民同罪，不正綱紀，無以治使團。茲有禮王楊盈，為一己之私，暗中於飲食中下藥，禍及使團上下共六十九人。寧遠舟既負國命，便處其以笞掌之刑二十記，此令！」

話音落下，楊盈身子一顫，使團眾人也頗為吃驚。

寧遠舟伸手去取戒尺。于十三心有不忍，往前一站，「要不，我替殿下受責吧，可以加倍！」

杜長史也小聲規勸著：「寧大人，這樣不好吧，畢竟還得顧及殿下的體面。」

寧遠舟一言駁回：「她下毒的時候，可曾想過皇家的體面？任何人都不必說情了。此舉，乃為以儆效尤。」他看了一眼咬著唇的楊盈，見她強忍著恐懼一言不發，自己也心軟下來，頓了頓，又道：「不過，剛才杜大人也言之有理，當眾行刑確有不雅，我這就帶殿下入房行刑。大家都看清楚了，今後使團上下，誰要是再敢有異心，禮王殿下便是前車之鑑！」

眾人齊聲道：「敬諾！」

寧遠舟揮手，「都散了吧，再休整兩個時辰，便立刻出發！」

眾人散開。寧遠舟當先走向房間，楊盈委屈地跟上去。

如意擋在門前，伸手截住寧遠舟，道：「我來吧，你就是嘴上說得嚇人而已，沒人的時候，未必真狠心下得了手。」

她奪過寧遠舟手中的戒尺，對楊盈道：「進來吧。」

兩人走進房中。楊盈發著抖探出手去，如意出手如電，便是一記。楊盈吃痛，淚水立刻湧出來，「啊！」

聽著房內的慘呼聲，商隊諸人不寒而慄。

元祿坐臥不安道：「如意姐還真下得了手。」

孫朗也倒吸一口涼氣，「是啊，這響聲我聽著都疼，下手可真狠。」

正說著，便聽房內又傳來一聲呵斥：「伸直了手。」顯然是適才那一下楊盈吃痛縮手了。

隨後便接連幾記啪啪啪。

于十三脖子一縮，嘖嘖感嘆：「美人兒狠起心來，不知多麼銷魂。」

錢昭一拍寧遠舟的肩，面無表情，卻無端透出些憐憫來，「你居然敢拒絕她。以後初一十五，我會記得給你墳上添香的。」

元祿、于十三齊刷刷點頭。

孫朗抱著小貓，一邊擼，一邊和元祿、于十三一起點頭。

房裡如意又猛打了幾記，楊盈已經痛得泣不成聲。如意這才停下戒尺，安靜地看著她，待她淚水稍緩，才道：「如果妳告訴我，讓妳甘願女扮男裝出使安國的真正理由，剩下那十記，可以暫時記下不打。」

楊盈一愣。

如意看著她，「一個長居深宮的小公主，能為了什麼自由才不顧一切？他們男人不懂，可我懂。說吧。」

楊盈一咬牙，終於開口道：「有一個御前侍衛，叫鄭青雲……」她絮絮說了起來，表情時而懷念，時而幸福，時而嚮往，時而卻又落回悲苦。

如意始終一言不發地傾聽著，待她說完後，才道：「妳就是一心想嫁他，才豁出來女扮男裝的？」

楊盈驕傲地點頭。

如意卻道：「可是妳想過沒有，如果昨晚妳成功逃回去了，會不會被關在深宮裡直到老死，一輩子見不到妳的鄭郎？」

楊盈一怔，「不會的。我真的只是想跟皇嫂問個明白……」

「妳問了，她就會承認自己想送妳去死嗎？不，她只會覺得妳是個需要解決的麻煩。妳當真以為自己無可替代？錯了，禮王出使的消息既然已經天下皆知，他們大可以讓人戴上人皮面具，扮成妳的模樣入安。」

「這、這怎麼可能？」

話音未落，她愣住了。眼前的如意手一抹，已然換上了一副陌生男人的人皮面具，雖身著女子衣裙，卻仍是男子氣十足地一甩下襬落座，森然而粗聲道：「跪下！」

如意取下人皮面具，恢復了原本的聲音面貌，看向楊盈，「是不是比妳還更像些？」

楊盈的身子劇烈顫抖起來。

如意道：「妳看，我就可以扮成禮王，但我並不願意。一則，我不是你們梧國人；二則，我發現，妳比我所想的其實要更大膽、更聰明。」

楊盈怔了怔，難以置信地看向她。

如意似是抿唇一笑，「妳能一邊哭哭啼啼，一邊不動聲色地下藥毒倒使團裡所有人，單憑這份急智，就足夠讓我高看妳一眼。如果妳好好學，未嘗不能變成一個比妳皇嫂更強大的女人。」

蕭妍在她心中歷來都是可望而不可即的完美女子，但如意在她眼中也是頂頂厲害、無所不能的女子。如意這麼說，楊盈又不敢置信，又隱隱有些期待，「真的？」

如意笑道：「妳值得我騙嗎？」

「我以後，真的能變得像皇嫂、像如意姐妳一樣厲害？」

如意蠱惑地一笑，壓低聲音道：「對，到時妳不單可以風風光光地嫁給鄭青雲，還能把所有欺侮過妳、小看過妳的人，踩在腳下，就像這樣。」她雙手發力，手中戒尺應聲而斷。

楊盈眼前一亮，豔羨不已。

如意招手，「妳過來。」她將半根戒尺放在案邊，按住一頭，比手成刀，高高地舉起，「像我這樣，想著妳全部的恨、全部的驕傲，毫不遲疑地劈下去。」

楊盈不由自主地走上前去，閉上眼睛學著如意的樣子舉起手來。然而舉在半空中的手，卻不由自主地發著抖。

如意厲聲道：「劈！」

楊盈一咬牙，猛地劈下，那半根戒尺便應聲斷成兩截。她不可思議地睜開眼睛，看著斷開的半截戒尺，「我做到了？」隨即臉上便湧出喜色，抓著如意的手分享驚喜，「我做到了，我做到了！」

如意道：「對，妳做到了。」她目光再次嚴厲起來，「現在告訴我，妳是誰？」

楊盈一愣，隨即便昂首挺起了胸膛，已是一副清高華貴的王者之相。她傲然道：「孤，乃大梧禮王。」

如意這才露出笑容。

她走出楊盈房間，對一直等在外面的寧遠舟道：「都聽到了？」

寧遠舟點頭：「謝謝。我的確沒有妳細心。只有找到她的心結，才能真正幫她立起來。」

如意一笑，道：「不過是之前調教手下的老把戲而已，先給巴掌再給個棗，不值一提。趕緊傳信回梧都，控制好那個鄭青雲吧，至少讓他寫封書信來，安安她的心。」

她轉身欲離去，寧遠舟卻忽地又叫住她：「妳為什麼這樣？」頓了頓，才道：「妳做的，已經遠遠超過了我們的交易範圍。」

如意回首，目光彷彿透過他看到了遙遠的過去。她說：「因為你剛才在高處的那一段話，說得很好聽。」

寧遠舟狐疑地皺眉。

如意一哂，「好吧，那就當我是在討好你。直接下手不行，就換心戰。你這個人既然心軟，多幫你幾回忙，總會水滴石穿的。」

寧遠舟嘆了口氣，「妳還是放棄吧。不管妳怎麼做，我都不會和合作夥伴有任何的情愛牽絆，這是我做人的原則。」

如意大奇，靠近他，似笑非笑，「你太自作多情了吧？我只是要和你生孩子，誰要跟你有情愛牽絆？」

寧遠舟臉色一變，然而尚未理清此刻心中滋味究竟為何，如意便已轉身離開了。寧遠舟目光追著她的背影。半晌回過身來，便看到元祿一臉震驚的表情。

「你要和如、如……意、意……姐生孩子？」

寧遠舟頭痛，按住他的肩掉轉他的身體，推他離開，「小孩子不許問這些。」

元祿不滿地回頭抗議：「頭兒，我都十八了，你怎麼還拿我當小孩呢？」

「你就算八十，在我面前都還是個小孩子，這兩天記得吃糖丸了嗎？」

元祿忙摸了顆糖丸扔進嘴裡，「記得。」又要窮根究底，「可是你到底和如意姐——」

寧遠舟連忙打斷他，催促道：「趕緊去看看馬，準備出發了。」

元祿只得不甘而去。

遠處于十三看到他們的情景，見寧遠舟表情微妙，不禁狐疑起來。

❋

處置完此間事故，使團終於能再次上路。

寧遠舟騎著馬，頭戴斗笠遮去面容，也混在使團隊伍中。他透過偶爾飄起的車廂簾，注視著如意和楊盈，卻不知是擔憂楊盈這邊再有意外，還是因如意先前的話而掛懷於心。

忽有人驅馬從隊伍後面趕來，交給寧遠舟一張小絹條。那絹條明顯剛從信鴿腿上解下，是梧都總堂加急送來的密信。寧遠舟展開看後眉頭微皺，吩咐道：「傳令，原地休息一刻鐘。叫孫朗過來。」

車隊便在路旁停下。楊盈掀起車簾走出來，扶著內侍的手正要下車，卻忽地想起什麼，轉身問道：「如意姐，男人該怎麼下車？」

如意一拂下襬，示意給她看。楊盈雙眼漆黑明亮，維妙維肖地模仿起來。

元祿張望著看向她們，身旁于十三忽地捅了捅他，「喂，剛才你聽到如意跟寧頭兒說什麼了？他怎麼臉色都變了？」

元祿一愣，有些猶豫。

于十三舉起手中酒囊，眉毛一挑，「說了，我就讓你喝一口我的桃花釀。」

元祿眼睛亮起來，「那你可不能告訴別人，不然寧頭兒要生氣的。」

于十三連忙點頭，湊耳過去。元祿便一五一十地將清晨所見告知他。于十三先是一驚，隨即忍不住發笑，轉頭就傳給了錢昭，說著就笑出聲來，「哈哈哈！他也有今天！他以為人家當他是個寶，結果人家只當他是藥渣！哈哈哈！」

錢昭面無表情地點頭贊同。

元祿不滿地抗議道：「喂！明明說好不告訴別人的！」

于十三瞟他，「我的話你都能信？而且你錢大哥是別人嗎？」元祿雖有不甘，但被他們戲弄多了，倒也不甚糾結，反倒對他們的話更好奇些，追問：「什麼是藥渣啊？」

于十三忍俊不禁，示意他附耳過來，如此這般耳語一陣。元祿目光不禁追向遠處正在和孫朗議事的寧遠舟，臉色不禁變得精彩至極。

寧遠舟卻突然抬頭看過來，招手令元祿他們過去。元祿正心虛著，嚇了一跳，指了指鼻子確定是叫自己後，才忙和于十三、錢昭起身走了過去。

他們離開之後，丁輝從樹後走出來，臉上表情各種古怪，彷彿依舊不敢相信自己適才無意中聽到了什麼。

四人商議了一陣後，面色都已嚴肅下來。

寧遠舟便招呼使團護衛和商隊眾人，高聲吩咐：「大家聽著，前路可能有些變故，為保安全，以後我們未必次次都能在驛館打尖過夜，而是改住各處分堂為我們安排好的客棧。使團儀仗雖然不變，但客棧畢竟不比官驛，大家要更有眼色些。」

眾人連忙應「是」。

杜長史正跟楊盈坐在一處歇腳，遠遠聽到寧遠舟的話，有些擔心，問道：「前邊有什麼變故？」

楊盈也不知道，卻依舊信心滿滿，「管它什麼變故，反正遠舟哥哥和如意姐都能解決！」

杜長史一怔，見楊盈面色紅潤，充滿幹勁，便知任姑娘已為她解開心結。他又見使團護衛那邊，丁輝正跟幾個人嘀咕著什麼，幾人聽他說完，都面露古怪。立刻便有人眼前一亮，爭先恐後地湊到如意身邊，圍著她又是送水又是送果子。其餘的護衛們察覺到這邊動靜，也紛紛開始交頭接耳，繼而恍然大悟，目光鋥亮，爭先恐後……

杜長史看得一頭霧水，不禁喃喃感嘆：「從什麼時候起，任姑娘在使團裡的位置，和寧堂主也差不多了？」

✻

日暮時分，使團抵達了附近的小鎮，卻沒有向附近的驛館投宿，而是在鎮上包了個客棧，落腳下來。

眾人各自卸下行李，搬運安置好儀仗，便紛紛湊到屋簷下面，伸長脖子向如意和楊盈乘坐的馬車望去。

這次是楊盈先打起車簾，從馬車裡走出來。她從容下車，已是一派清貴親王氣派。應對杜長史的相請、掌櫃的請安，更是行雲流水，不落痕跡。她回頭看一眼身後的如意，見如意站在車上看著她，滿意地頷首，不禁興奮地笑了起來。

如意便也下車，和楊盈一道進屋去。然而她才下車，立刻就有使團的人爭搶著前來扶她。如意不解，揮手避開，示意眾人不必。

屋簷下那些沒來得及搶上前的人，也眼睛發亮地盯著她，如同第一次見到如此一個烏髮雪膚、明眸紅唇的絕世美人一般。眾人目光切切，就差開屏招展，引她垂青了。

而寧遠舟此刻眉頭輕皺，面前桌上輿圖攤開著，正在等待更進一步的情報。

一時元祿匆匆進屋，送上密信，「宿州分堂剛送來的。」

寧遠舟接過來看了看，點頭道：「和下午從總堂飛鴿收到的消息一致。丹陽王親信——遊騎將軍、平遠軍都統制周健，確已調派三千親兵，準備對我們進行攔截。」

兩邊相互印證，當是確有其事了。眾人都看向桌上地圖。

元祿依舊有些難以置信，「朝廷的使團，丹陽王就敢直接出兵截殺？」

寧遠舟道：「自然不會挑明了做，但裝作熱情接待或者護送的樣子，隨便在哪個山溝裡動手，不留活口，最後栽到山匪流寇或是朱衣衛報復上面，就差不多了。」

元祿愕然。

寧遠舟思索著，繼續道：「按照畜生道之前探察的資料，周健是個好大喜功之人，十三，你去打探一下，最好現場確定他的兵力布置。」

于十三立刻起身，「我這就去。」

然而當于十三拉開房門走進院子裡去牽馬時，忽覺有哪裡不對，倒退回來再看——果然不對！

負責使團護衛的天道道眾們，竟然赤裸著上身在刷馬。

于十三不過愕然片刻，馬上明白過來，含笑策馬離去。

客棧房門再次打開，這次是如意和楊盈從屋裡出來。

便聽不知是誰一聲輕咳，原本裸著上身心不在焉地刷著馬的眾人立刻警醒過來，紛紛開始賣力展現自己。身量高的刻意牽馬從如意身前走過，線條好的舀了水假裝不經意地潑在身上，手臂肌肉結實的開始賣力地搬運重物。夕陽古樸的輝光照在他們年輕健康的古銅色肌肉上，如意饒是見多識廣，也不禁怔了一下。

楊盈毫無思想準備地走了出來，看到此情此景，更是直接「呀」的叫出聲來，滿臉通紅地逃回房內砰地關上了門。

如意皺了皺眉，目光一掃，便轉身走向自己的房間，身後追著一連串晶亮期待的眼神。

寧遠舟一行人也隨即推門出來。元祿一臉迷茫，不解他們是在幹麼。寧遠舟先是疑惑，隨即便看到不遠處如意回房的背影，和使團眾人邀寵般盯著她的目光，瞬間便明白過來，臉色刷地沉了下去。

還未等他出聲，錢昭就已經走上前去，冷冷地提醒：「都把衣服穿起來。」

丁輝討好地商量：「錢頭兒，別啊——」

可錢昭拿起馬鞭就抽，使團眾人這才倉皇逃跑，混亂地各自穿衣。邊穿還邊不甘心地抗議：「憑什麼啊，我們又不是跟寧頭兒搶！他不願意，我們願意啊！」忍不住捶了捶自己的胸膛，敲得胸肌梆梆作響，「能進六道堂的，個個身體都是最棒的。」

錢昭眼都不抬，一言堵死：「別想了，她瞧不上你們。」

使團眾人不服氣，「這可不好說。那誰知道呢！」

錢昭一拍丁輝，眼神打量著他的脖頸，提醒：「跟著趙季的妻青強還記得吧？他是怎麼死的，好像還是你告訴我的。」

丁輝突然臉色一變，肩膀下意識地繃緊。使團眾人疑惑地看著他。

錢昭一抬下巴，面無表情，「給他們也講講吧。」

丁輝吞了口唾沫，喉嚨發緊道：「婁青強在如意姑娘手下只走了一招，就——」他咔地做了個抹脖子的手勢，打了個寒戰。

錢昭看向眾人，「想在她面前出風頭，可以掂量掂量自己的小命。」說著唇角便一扯，似是露出個幸災樂禍的笑，然而隨即便再度繃緊，恢復成死人臉。

這簡直比聽到婁青強被人一招秒殺還要恐怖，侍衛們紛紛驚懼、僵直。丁輝結結巴巴地指著他，「笑笑笑了……他居然笑了！」

錢昭走回寧遠舟身邊，一點頭，「解決了。別生氣，當兵三年，是個女人都賽貂蟬，何況你表妹還是個真貂蟬。」

寧遠舟心中百般滋味難以言傳，只道：「她不是我表妹。」

錢昭瞟他，「那你為什麼不跟她生孩子？」

寧遠舟無語，只好轉身離開。然而繞了一大圈，他到底還是來到如意門前，猶豫片刻，抬手敲了敲。

房門打開，如意的目光落在他的臉上，問道：「什麼事？」

「外面那些侍衛……」寧遠舟一時竟找不出合適的辭來，卡了一卡，「有些不知分寸，妳別放在心上。」

如意似有不解，目光無辜，「他們怎麼不知分寸了？」

寧遠舟莫非還能給她描述一下他們的居心？他一時間心情頗有些難以言喻，只道：「反正他們沒惡意，只是想在妳面前——」忽地察覺到如意唇角微勾，猛地意識到自己又被騙了，「妳早看出來了？」

如意抿唇，「當然。白雀可以不會武功，但一定瞭解男人。公孔雀開屏這種事，我見得應該比你多一點——」她挑眉看向寧遠舟，「怎麼，怕我瞧上他們，轉頭不要你了？」

寧遠舟也鎮定下來，不肯輸陣，「想多了。我是怕他們惹惱了妳，妳又動了殺心。現如今，肯跟著我去安國賣命的道眾可沒幾個了。」

兩人含笑對視，眼中暗流湧動。

卻是如意先收了笑，問道：「還有其他事嗎？」

寧遠舟點頭，道：「想麻煩妳這幾天和殿下住一個房間。」

如意立刻會意，問：「有刺客？哪一邊的？」

「丹陽王。」

如意道：「我需要懸鈴和金絲雀。」

「已經在準備了。」

「丹陽王知不知——」

寧遠舟搖頭，「他不知道，我去安國營救的事，只有皇后和章崧知情。」

如意有些意外，打量了一下他，頓了頓，才道：「和你說話倒是省事。」

寧遠舟道：「畢竟是同行。」

如意嗤笑，「朱衣衛可沒你們六道堂有錢，隨隨便便就能拿幾千金出來買命。」

寧遠舟一哂，有些尷尬地解釋：「是趙季貪得比較多而已。我們平時都是省著過日子，有時候連買馬的錢都不夠。上頭的人，總是希望我們一邊能飛天遁地，一邊最好像神仙一樣喝風飲露。」

如意有些意外，「你們也這樣？我在朱衣衛那會兒，向上頭要筆恤賞錢，費的工夫也比刺殺還多。」

寧遠舟心有戚戚地點頭，「可不是嘛！」

兩人之間似乎突然就有了某種默契，一時間對視著。寧遠舟竟有種錯覺——猶如攬鏡自照一般，在彼此面前，他們心中的謀算計畫就彷彿攤開在眼前，一點即通。

寧遠舟心念一動，忙道：「等于十三探完消息回來，要不要一起來商議一下怎麼對付丹陽王的手下？」

如意詫異地看向他，「我？你們放心？」

寧遠舟點頭，「當然。我早就說過，妳是同伴。」停頓一下，又解釋：「我不是為了攻心市恩，這次對方的人不少，大家只有齊心協力，才能……」

如意抿唇一笑，「到時候叫我。」她關上了門。

寧遠舟不料如意突然關門，險些被門拍到臉上。他無奈轉身，卻見遠處使團眾人正裝作沒看見的樣子，偷偷轉過身去，肩膀抖個不停。

他直言：「想笑就笑，別憋著。」

笑聲噗地溢出，拍上院牆，轉眼間滿院子都是哈哈大笑聲。

待笑聲落下來，寧遠舟才正色道：「笑我可以，但是對任姑娘，不得有半點不敬。」

便有個護衛大著膽子問起來：「寧頭兒，丁輝說婁青強在任姑娘手下只走了一招就……是真的嗎？」

寧遠舟點頭，「動起手來，我未必是她對手。」

使團眾人面面相覷，紛紛收了笑，面色肅然地分頭四散。

房間內，如意隔著窗子望見寧遠舟和眾侍衛對話，嘴角不覺勾起一抹若有若無的微笑。

轉過身時，她無意間望見桌上銅鏡中倒映著的自己的表情，疑惑地走上前去，端起鏡子仔細打量鏡中的自己。她順著鏡中表情，抬手摸了摸自己唇邊的笑紋，隨即便重新恢復了往昔的冷漠。

＊

入夜後，于十三終於回到客棧。

如意便也如約來到寧遠舟的房間，和寧遠舟一行四人一道商議應對策略。

油燈明亮平穩地燃燒著，眾人圍坐在桌邊，看著桌上輿圖。

「我混進了周健的府衙，他正好在和幕僚商議這事，說這次務必不能讓我們走出塗山關。」于十三說著便指了指輿圖上的「塗山關」，朗聲說道：「就是這兒，這是使團的必經之路。」

塗山東西橫枕在北上徐州的路上，只中央一座隘口可穿行，便是塗山關。這是整條官道上最險峻狹隘之處。

元祿思索片刻，指了指一旁山脈，「那我們不走官道，繞山上的小道走呢？」

寧遠舟搖頭，「我們可以，但殿下的馬車不行，而且我們還有十萬兩黃金的輜重，就算強行用小車推上去，動靜不小，一樣還是會被周健的人察覺。」

錢昭抬頭問道：「硬闖？」

于十三搖頭，「他單在塗山關就放了一千人，還有不少高手，直接硬闖，難。」

寧遠舟看向一直沉默的如意，問道：「妳怎麼看？」

如意薄唇輕啟，簡簡單單吐出個「殺」字。

眾人同時一凜，看向如意。

如意卻沒有開玩笑，解釋著：「擒賊先擒王，只要殺了周健，事起突然，他那守關的一千人就不足為懼。」

錢昭問出關鍵：「怎麼殺？」

如意一抬下巴，目光精悍，言簡意賅：「我去動手。你們要他幾時死？」

于十三一臉迷醉地看向她，讚嘆道：「美人果然爽快。」

寧遠舟卻似有疑慮，「妳內力恢復了幾成？」

「一半吧。」

寧遠舟立刻搖頭，「不妥，周健是武探花出身，以妳現在的功力去刺殺他，八成不能全身而退。」

如意卻已是成竹在胸，「他成名已久，我之前也看過他的卷宗。我算過，最多廢掉一條手臂，肯定能取了他的性命。」

眾人都不由得一怔，不知是吃驚她輕輕巧巧地視取一個武探花的性命如囊中取物，還是吃驚她輕輕巧巧就能說出「最多廢掉一條手臂」。她不知疼的嗎？

寧遠舟卻道：「就算周健死了，他的手下只要堵住塗山關，我們還是得硬闖。」

如意還想再爭，「使團裡的人功夫又不弱。」

寧遠舟依舊不肯，「我還是怕折損太多。」

如意煩了，不滿道：「你也太膽小了，做我們這一行的，賭上性命還不是每天都要做的事？」

「不是不可以賭，而是不能隨意賭，我們必須把勝率算到最大。」寧遠舟岔開話題，轉而問道：「能說說妳之前看過的周健卷宗嗎？也正好和我們六道堂的做個對比。」

如意這才撂開刺殺計畫，道：「只記得他四十餘歲，性豪爽，好飲酒，平常從不獨寢，不太通文墨，卻很愛看話本故事，自稱是前朝周都督的二十世孫。」

寧遠舟目光一閃，轉向于十三，問道：「我需要再確定一次——周健確實不知道我們商隊在護送公主？」

于十三點頭，「應該不知道。我們一到這裡就控制了驛丞，周健以為使團還沒進宿州呢。他的幕僚還說，使團的護衛不過二十，只要殺了我們，十萬兩黃金，一半獻給丹陽王，一半正好充作他們的軍餉。」

寧遠舟道：「我有個主意，咱們不如來個智取。」他取過紙筆，給眾人講解道，「現在我們在暗，周健在明——」

如意卻站起身來，淡淡地道：「你們自己慢慢商量吧，這會兒楊盈該睡了，我該過去了。」她開門自顧自地走了出去。

房門關上後，元祿有些忐忑，問道：「如意姐生氣了？」

寧遠舟絲毫不以為意，替她解釋道：「她只是不習慣和這麼多人一起商議，刺客多半都是獨來獨往的。」

錢昭瞟他，「你很瞭解她。」

寧遠舟假裝沒聽懂，提醒眾人：「說正事吧。」

✵

空氣中頗有涼意。楊盈換上寢衣，這才興沖沖地走到如意身邊觀摩。

如意正把一根吊著小鈴鐺的細繩掛在窗邊，輕輕一撥，懸鈴便叮噹作響起來。確認無誤後，她才從窗上下來。

楊盈逗弄著籠子裡的金絲雀，扭頭問她：「懸鈴吊在窗子上，有刺客碰到就會響，那金絲雀是做什麼的？」

「金絲雀對毒煙比人更敏感，要是有人放毒，會叫起來。」

楊盈恍然，笑道：「真有趣。」便又兩眼晶亮地看著如意，「如意姐，妳待會兒喜歡睡外面還是裡面——」

如意一指榻上，道：「我睡這裡。」

楊盈失望，不滿道：「我還以為我們可以一起躺著聊天呢，那兒多硬啊。」

如意檢查著房間各處布置，頭都不抬，「我在房樑上不吃不喝，待過四天。」

楊盈笑嘻嘻地看著她，「挨餓還可以忍，可要是想上淨房怎麼辦？真憋得住？」

如意瞟她一眼，「有刺客來殺妳，妳居然還有心思說笑。」

楊盈信心滿滿，「有遠舟哥哥，還有妳，我怕什麼？」

如意審視地看著她，「妳是第二回說這種話了。妳很奇怪，之前膽子那麼小，現在膽子卻很大。」

楊盈抬頭，看向如意，道：「遠舟哥哥和妳都把道理給我講明白了，我要是再像以前那樣，不就成了大夥兒的累贅嗎？再說這些天，我每天都能見到一大堆以前完全不認識的東西，每天都在學，忙起來，好像就沒那麼怕了。」她語氣誠懇地向如意致歉，「如意姐，對不起。前幾天，我真是犯了糊塗，才下藥害了你們。現在我想通了，我只有好好學，自己立起來，變成真正的禮王，才再也不會被別人利用……」

如意一哂，不以為然，「妳一個長在深宮的小公主，下的藥能有多厲害？也就是寧遠舟他們對妳太放心，才中了招。」

楊盈玩興突起，一板臉，呵斥道：「大膽，孤不是公主，是禮王。」

如意不以為意，隨口配合地向她請罪道：「妾有誤，殿下恕罪。」

楊盈開心地昂起頭，命令：「任女官，孤孤枕難眠，特令妳入帷相伴。」

一聽這話，如意眉毛一挑，索性上前指尖一勾楊盈的下巴，眸光含笑凝視著她，慢慢地俯身下去，聲音媚惑至極，「殿下要奴怎麼相伴啊？」

楊盈臉上騰地紅透，不自覺地向後仰去。如意繼續進逼，楊盈緊張地向後退去，終於被如意一把抱起。

如意語聲魅惑輕柔，「對各國的使節，朱衣衛多半都會獻上美女妖童試探察偵，妳要是不想露餡，就得學會鎮定應對。」

楊盈努力認真地仰頭看向如意，「怎麼個鎮定法？」

如意將手放在楊盈的肩上，眼神身姿魅惑妖嬈，言語卻冰冷無波，「一、皺眉。二、身子不動。三、輕輕地說兩個字——髒，滾。」

楊盈忙照樣學，舌尖一彈：「髒，滾。」

如意後退一步，悲淒地坐倒在地，瞬間眼中便盈滿淚水。她楚楚可憐地仰頭望向楊盈，哀婉地乞求：「殿下恕罪！可奴真的是無處可去了，驛坊的上官令奴來服侍您，若是奴被趕出去，只怕就……」她眼中淚水滾落下來，牽住楊盈的衣袖，露出白皙脆弱的脖頸，「求殿下憐惜！」

楊盈不由自主被打動，但很快清醒過來，猛地抽出袖子，「無禮！來人啊，把這賤婢拉出去！」說完便忐忑地望向如意，「這樣對嗎？」

如意抿唇一笑，瞬間便恢復了常態，點頭，「還行，有點悟性。」

楊盈興奮得幾乎跳起來，「真的？」卻隨即臉上一紅，嚅嚅道：「可是、可是如意姐，妳剛才真的好……」她不知該如何形容，頓了一下才勉強找到個辭，「好漂亮啊，我的心怦怦的，都快跳出嗓子眼了。」

如意沒答話，只起身走向外間，繼續去把金絲雀籠掛到該掛的地方。

楊盈卻又追出來纏著她，「如意姐，妳就告訴我嘛，妳怎麼會那麼多東西啊？我要是有妳一半本事就好了……」

如意看向她，語氣平靜：「我也是學的。學不好，就會死。妳學不好，也是一樣。」

楊盈挑眉道：「我才不怕呢。這些天我也看出來了，妳和遠舟哥哥一樣，嘴上說得厲害，其實就是想嚇唬我……」

如意卻忽地說道：「楊盈。」

楊盈一怔。

如意目光一如她的語調，平靜又冰冷，「妳記住，我、寧遠舟、蕭皇后、丹陽王，其實都是同一種人，真情實意這種東西，在我們身上，已經很早就死光了。或許寧遠舟在宮裡做天道侍衛的時候，對妳還有幾分香火情。可哪天如果妳沒醒悟，他真的會殺了妳。就像現在我可以一邊和妳說笑，一邊殺了妳一樣。」

楊盈駭然低頭，才發現不知何時，如意已經用匕首抵上了她的脖頸。

「別相信任何人，不管他對妳有多好。」如意一字一句地告訴她：「永遠不會背叛妳的，只有妳自己。這就是我教妳的最重要的東西。記住了嗎？」

楊盈如受雷擊，怔怔點頭。如意這才收了匕首，走到榻上和衣躺下，閉目入睡。房中再度安靜下來，就連金絲雀也立在籠中橫杆上睡了。楊盈獨自坐在床上，盯著燭光和金絲雀，沉思了很久。

夜間楊盈睡得並不很沉，卻也沒有做什麼噩夢。外間天色一亮，她眼皮依舊有些沉，卻也不至於掙脫不開睡意，揉著眼睛走出房間，便聽見元祿精神滿滿的嗓音，「殿下早——」語調隨即便轉為關切，「咦，殿下沒休息好嗎？」

楊盈飛快地看一眼身邊的如意，只道：「嗯，昨天晚上有點擇席。怎麼大家還沒收拾，什麼時候出發？」

元祿道：「今天暫時先不走了，寧頭兒讓我們原地待命。」

楊盈一怔。如意問道：「他去哪兒了？」

「他和十三哥去勸周健放我們過關啦。」

楊盈奇道：「周健不是丹陽王兄的人嗎？他會聽遠舟哥——咳，寧東家的話？」

元祿擠擠眼，笑道：「動之以情，曉之以理，不由得他不聽。」

如意思索了片刻，「他想劫持周健？這就是你們昨天商量出來的法子？」

元祿笑著，目光望向遠方，「比劫持更管用，如意姐，妳就安心等著吧。」

✵

宿州營，將軍軍衙。

丹陽王親信遊騎將軍周健正在查看桌案上的地圖。正如如意所說，他年紀四十出頭，是個體貌強壯，雖不太通文墨，卻以前朝儒將周都督的二十世孫自居，以文武兼備、智勇雙全為目標的中年將軍。

自得到密令，要他中途截殺禮王車隊，他便周密部署，始終關注著使團的行蹤。按他的推算，使團昨夜便該到宿州驛了，然而時至此刻卻依舊未得到驛館消息。

他不由得疑惑道：「禮王的腳程怎麼這麼慢，他們什麼時候才能進宿州？張參軍──」他突覺不對，忙轉過頭來，卻駭然發現寧遠舟不知何時出現在他對面，正將被打暈的張參軍放在地上。

周健下意識地去按腰側之劍，卻不料寧遠舟對他一禮，自報家門：「六道堂前堂主寧遠舟，奉丹陽王殿下之令，見過周將軍。有些祕事，不適合入第三人之耳，只能請張參軍先休息一下了。」

周健驚疑未定，「寧遠舟？」

寧遠舟點頭，「兩年之前，我與將軍在沈國公府上有過一面之緣，不知將軍可還記得？」

「記是記得，可你不是已經被──」

寧遠舟一笑，遙遙向梧都方向禮敬道：「多虧殿下恩德，在下才能撿回一條性命。否則如今也不能與將軍一樣為殿下效力。」說著便送上一封書信，「此令可為佐證。」

周健將信將疑，打開書信，只見上面寫著：「今遣寧遠舟至汝處處置禮王事宜，此令。」書信後面蓋著鮮紅的丹陽王大印。

周健仍不放心，道：「稍等，我需要核對印鑑。」

他走到案前，找出一封書信，貌似在對比兩封信上的印鑑，實際卻是為了讓書信接近燭火。書信受熱，紙面上漸漸浮現出幾行字來。

周健假裝無意地同寧遠舟閒聊：「殿下派你過來的時候，是哪一日？」

寧遠舟道：「二十七。」

周健迅速掃過那幾行字中橫排的第二個字，見是「可」字。又掃向豎排第七個字，是個「信」字。周健輕舒一口氣，顯然已放下心來，笑道：「寧大人見諒，休怪本官多疑。」他不動聲色地移開書信，那信上字跡便漸漸消失了，「只是前些日子才收到王府的飛鴿令本官攔阻禮王，怎麼現在又突然——」

寧遠舟傲然打斷他：「因為那會兒我還沒有回到京城面見殿下。否則，怎麼會容許那幫幕僚想出這麼一個狗屁不通的主意？」

他走到地圖前，貌似不經意地掃過圖上部署，面帶譏諷，「直接動手？他們也不想想，禮王若是死在梧國，章崧和皇后怎麼會善罷甘休？章崧現在已經掌握了六道堂，只消在你出兵時帶走幾個人證，殿下就難逃殺弟叛國的大罪，到時候，」他停頓片刻，眉眼一抬看向周健，「只怕周將軍您，也少不了問個凌遲的罪。」

周健一驚，霎時間冷汗潸然。

寧遠舟卻又露出安撫之意，讚嘆道：「好在將軍素有令祖周郎之風，膽略審慎兼具，只是準備在塗山關暗中伏擊，這才沒有鑄成大錯。」

這一句誇到了周健心坎兒裡，他不由得就對寧遠舟生出些好感，「沒錯，我早就覺得哪裡有點不對——不知寧大人有何妙計？」

寧遠舟也不推辭，「我向殿下獻了一策——不知大人是否聽過前朝張將軍以稻草人假扮自己，引敵軍入營的舊事？」

張巡草人借箭、智取叛軍的故事歷來都為瓦肆茶坊的說書人所津津樂道，坊間有諸多話本流傳。周健自然聽過，聞言眼前一亮，已起了興致，點頭道：「當然知道。」

寧遠舟微笑，「我的法子，就叫作李代桃僵。畢竟禮王之前從來沒有出過宮，安國人也不知道他是什麼模樣。所以，我就想組建一個假使團，只要讓他們趕在真使團之前入安，再和安人鬧出點糾紛，死在安國國內。這樣一來，兩國的和談勢必破裂，到時候兵荒馬亂，誰還管真禮王在何處？聖上不得歸國，大位自然就歸咱們殿下所有了。」

周健眼前一亮，拍手讚嘆：「此計妙極！」卻又擔憂道：「只是使團規模不小，倉促之間，我只怕找不到這麼多合適的人。」

寧遠舟一擺手，「不勞將軍憂心，我已經安排好之前六道堂的舊部了，不敢說天衣無縫，至少也像個七、八成。」

周健狐疑道：「當真？」

寧遠舟笑道：「周將軍若是不信，他們就在五十里外候命，待會兒你再幫我掌掌眼。只是這件事情必須快，而且務必保密——我讓人在真使團的馬匹上做了手腳，拖慢了他們的行程，但最多也只能絆住他們一天。」

周健凝眉思索了片刻，點頭道：「好，我這就讓塗山關的駐軍把攔馬石都撤走，你們隨時可以過關。」腦中靈光一閃，又道：「啊，等你們走後，我再派人推下山石堵住道路，這樣就能再多拖使團幾天！」

寧遠舟大喜道：「周將軍果然智計無雙！」他打了響指，示意：「下來吧。」蒙面的于十三便從樑上躍下。周健此前竟是毫無察覺，不由得大驚失色。但他立刻便強作鎮定，打量著于十三，道：「這是你的手下？身手還不賴嘛。」

寧遠舟謙遜地一笑：「就是個跑腿的。」便吩咐于十三：「你回去通知大隊人馬即刻出發。我還要留在這裡，和周將軍商量些其他的事。」

✵

于十三領命走出軍衙，卻忽覺背上寒毛倒豎，他心知有哪裡不對，若無其事地走出幾步之後，霍然轉身。

身後卻是空無一人。

他拍了拍腦袋，暗自狐疑，正要離開，卻忽有一隻手自背後拍上了他的肩頭。于十三大驚失色，立刻拔劍躍開，做好了迎敵準備，身後站著的卻是如意。

于十三收起兵器。他自認論警惕敏銳，在六道堂中也是第一流的人物，卻絲毫沒有發現如意潛伏在側，不免有些驚訝，「美人兒！妳什麼時候來的？」

如意了不在意，「聽殿下說你們來這兒勸周健，我就趕過來了。剛才我也藏在房樑上，就在你背後。」見于十三一臉震驚，轉而又是沮喪，忙打住，「別嘆氣，我埋伏隱身的功夫是一等一的，連你們寧狐狸都沒察覺，你發現不了我，再正常不過了。」

于十三垂頭喪氣地應了聲：「哦。」

如意又道：「可我也沒弄明白，密令上的王印，你們怎麼弄到的？還有那些見熱才現的密語。」

于十三這才又打起些精神，笑道：「邊走邊說吧。」

他們各自翻身上馬，向著營地奔馳而去。路上于十三便細細地說給如意聽。

原來昨晚于十三又去周健那兒走了一遭，偷到了丹陽王之前寄給周健的那封文書。軍衙裡巡邏防備嚴密，對他而言卻如入無人之境。他一路避開巡衛，直奔周健的密室而去。先前打探消息時，他便已摸清了內中布局。這次更是手到擒來。

有了文書上的印章，仿個一模一樣的王印，對元祿來說根本就是小菜一碟。畢竟這位墨家出身的餓鬼道第一機關天才，閉著眼都能做出可以自己動的機關，仿個王印，不值一提。

但丹陽王同親信傳遞密信所用的核對手段，當然不會只有一道可輕易仿製的王印，內中必然還有更難破解的密語和關竅。

寧遠舟仔細檢查了密信，聞到信上有奶味，便猜到丹陽王多半是用蘸了奶的筆寫的密語。此類手段，他也算見多識廣，湊近燭火一烤，信上果然便顯出了字跡。

至於如何解讀密語，早在收到總堂那邊飛鴿傳書時，寧遠舟便料定丹陽王那邊的使者並未走遠，當即便派出孫朗，前去拿人。有周邊畜生道提供情報，昨日夜裡，孫朗便捉了個之前送信的信使帶回來。錢昭仔細盤問一番，之後對著密語琢磨了半個時辰，就解開了密語上的關竅。

如意見過錢昭把脈開藥，也見過他的功夫，一直以為他是使團裡的大夫，兼任寧遠舟的副手，聞言不由得好奇，「錢昭還會解密語？」

于十三一笑，「嘿，他除了是張死人臉，看病開方、琴棋書畫、坑蒙拐騙，什麼都會一點！」

說話間，兩人已奔到驛站院外，如意勒韁減速，扭頭又問道：「這個李代桃僵的主意，全是寧遠舟想出來的？」

于十三揚揚得意，「當然，真使團搖身一變成了假使團，姓周的還得恭恭敬敬送我們過關！怎麼樣，不賴吧？」

如意滾鞍下馬。雖也覺著這計策巧妙，但步驟不免太多，隨便哪個環節出了差錯，就是白忙一場，遠不如殺人來得乾脆俐落。

「不怎麼樣。明明殺了周健就能辦到的事，你們偏要折騰出這麼多麻煩事來。」

于十三追在她的身後，還想替寧遠舟解釋幾句：「可那天妳走後，老寧就算過了。就算殺了周健再闖關，我們也一定會折損二十人以上的人手。就算周健事後回過神來，我們到了徐州也就安全了。那邊的刺史是章相的人，周健不敢追過來。」

「可要是還沒過徐州就被識破了呢？」

「老寧也算過了，可以改走天星峽的小路。那裡他地勢熟，不是山道，也不是周健的大本營，就算硬拚，大夥兒的死傷也會比硬闖塗山關小上不少。老寧是真把大夥兒當兄弟，我們中間任何一個人出事，他都不願意，所以才寧可智取，絕不硬來。」

他一口一個老寧，顯然早已被寧遠舟收得服服帖帖。如意淡淡一笑，「把手下當兄弟？市恩而已吧。」

于十三這一次卻沒有插科打諢，他突然站定，正色看向如意，「不是故意賣好，他是真把我們當兄弟。」

如意怔了一怔，不料有人，更不料于十三這樣的浪子會認真相信，並且替……替一個心機深沉的間客頭子做解釋。她也是朱衣衛出身，她太清楚這一行究竟有多凶險詭譎。她不解，做他們這一行的，當真能對誰全心交付嗎？

于十三卻似是看出了她的心思，道：「做咱們這一行的，誰都不是傻子，誰真的會和我們同生共死，大家心裡都門清。老寧是武功好智計高，可單憑這兩點，他也坐不上堂主的位置。當年餓鬼道的火藥庫炸了，是他衝進火場，斷了四根肋骨，才把五歲的元祿和一堆熏暈了的機關師從灰堆裡扒拉出來；先帝中了宿國獻來的嬪妃的毒，天道老道主畏罪自殺，也是他臨危請命，立了生死狀，十天之內查出了真兇，這才保住了全道上下的性命。老寧能二十啷當就坐上堂主的高位，不單是宋老堂主的扶持，也是六個道的兄弟齊心協力，把他抬上去的。」

如意沉思了半晌，似是隱約明白了些什麼，「所以你們幾個肯跟他去安國救皇帝，也是因為這個？」

于十三點頭，「自然。」卻忽然又嬉皮笑臉起來，「不過，我們多半是捎帶的，老寧其實是捨不得美人兒妳受傷。那天妳一說妳要去刺殺周健，他一下子就緊張起來了……」

如意無語，不再理會他，轉身大步走向院子裡。

✵

使團早已準備完畢，得到于十三的消息，立刻向著塗山關進發。

這一出李代桃僵之計著實巧妙，非寧遠舟這般狡詐周密之人，決然想不出。但實際操作起來，卻也有諸多困難。

馬車上，如意仔細將寧遠舟的計畫說給楊盈聽。楊盈聽完便驚住，只覺得匪夷所思，「我明明是真的，還要扮成假的？」

「對。這樣過關，損失最小，最安全。」

楊盈立時便緊張起來。雖說她本來就是個女扮男裝的假皇子，此行的任務便包括騙過安國君臣，但……他們這不是還沒到安國嗎？她本還有時間仔細向如意學習，眼下卻是要她以「真」亂「假」，當面就對人行騙。想到這裡，初出茅廬的禮王殿下舌頭都開始打結，「可、可、可是……」

如意拍了拍她的手，淡定地安慰，「妳不用害怕，妳本來就是假扮的禮王，倉促之間有點破綻反而正常。到時候只要不說話，看寧遠舟眼色行事就是。他特意留在軍衙沒回來，就是為了穩住周健。他得不斷地跟周健說話，才能讓他沒工夫發現不對的地方。」

有寧遠舟頂在前面，楊盈也只能強自鎮定下來，「好。那杜大人呢？他是使團長史，萬一他露餡了怎麼辦？」

楊盈心中暗想：比起「萬一」，似乎更該問——以杜長史之古板方正，究竟得怎樣才能讓他不露餡啊！

通往塗山關的樹林邊，這個以真作假的使團緩緩停靠下來，接受遊騎將軍周健的驗看。

周健在寧遠舟的陪伴下邊走邊看，走到身形圓潤富態、表情卻方正古板的杜長史面前時，他停住腳步，扭頭問寧遠舟：「他就是使團長史？」

被如此輕佻對待，杜長史驚愕且不快，一眼瞪過去，「本官是四品尚書右丞，你不過是一遊騎將軍，竟敢在本官面前無禮！」

也算是，預料之中。

寧遠舟早有準備，立刻上前對周健低聲耳語道：「他是真的，原本致仕在家，我假傳皇后旨意調他出來任長史，他還以為自己帶的是真正的使團。」

周健恍然，悄悄向寧遠舟比了個拇指，低聲嘆服，「半真半假，這樣才能騙倒安人，高！」

他忙向杜長史行禮，「大人見諒，下官忙於軍務，一時之間有失禮數。」

寧遠舟也出言安撫：「杜大人，咱們行程緊急，您瞧在周將軍忙著安排的分上，就寬宏一二吧。」便將周健從杜長史跟前引開，「將軍這邊請。」

杜長史只得不快讓開。

周健看著儀仗整備、人員齊全的使團隊伍，點頭讚嘆道：「不愧是寧大人，不愧是六道堂，這麼快就能整治出這麼像模像樣的一個假使團，連我都差點被騙倒。」

寧遠舟謙遜地笑著，「倉促之間找來的人，還是不夠好。侍衛瘦的瘦，瘸的瘸，老的老，小的小。」他引著周健依次從高高瘦瘦的于十三、故意站不直的孫朗、黏了半白鬍子的錢昭和多少有些乳臭未乾的元祿面前走過，最後來到楊盈的面前，「還有這個禮王，也不太像樣。」

如意悄悄向楊盈使了個眼色，楊盈忙緊張地對周健笑了笑。

周健打量楊盈，點頭道：「是還差了點。只能辛苦寧大人路上再好好調教了。」

寧遠舟看了看天色，笑問道：「時辰不早，得出發了。關口那邊，周將軍安排得怎麼樣？」

周將軍拍拍胸口，豪邁道：「放心，我親自送你們過關，保證除了我，誰也見不著你們的真面目！」

他親自護送著使團一行人來到塗山關前，抬手示意，立刻便有人指揮著數十名守關士兵迎著兩側青山斜排成列，同時背對著道路。果然無一人能看到底下通關的使團成員。

士兵們長長的影子落在塗山關門前的道路上。仰頭只見兩側青山相對，松蘿倒掛。天空逼仄，地上雄關踞斷山谷，卻是堂皇巍峨。使團眾人紛紛凝神戒備，安靜迅速地通過了關卡。

待所有人馬都過關之後，寧遠舟便也催動馬匹，向周健抱拳道謝：「周將軍果然考慮周全，多謝。」

周健笑道：「大人過獎。」

寧遠舟又道：「我剛才收到飛鴿，真使團現在三里驛附近，攔阻他們的事情就拜託將軍了。別忘了殿下的深意：拖慢行程即可，千萬別出人命。」說著便又附耳過去，低聲道：「真使團為防盜匪，帶的黃金有真有假，馬腿上烙了萬字印的那幾輛是真的。將軍可自便。」

周健一怔，意識到寧遠舟這是在為他開方便之門，不由得笑道：「寧大人真是個妙人！」

通關之後，寧遠舟自馬上回身，向關牆上的周健拱手行禮，遠遠可望見周健笑容滿面地向他揮手道別。

寧遠舟回過身來，臉上表情立刻便嚴肅起來。他一抽坐騎，飛馳到隊伍前面，下令道：「全速前進！儘快在他們反應過來之前離開宿州！」

眾人道一聲：「是！」便立刻催動馬匹。

一時間馬蹄紛飛，車輪轔轔，使團身後很快便騰起滾滾煙塵。

馬車上，楊盈探出身來，也回望著關牆之上的周健，猶然不敢置信，「我們就這樣過關了？別說刺客了，連盤問的人都沒有！」

元祿策馬奔騰在側，笑嘻嘻地問道：「好玩吧？這就是為什麼大夥兒都喜歡跟著寧頭兒幹活！」

楊盈激動不已，拚命點頭。

如意也掀起車廂另一側的窗簾，看向隊伍前方正縱馬策騎的寧遠舟，腦海中不由自主便又響起了于十三的話。她一時陷入沉思。

身後巍峨的塗山關漸漸遠去，不多時道路一轉，便已消失在連綿青山之間。

✵

日落時分，紅霞漫天，暮鼓低緩悠長地回蕩在矮闊楚天、重重宮闕之間。

宮城之中，丹陽王正往大殿走去，身後有侍從匆匆奔來，向他送上一封密信。丹陽王拆開看後大怒，「荒唐！」

他徘徊幾步，便下定決心，吩咐侍從：「孤得馬上出宮處理，朝會孤就不去了，你去傳話，就說孤突發急病。」

他快步行走在兩側高牆聳立的宮道之上，向著宮門外而去。半途忽見裴女官迎面走來，他意圖避讓。裴女官卻停步在他身前福身一禮，低聲告知：「皇后娘娘有請。」

丹陽王怔了一怔，卻也很快明白所為何事——蕭妍一向聰穎幹練，他這邊既已得到消息，蕭妍那邊怕也聽說原委了。只是這一次，他當真能解釋得清嗎？

果然，他一踏入皇后宮中，蕭妍便霍然轉過身來，眼含怒意，「是你下令讓周健截殺使團的？」

丹陽王嘆了口氣，「如果我說我沒有，妳信嗎？」

蕭妍冷笑，「周健是你表兄的連襟，不是你還能是誰?!」

丹陽王沉默了片刻，再次抬頭看向蕭妍。他說話一向溫潤懇切，縱使此刻受了冤枉，語氣也並不激烈。他只反問：「我們一起在御書房念了六年的書，我是什麼性子，妳應該很清楚。阿盈是我的親妹子，我怎麼可能是那種謀害血親的人！」

蕭妍卻是毫不動容，「以前的你是不會，可現在為了那把龍椅，你只怕恨不得讓你親大哥現在就死在安國！阿盈一個小ㄚ頭，又算得了什麼？別繞圈子，回答我，是不是你下的令？」

丹陽王便直視著她，回答：「不是我。」一頓，又道：「是我舅舅永平侯那邊背著我幹的。我就算要動手，也不會選在使團離開國境之前。」

蕭妍原本還有所期許，聽他後半段話，不由得失望至極。她閉目壓抑心中情緒，只恨他絕情，「說到底，你還是想讓阿盈死，還是想讓聖上回不了國！」摒去一切不必多言的私心，她再度睜眼看向丹陽王，厲聲道：「你跟我怎麼鬥都沒關係，但是我不許你對阿盈下手，她只是個什麼都不懂的小姑娘！」

丹陽王點頭，「我剛才本來就是要去永平侯府，讓我舅舅馬上停手。」

蕭妍便讓開道路，放他離去，「你最好別騙我。否則——」

丹陽王走了兩步，卻突然停住腳步，再次看向蕭妍。溫潤的黑眸子裡，一如既往並無什麼激切的情緒。

「我一直想問妳一個問題。記得當初父皇給妳和他賜婚的時候，妳並不情願，甚至還試圖逃婚。入宮之後，妳也一直對他不假辭色，兩人相敬如賓。可現在，妳為什麼處處做出一副深情賢后的樣子，難道突然之間，妳就喜歡上他了？」

蕭妍目光冷漠，「身在皇家，從來就沒有『情愛』兩字。我喜不喜歡聖上並不重要，但只有他，才能讓我成為大梧最尊貴的女人。」

丹陽王靜默片刻，回身面向她，道：「如果妳我聯手，妳可以繼續做皇后。」

蕭妍一怔。

丹陽王上前一步，握住了她的手，「阿妍，妳聰慧如斯，我不相信當年妳看不出我對妳的……」對上蕭妍怔怔看著他的眼睛，他頓了一頓，眸光柔緩，低語道：「妳知道，我一直都沒有娶正妃。」

少年時同窗就讀，青梅竹馬、兩小無猜的記憶忽就被喚醒過來。那麼遙遠，卻又彷彿就在昨日。

兩人對視著，一時間都說不出話來。氣氛漸漸旖旎。

可突然間，蕭妍抽出了手，眼中柔軟似是被什麼東西撲滅，她平靜道：「可是，我更想做太后。」她輕撫著自己的肚子，「做皇后，我的尊榮只能來自你的寵愛；而太后的權力，在他十八歲之前，一直都只會在我自己手裡。」

丹陽王凝視了她很久，坦言道：「我只是不想他回來，並不想和妳為敵，更不想他死。所以我就算知道妳和章崧聯手，找了寧遠舟去救他，也沒有阻止。」

蕭妍點頭，「我也是。否則，我剛才就應該拿著寧遠舟的密報鬧到朝會上去，而不是先來問你。」

聽著像是示好的話，可在彼此耳中，卻都是赤裸裸的威脅。

兩人對峙著，互不相讓，空氣中若有火花迸濺。

良久，丹陽王突然一笑，「很好。」終於轉身，大步離去。

✵

入夜之後，使團車隊點起火把繼續趕路。

一路多山，車輪滾在滿是碎石的路面上轆轆有聲，不時便一個顛簸。馬蹄聲達達追隨在側，馬車時停時走。已有人翻身下馬，小心地牽馬前行——傍晚時尚稀薄的霧氣漸漸濃厚起來，已有些看不清前路，不知前方漆黑之處，是否藏著懸崖。

車隊越前行便越艱難緩慢。孫朗從前方探路回來，驅馬上前，向寧遠舟稟報：「前面是個谷地，霧重路滑，再繼續走的話，馬可能會失足。」

寧遠舟點頭，抬眼看向前方。這一路上雖無人抱怨，但走到此刻，也已然人疲馬乏了。

「看來今晚無論如何趕不到天星峽了，」他抬手一指遠方黢黑樹林，道：「選個高一點的地方，就地紮營吧！」

不多時眾人便在樹林邊的高地上紮好了營帳，胡亂用了些飲食，便橫七豎八躺了一地。

如意看了一眼在帳中熟睡的楊盈，悄悄打起簾子走了出去。

營地不遠處一塊裸露的巨石上，寧遠舟抬手放飛了一隻信鴿。他正要回營，轉頭便見如意走了過來。

他有些疑惑，「找我有事？」

「今天是第十天了。」

寧遠舟一怔，才想起如意說的是他身上的一句牽機，便道：「毒性還沒有發作，只要明天能過了天星峽，到了徐州，我就能拿到解藥。」

如意盯著他，半晌方道：「你最好別騙我。」

意識到她竟然還想著借他生孩子的事，寧遠舟有些無奈，「妳最好徹底放棄那個念頭。就算不涉情愛，六道堂也有條鐵律，執行同一個任務的同伴之間，不可以有任何曖昧。我身為堂主，不可能壞了規矩。」

「我是朱衣衛，不用守六道堂的規矩。」

寧遠舟笑看著她，「可妳現在也是我的同伴。」

如意沉默片刻，忽就仰起頭來，問他：「我真就那麼差，差到一點都不能打動你嗎？」

四面漆黑寂靜，只遠方不時傳來獸鳴聲。朦朧月色之下，天地間彷彿就只有他們兩個人。如意仰頭望著他，肌膚如雪，眸光似水。她沒有再做妖嬈之色誘惑他，然而就這麼平靜——或許隱約還帶些不甘地望著他，容色便足以撥動人心了。她本來的模樣，也確實是最動人的。

寧遠舟看著她，突然鬼使神差般道：「不，妳很美。甚至可以說是我平生遇到過的最大的誘惑之一，我要花費很大的力氣，才能拒絕這種誘惑。」

「那你為什麼要拒絕？我又不會害你。」

「別人不明白，可妳應該明白的，任尊上。」寧遠舟道：「在我們這種人的生命裡，每一份突如其來的幸運都意味著危險。妳看中了我這副皮囊，我臉上很是有光。可天底下，有的是比我條件更好的男人。妳我之間最安全的相處方法，就是完成各自的承諾，然後各自安好。」

「你最好信守承諾，要不然我——」

「要不然妳就會殺了我。」寧遠舟截過話來，「換個說法好嗎？耳朵都快起繭子了。」

「誰讓你在孩子的事情上就騙了我。」

「那不一樣，那次我可沒有起誓。」寧遠舟說著便挑眉一笑，「而且，我也沒想到妳會那麼好騙。」

如意本欲生氣，但一看到寧遠舟的笑容，不知為何也笑起來——這男人笑起來，眼睛裡映著星光，俏皮又溫暖。

氣氛便也為之一鬆。

笑完之後，寧遠舟跳下大石，道：「我該去換孫朗的班了。」

如意忙也跟上，「我和你一起去。」

✵

孫朗和寧遠舟換過班，便也打著哈欠回到營地裡。他和衣躺下，旁邊丁輝聽到動靜，半睜開眼睛。見不遠處寧遠舟和如意一道舉著火把巡查，便歪著頭看了一會兒。

丁輝忍不住捅捅孫朗，「哎，你說，寧頭兒不許我們在任姑娘面前招搖，是不是因為他自己心裡，其實已經有點後悔了？」

孫朗閉著眼，「閉嘴。」

「大傢伙兒可都在下注呢，賭寧頭兒最後會不會從了任姑娘。」

「我叫你閉嘴。」

丁輝只得不甘願地合了眼。

突然，左邊有人塞過來一塊碎銀子，「我賭不從，之前跟寧頭兒好的那個裴女官我見過，溫溫柔柔的，寧頭兒喜歡那樣式的。」

丁輝還沒回答，孫朗就閉著眼丟過來一顆金豆子，「我賭兩貫——從了。」

丁輝胡亂接下金豆子，驚喜地扭頭問他：「為啥？」

四面也霎時間冒出一大片腦袋，眾人紛紛挺著脖子好奇地等孫朗開口。

便聽孫朗淡定道：「六道堂歷來都不許貓狗出入。可那天我在驛站餵貓的時候，如意姐也過來摸了兩把。她說她之前也養過貓，有一隻還是簡州的名種。寧頭兒要是跟她好了，沒準以後我就能在六道堂摸到貓了，那皮毛，那手感……」他說著便陶醉起來，熊一般健壯的漢子抬起手，虛空摸了兩把，美滋滋地一翻身，彷彿將臉貼在了貓背上。

眾人忍不住一個惡寒，紛紛打了個哆嗦，趕緊躺了回去。

✵

寧遠舟和如意一前一後走在林子裡。巡查的這一路上，如意始終心事重重，卻一直沉默著。

寧遠舟舉著火把走在側前方，目光向後瞟了一眼，道：「有什麼想問的，就直說吧，都跟著我走了那麼久了。妳不累，我都覺得累。」

如意猶豫了一下才開口：「我想問，你是怎麼能和于十三他們處得那麼好的？我知道你救過他們，可光是同生共死過，他們就那麼相信你嗎？」

寧遠舟腳步頓了頓，「為什麼突然想問這個？」

如意目光中竟有一絲迷茫，「娘娘以前總說我上輩子是一把劍，所以天生不會和別人相處。所以她才一直護著我、提拔我，不讓我早死在朱衣衛的內鬥裡。她死之前，要我學著改，可我還是不會。無論是跟我義母，還是跟玲瓏，明明很努力了，但還是覺得跟她們之間隔著一層紗。」

她把手放在自己的小腹上，「可我以後是要當娘的，我不希望我跟孩子也是這樣冷冰冰的。」她仰頭看向寧遠舟，面帶期待，「所以，你能不能教教我？」

在一些事上，精準嫻熟至極；可在某些情感上，卻又生澀至極——早在相識之初，寧遠舟便已隱隱察覺到如意身上的這種不協調。相處日久，瞭解也漸漸增多，許多猜測已得到驗證。

此刻他看著一臉求知的如意，一陣濃濃的憐惜之情突然湧上心頭。他輕聲問道：「妳想過昭節皇后為什麼要妳生孩子嗎？」

如意一怔，「沒有。」

「為什麼不想？」

如意理所當然道：「娘娘要我做什麼，肯定是為著我好，我想那麼多做什麼？」

寧遠舟頓了頓，轉而又問：「那妳喜歡孩子嗎？」

「自然是喜歡的。」

「說真心話。」

如意想了想，只好承認：「好吧，其實沒那麼喜歡。我最討厭孩子哭。娘娘只生了二皇子一個，我本來該喜歡他的，可每回陪他玩的時候，我煩都煩死了。大一點的少年，倒是還能忍。」

寧遠舟道：「妳說昭節皇后很瞭解妳，可妳認真想想，她為什麼會勉強妳去做一件並不喜歡的事？」

「我也會勉強楊盈做她不喜歡的事啊。這就跟練武一樣，一開始誰都不喜歡，後面就習慣啦。反正，娘娘吩咐的事，我絕對會做到。」

寧遠舟啞口無言，只得道：「我在安都潛伏的時候就發現，你們朱衣衛在聽令行事這上面，真是出色，對上司的吩咐，簡直是絕對服從，一字不改。」

如意反倒覺著他很奇怪，「當然了，所有人進朱衣衛的第一天就要背誦『不從上令者，死』，難道你們六道堂不這樣？」

寧遠舟笑著搖頭，「妳覺得十三、元祿他們，誰把我的話當回事了？」

如意一笑，「還真是。你就是管不好手下，所以當初才被趙季給騙了，落到下獄充軍的下場。」

寧遠舟做出受傷的表情。

兩人不由得同時失笑，一邊說著，一邊漸漸走遠。

說著笑著，如意忽地感嘆道：「其實我以前的朱衣衛下屬雖然聽話，但真正追隨我的並沒有幾個……」

直到一輪巡查結束，有人上前來換值，兩人才道別。

寧遠舟看了一眼如意的背影，轉身走到樹林一角，在元祿身邊和衣睡下。

元祿原本閉著眼在睡，此時突然睜眼，「寧頭兒，你不對勁。」

寧遠舟一怔。

元祿笑道：「你剛才看如意姐的眼神，和以前不一樣了。你還故意扮鬼臉，逗她笑……嘿嘿。」

寧遠舟揉了一把他的頭，「小孩子別胡思亂想。」

夜色下，元祿那雙貓似的黑眼睛晶晶亮，「你要是不告訴我實話，我就會一直胡思亂想。」

寧遠舟沉默不語。

元祿便道：「好，你說不出來，那我來問。老實招來吧，你現在對如意姐，是不是有一點那個了？」他舉起兩隻手，「是，你就看左手；不是，你就看右手。」

寧遠舟的眼睛立刻便轉向了他的右手。

元祿氣餒，不解道：「為什麼啊？如意姐那麼厲害，你幹麼不喜歡她？」

寧遠舟閉上眼睛睡覺，「不為什麼，你十三哥、錢大哥也厲害，我也沒喜歡上他們啊。」

「這就不是一回事！你說說，憑什麼，你憑什麼不喜歡她？」

寧遠舟無奈，只得說道：「因為她的身邊注定不會寧靜。」

元祿一愣——這算什麼理由？

寧遠舟卻又睜開了眼睛。護衛們沒紮營帳，這一日他們都是幕天席地而睡。不知何時霧氣散去了，睜眼便能看見漫天繁星。寧遠舟有些陷入沉思，「她是我所知最完美的刺客，冷靜、狠辣、聰慧、敏捷，幾乎沒有缺點。我還記得當年在卷宗裡看到她資料的時候，那種驚豔的感覺，一月三殺節度使，七日令褚披國孝。那時候，我就很想會一會那位任左使，看看我和他之間到底誰更厲害。可我沒想到，任辛居然是個女子。她就像一頭生來就是為了獵殺的豹子，」不知不覺便說得眼睛發亮，意識到自己的心情激蕩起來，他不著痕跡地頓了頓，控制自己歸於平靜，「這樣的人，身邊注定是腥風血雨。我呢，幹完這一票，就要辭官歸隱了，自然是離得越遠越好。」

元祿不解道：「可是，大夥兒都覺得你們之間的眼神不對啊。」

「遇到漂亮的姑娘，誰都會多看兩眼。」

元祿打了一個哈欠，「才不是呢，你待她那麼好，有時候比待殿下還好。」

寧遠舟沉默片刻，「我那是可憐她。」

元祿又打了一個哈欠，已有些睡眼蒙矓，「啊？可憐？」

寧遠舟嘆了一口氣，「她以前是白雀，精通怎麼誘惑男人，要說我一點也沒動過心，那是假的。可是，我更覺得她很像你做的機關木偶人，只知道執行命令完成任務，可自己為什麼跳、為什麼跑，卻從來沒想過。她一定是在朱衣衛受過很多的苦，才會變成現在這個樣子，所以，我雖然一點也不喜歡她，但也想照顧她。我想讓她知道正常人的生活是什麼樣子，知道除了殺人和生孩子，這個世上其實還有很多有意思的東——」

話還沒說完，他卻停住，原來元祿不知何時早已睡著。

寧遠舟失笑，給他蓋好披風，卻又不經意間再次看見手背上如意留下的咬痕。他凝視了好一會兒，才又笑了笑，重新入睡。

✵

旭日初起，透過林中薄霧濃蔭，落下一道道晨光。

使團在晨光和鳥鳴聲中醒來，打著哈欠收拾好行李，簡單地晨炊過後，準備動身。

忽有一隻飛鴿落在寧遠舟身邊。看到鴿腿上血紅色的腳環，寧遠舟心中不由得一緊。

他迅速接下密信，匆匆掃視過後，臉色一變——周健前一夜已發現中計，勃然大怒之下，已經帶著上千大軍追趕過來。

大軍浩浩蕩蕩地奔馳在山谷間曲折狹長的官道上。遊騎將軍周健一身盔甲，策馬奔跑在大軍最前方，臉色鐵青，不停地揮動馬鞭。

他身後，留著小鬍子的參軍催動馬匹緊趕慢趕地追上他，提醒道：「將軍慢些，後面的軍士跟不上了！」

周健豹眼圓睜，滿臉怒氣，喝道：「就算跑死，也得給老子跟上！老子英明一世，竟然被寧遠舟這個混帳玩了招瞞天過海……駕！」他說著便再度加鞭，躥了出去。

大軍只能狂奔著跟上他的速度，隊伍在官道上越拉越長。末尾步兵陣中有不少人力竭摔倒，被同伴扶起來，又跌跌撞撞追趕上去。

樹林間的小道上，使團車隊也在急速奔馳。

消息傳來之後，寧遠舟立刻下令出發。所有人都知道事態緊急，相互幫助配合著，抓緊趕路。

所有馬匹都是兩人共騎，馬匹不夠的便坐馬車。不斷有人收拾好東西把行李扔上車，自己也奔跑著攀爬上去。車上之人援手相助，很快所有人便全數跟了上去。

寧遠舟跟在隊伍最末指揮著：「能上馬上馬，能上車上車！誰也不許步行！就算跑死了馬也不許停，務必以最快的速度進入徐州地界！」見身後再無人了，他才快步追趕上去。

錢昭駕車控著車速，跑在隊伍最後，見寧遠舟也鑽進車廂裡去了，這才催馬加鞭。馬車絕塵而去，很快便追上大隊。錢昭便將馬鞭遞給身旁侍衛，自己也跟著鑽了進去。

顛簸的車廂內已經鋪開了地圖，使團四人和如意齊聚在一起，商議著對策。

元祿點起一個火摺子，拿出窗外，觀察火摺子上煙氣在風中消散的速度，很快便算出了車速，「馬車一炷香能跑三十里上下。我們現在離徐州一百八十里，至少還得兩個時辰。」

于十三接口道：「飛鴿出發時周健已經過了十八里鋪，也就是說，他現在跟我們只差一個時辰的腳程。」

錢昭依舊面無表情，轉頭看向寧遠舟，「我們一定會被追上。這一場硬仗躲不掉。」

寧遠舟點頭，「那就按備用計畫，放棄大道，改走天星峽去徐州！」

一直靠在窗邊觀察周邊地形的如意突然伸手探向元祿的腰囊，「借你兩顆雷火彈。」不等元祿回答，她便已掏了兩顆雷火彈，飛身躍出車廂。

眾人都是一怔，紛紛搶到窗邊看她到底想做什麼。唯有寧遠舟動也沒動，繼續觀察著地圖，皺眉思索。

如意如蜻蜓點水般，踏著路上馬車和兩側山石，輕巧地跳躍到山道狹窄處一棵兩、三人粗的大樹邊。

她飛速觀察了一下大樹的生長方向，便揮劍在樹根處砍出一個缺口，放入一顆雷火彈，而後飛身遠離，自空中向著缺口處擲出另一顆雷火彈。兩彈相撞，轟地炸起一聲驚雷。

大樹應聲而倒，剛好在使團隊伍最後一匹馬通過後，砸在了山道上，截斷了來路。

如意飛身幾個起躍，重新回到馬車裡，看向眾人，「現在又多了半個時辰。」錢昭立刻回神，探出車窗高聲提醒：「孫朗，前面看到合適的地方，照做！」

如意坐穩後，便又抬頭看向寧遠舟，「說清楚，你們想在天星峽怎麼打？」

寧遠舟看向面前地圖。

馬車正奔跑在從宿州通往徐州的官道之上。官道後方通過塗山關和宿州相連，向南過淮河，通往江北。這是一條孤道。但向北去不遠，通往徐州的官道旁，卻有一條穿過峽谷、同樣通往徐州的小道。

這條峽谷兩側青山綿延，當中最狹窄的一段山谷，便是天星峽。

「他們有一千人，而我們除掉公主、杜長史和不會武的，能動手的只有五十人。」寧遠舟指了指地圖上的岔路口，道：「如果我們在這裡分成兩路，他們也會分兵，這樣就只有五百追兵能進入天星峽。十年前我來過這兒。天星峽長三百丈，但最窄處不過三丈，僅能容四匹馬並肩通過。」他又指了指天星峽沿途險峻之處，道：「若是我們在這裡、這裡和這裡設計埋伏，就可以截斷周健的長蛇隊伍，前後呼應，就能以少勝多。」

如意點頭，又問：「你預計這一仗會折損多少人？」

寧遠舟原本是為避免折損，才拒絕了如意的刺殺闖關提議，但現下看來，死傷已是無可避免。

雖說當日做下計畫時，已做好了「萬一」的準備，但想到之後的苦戰，寧遠舟也沉默了片刻，才看向如意，「不好說，但肯定比硬闖塗山關少。對於實在無法避免的死傷，我只能盡全力讓它變得更有價值，這就是我身為堂主的職責。況且，只有贏下這一仗，才能讓丹陽王短時間之內再無餘力給使團添絆。」

如意卻沒有再同先前那般與他針鋒相對起來。她想了想，又道：「過關的時候我也觀察過。周健手下有三成士兵皮膚都很白皙，應該是剛從南方調過來的新兵。想來他的老部下在天門關一役中也損失不少。新兵多半缺少訓練，這樣一來，他那邊的戰力也會大打折扣。」

錢昭深深點頭，于十三豎起了大拇指。

于十三搶先道：「那我找個矮個子假扮殿下，從大路儘量引開一些周健手下。」

元祿也道：「我行李裡帶了些機關，可以在峽口安排布置。」

錢昭道：「我護衛殿下和杜長史先去徐州安全的地方。」

如意問道：「需要我做什麼？」

眾人都看向她。

于十三道：「美人兒，妳畢竟是褚國人，幫著防防刺客沒問題。可這是我們梧國的內鬥，待會兒又是一場大戰，萬一刀劍不走眼……」

如意抬眼看向寧遠舟，道：「你說過，我們是同伴。」

寧遠舟愣了一愣，如意的目光那麼堅定純粹，他便加之以相同的信任，「好，妳來負責刺殺。第一目標，周健。第二目標，他手下的軍官。」

如意抿唇，輕輕點了點頭。

✵

天星峽外，使團車隊已在峽谷入口前停靠下來。

任務分派下去，眾人各自忙碌準備起來。寧遠舟安排孫朗帶人去各處設置埋伏和機關。

剩下的護衛和士兵留在入口處準備陷阱。一些人忙著在路上挖坑，一些人從道旁樹木上砍取枝條削成尖利的樹樁。丁輝則帶著幾個人，從商隊馬車上搬下來一只碩大的牛皮口袋，商量著：「裝一半水夠嗎？」

元祿指點完眾人挖陷阱，便坐在路旁大石上挨個調試連弩。五十人對五百人，可想而知是一場苦戰，短兵相接前，能用機關和陷阱殺傷的敵人越多越好。

元祿調試完連弩，想了想，便又摸出腰間袋子掂了掂，估算了一下雷火彈的存量。

如意一個人坐在溪水旁邊，在山石上仔細地打磨著三把劍。

不遠處的使團馬車前，錢昭也在向楊盈和杜長史解釋眼前的狀況和他們準備好的對策。

周健此行有兩個目標——殺死禮王和奪取黃金。誘使周健分兵的關鍵，自然也是這兩樣。

于十三已帶著他準備好的假禮王，乘上楊盈的馬車，分一路兵馬去官道上誘敵了。而錢昭的任務便是保護楊盈和杜長史，輕裝簡從，不被察覺地儘快趕到徐州。

局面凶險，危機已迫在眉睫。儘管早已預料到此行必不太平，事到臨頭，杜長史還是面現驚惶。他已做好一去不回的準備，卻不料自己竟還有可能未走出國境便被亂臣賊子所害。他自己身死不要緊，可萬一連禮王殿下也遇害……杜長史不由得看向楊盈。

而楊盈看著雪亮的劍刃，臉色也變得慘白，卻突然一閉眼，強令自己鎮定下來，大聲道：「不，我不走！」

杜長史一驚，規勸道：「殿下！」

楊盈卻一徑奔到寧遠舟面前，仰頭道：「遠——寧大人，孤不想和杜長史、錢都尉先走，孤要留下來，和大家一起同生共死！」

寧遠舟曉之以理，「聽話。我們的職責，就是護衛妳和杜長史帶著黃金安全到達安國。」

「可我是使團的首領，我要是離開你們自己逃命，那像什麼話？如果你們有什麼萬一，單憑錢都尉一個人，難道就能保證我和杜長史在安國平安無事嗎？可我們要是留下來，你們多一個錢都尉，就多一分勝算！」

寧遠舟愣了愣，面露遲疑。

楊盈道：「遠舟哥哥，你一直叫我要勇敢、敢承擔，這回我好不容易不怕死了，你就讓我跟大夥兒在一起吧！」

「她說得對。」如意的聲音也隨之傳來。她已調整好兵器和狀態，正要來尋她的小徒弟，恰聽到楊盈和寧遠舟的對話，便看向寧遠舟，道：「你有你的職責，她也有她身為皇族必須肩負起來的責任。現在讓她見見大場面，到安國後就會更鎮定。」

寧遠舟目光一閃，終於不再堅持，重新分派任務，「錢昭，你來負責中隊。」又對丁輝道：「待會兒你帶禮王殿下跟杜大人到山谷後面安全的地方。」然後轉身繼續忙眼前的事。

楊盈舒了口氣。剛才一腔孤勇衝上來，已耗去她不少勇氣。以她的聰慧，足以判斷出自己必須留下，而後衝破膽怯果決地要求留下。但以她的閱歷，卻不足以想出留下之後，她能做些什麼，一時竟有些茫然。

如意扔給楊盈一把匕首，道：「有箭射過來的時候，縮成一團，最不容易受傷。有人要傷妳，向他這裡下手。」她指了指自己的脖子。

楊盈忙像拿燙手山藥一樣拿好匕首。

杜長史看到匕首鋒刃上反射出的寒光，嚇得倒退了兩步。他雙手合十，低聲念道：「我佛慈悲！我佛慈悲！」

遠方一支鳴鏑突然躥上半空。

寧遠舟聞聲回頭，確認了一下方位，微微皺了皺眉，「于十三怎麼才到位？」扭頭看了一眼旁邊燃著的線香，「比預定的時間晚了半刻鐘。」

錢昭面無表情，「我剛才臨時配了些寒涼的藥，讓他下在岔路口邊的水塘裡。」

四面之人紛紛轉頭看來——大軍連夜長途奔襲百里，必定疲憊不堪。到了岔路口，周健得確認使團往哪邊去，必令士卒等待。到時士卒們看到水源，一定會迫不及待地盛水飲用。

錢昭一抬下巴，冷酷又可靠，「都是梧人，我不下毒，但至少可以讓他們的戰力削弱三成。」

✻

錢昭所料不錯。

周健大軍等在岔路口前，張參軍正忙著比對兩條路上的車轍印，判斷使團的去向。此時，士兵們終於能癱倒在地緩一口氣。看到旁邊水塘，除了那些忙著大喘氣、實在動彈不了的人，已狂奔了一日一夜的戰馬和士兵們紛紛貪婪地擠上前去飲水解渴。

周健依舊全副武裝坐在馬上，原地徘徊著，緊皺眉頭。回頭望見士卒們擁擠飲水，他立刻喝止：「不許喝野水！只能喝自己帶的，這水裡可能有毒！」

士兵們這才無可奈何地離開水塘。跟在隊尾的士兵倒了倒自己空空的水袋，低聲向同伴抱怨：「走得太急，沒裝水。」

便有人悄聲提醒：「反正將軍在前面也看不見，你悄悄地去裝一點就是。我剛才用銀子試過了，沒毒。」

士兵恍然，忙潛身溜過去，不一會兒便帶了好幾袋子水回來。周健號令傳得太急，如他這般沒帶夠水的不在少數。見有人帶頭，立刻便有其他人偷偷效仿，裝了水傳遞分享。

不多時探子奔來急報，道是前方有農戶說，半個時辰之前看到幾十個人，護著一輛四駕馬車從左邊官道上走了。

周健卻沒有盡信，又親自躍下馬來，像隻蛤蟆一樣伏地，認真查看車轍。觀察了一陣之後，他拍去手上塵土，道：「禮王的馬車是四駕的，可往天星峽這條路的車轍印明顯更深，他們應該是兵分兩路，一路帶著禮王，一路帶著金子，等出了天星峽，再在徐州會合。」

張參軍忙問：「那將軍，我們該追哪一邊？」

周健思考了一陣，終是捨不下那麼大一筆黃金，「他們只有不到百人，我們甕中捉鼈不成問題。禮王不管是死是活，都能跟殿下交代，可金子只有落到咱們手裡，才是咱們的。你帶三百人去追禮王，我帶七百人去天星峽！」

主意打定，他立刻翻身上馬，下令道：「出發！」

正喝水休息的士兵們只得慌忙起身跟上。

✵

通往徐州的官道上，于十三帶著一行人馬埋伏已久。望見遠方煙塵滾滾，他立刻從高處躍下，吩咐眾人：「幹活！」

張參軍帶著騎兵追趕過來，遠遠看到一行人馬正在路邊休息。那一行人馬察覺到他們追趕過來，慌忙護送著一個親王服飾的人登上馬車奔逃。

張參軍精神大振，揮鞭一指，「就在那兒，追！」

他手下人馬立刻蜂擁而上，可剛奔到半途，就被隱藏的絆馬索絆倒，一時間人仰馬翻。隨即高處箭矢如飛蝗般襲來，張參軍一行人不及從地上爬起來，便已死傷慘重。僥倖存活的人連忙躲在馬肚子後面，一邊躲著飛矢，一邊催促後方步兵援助。

然而先前佯裝逃跑的那隊人馬，卻也殺了回來。

于十三身先士卒，在高處箭陣的掩護下，拔劍三下五除二便殺出一條血路，直衝張參軍而去，不過幾招交鋒，就已將人擒下。

張參軍脖子上比著劍鋒，心驚膽戰地舉起雙手，高喊：「住手！放下武器！我們投降！」

他手下人的士氣瞬間瓦解，紛紛束手就擒。

✵

天星峽內，周健帶著數百人馬逶迤行進。

峽谷路窄，行軍速度越來越慢，周健正不耐煩地要催促前方騎兵加快速度時，身後忽有士卒捂住肚子衝到路邊大樹下，扶著樹幹哇地嘔吐起來。隨即前方也傳來一陣騷亂——有好幾匹馬相繼口吐白沫，軟倒在地，堵住了去路。

周健正狐疑間，忽聽不知何處傳來一聲尖叫：「我中毒了！剛才的水裡有毒！」聞聲，先前飲用過池塘裡的水的士兵們立刻人人自危。原本就有些鬧肚子卻還能忍住的人，立刻便覺腹痛如絞，哀號起來。有人慌亂叫嚷著求助：「我快死了！有藥嗎?!」有人擠到路邊摳嗓子嘔吐。

隊伍霎時混亂起來，道路原本就已十分狹窄，人馬互相推擠，踩踏者甚眾。

埋伏在山石後面的孫朗見狀，功成身退，悄然溜走——原來那第一聲呼喊，便是他趁亂發出的。

周健也被擠得東躲西避，他奮力控制住自己的坐騎，高喊：「安靜！不要慌！繼續前進！違令者斬！」

花費許多的力氣，他才終於震懾住局面，重新聚集人馬，整頓好隊伍。士卒卻已是傷的傷，瘸的瘸。

把傷病員安排在隊尾，大軍繼續前行。周圍卻變得異常安靜，周健也不由得謹慎起來，放緩了馬蹄。

峽谷中段終於變得開闊了些，但前面的路面似有些異樣。周健凝神看去，一眼便發現不對，忙抬手叫停人馬：「等等，地上的土好像是新的，可能會有陷阱！」他指了兩名士兵，道：「你們去探探！」

兩名士兵心驚膽戰地走上前，踏著泥土走過去，心都提到了嗓子眼，卻什麼都沒發生。他們平安走到對面，開心地衝著大軍揮手。

周健見他們無事，精神也一振，一揮手，搶先策馬，道：「衝！」

他身後騎兵也放下心來，跟在他身後策馬奔騰起來。

然而那正是先前丁輝他們挖坑設陷阱之處。

之所以那兩名士兵沒有觸發陷阱，是因為陷阱下方並非中空，而是壓著一個碩大的牛皮水袋。水袋之下有機關控制著一條繩，繩的另一端通向遠方。

地上大隊人馬行進著，踏在陷阱之上的人馬越來越多，牛皮水袋也越繃越緊。

又一隻人腳踏上去，牛皮水袋終於承受不住重量，突然爆裂。

機關牽引著繩子瞬間繃緊，陷阱塌陷。地上人馬紛紛落進陷阱中，跌落在鐵蒺藜、尖樁上，非死即傷。還沒踏上陷阱的人馬急著躲避，卻哪裡來得及？或是剎不住馬匹和腳步，直接掉下去；或是勉強刹住了，但因身後人沒來得及停步而被推擠下去。一時之間眾人下餃子似的落入陷阱，痛呼哀號之聲連綿不絕。

周健走在前面，已經通過了陷阱，並未被捲入其中。聽見後方慘叫，他也被驚得面色慘白。但他強自保持鎮定，號令眾人：「穩住！繼續向前！提防上面！」

然而那陷阱卻是個連環機關，至此還沒有結束。

陷阱下通向遠方的繩子被掉落進去的人群壓緊，此刻已經扯動了如蛛網一般蔓延向峽谷各處的機關線，而每一條線都連著一架連弩。

布置在峽谷各處的機弩被擊發了！

只見箭矢從四面八方鋪天蓋地射過來，已通過了陷阱的人馬，瞬間被籠罩其中，損失慘重。

藏在岩石後的元祿興奮地一揮手。

寧遠舟見時機成熟，劍鋒一轉，反射光線，向如意發出信號。

幾乎就在同時，如意自高處岩石上躍下，落地便踏著山石急衝而出，揮劍將離她最近的一名軍官擊殺。

一擊之後，她便繼續前衝，瞄準下一個有盔甲的軍官而去，如鬼魅般穿行在千軍萬馬之中，十步殺一人。鮮血漸漸染紅了她身上白衣。

不斷有軍官中劍倒下，眾人驚呼著：「有刺客，保護將軍！」

周健面色慘白地牽韁後退，身旁親兵們已舉著盾牌圍上來，將他團團護住。如意又斬殺了一名軍官，鮮血濺上她白玉般的臉龐。她抬手抹了一把，漆黑的眼瞳轉動，掃向被盾牌護住的周健，眼中殺氣四溢。

高處元祿有些忍不住了，回頭看寧遠舟，「寧頭兒，要不要──」

寧遠舟示意他稍等，一揮身邊的小紅巾。埋伏在遠處的錢昭看到，立刻擂響了親王鹵簿的杖鼓，更有人敲起了金鈸。寧遠舟傳信號示意埋伏在山谷各處的人手一起呼喊跺腳。回聲交疊，如雷滾動，響徹雲霄。一時間，山谷中似有千軍萬馬在衝殺。

周健被盾牌團團護住，根本看不清前路，胯下馬匹漸漸亂了方向。他還想再整頓隊列，高呼著：「不要慌亂！聚齊隊伍，編成一線，齊心合力衝出埋伏才有生機！」

然而再而衰，三而竭。接二連三的死傷變故之後，士兵們早已人心散亂，各自忙於逃命。隊伍已被陷阱截成兩段，首尾不能相顧。有的往峽谷外跑，有的往前路奔，亂成一團。

寧遠舟長身而起，下令：「動手！」說完自己先提劍殺了上去。

使團眾人也各自從埋伏的地方衝出來，分段截殺亂成一團的周健人馬。

元祿身形靈巧，拿著機弩在亂軍中飛躍射擊，還不時從腰間摸出雷火彈投擲。他口中還念著自編的童謠：「你拍一，我拍一，射隻小鳥當燒雞！」雷火彈觸地爆炸，周圍一圈士兵應聲被炸飛出去。

寧遠舟一邊砍殺著，一邊將從山石上順來的一柄劍扔給如意，「接著！」

如意扔掉手中已經砍殺得卷了刃的劍，飛身接過，行雲流水般殺向下一名軍官。一擊得手之後，她便向著周健的方向殺去。

錢昭右手掄劍，擊退兩名迎面而來的士兵，左手抄起手邊一柄不知是誰遺棄在地的長槍，旋身一把擲出。那長槍貫空而去，將自他背後殺來的三個士兵串成了糖葫蘆。他看也不看，便再度掄劍旋身，將身前再次攻上來的兩名士兵砍倒在地。

楊盈和杜長史躲在岩石後，看著眼前一幕幕血腥的場景，膽寒至極。楊盈捂住了眼睛，卻又忍不住從指縫中向外看去。

不遠處，兩個明顯不會武功的使團成員被周健軍圍攻，他們正是楊盈的內侍，正慌亂地揮舞著手中的木棍，喊著：「救命！」

楊盈急了，對身邊保護自己的丁輝說：「快去救他們！不用管我！」

丁輝一咬牙，道：「殿下保重！」轉身持劍衝出。

杜長史眼看著殺戮發生在面前，卻無計可施。他瑟瑟發抖地躲在岩石後，雙手合十，不斷念誦：「我佛慈悲！我佛慈悲！」

附近有士兵察覺到同伴正和丁輝纏鬥，也趕來增援。兩個內侍都已經受傷，丁輝以一敵五，狼狽至極，拚力砍倒了幾個人，卻到底寡不敵眾，被剩下的兩個人按在了地上。丁輝奮力掙扎抵抗著，三個人肉搏在一起。

眼見丁輝命懸一線，楊盈再也看不下去。一陣血勇衝上心頭，她哆哆嗦嗦地摸出如意給她的匕首，奔了過去，閉著眼睛，衝著騎在丁輝身上的士兵脖上便是一陣亂刺。

可她人小力弱，又全無章法，根本沒刺中要害。那人受傷之後立刻反擊，一把將她按倒在地，掐住了她的脖子。楊盈憋得滿臉通紅，拚命掙扎，卻掙脫不開。

丁輝還在跟另一人纏鬥，脫不開身，一時間竟是束手無策。

眼見楊盈命懸一線，忽然之間破空飛來一箭，壓在楊盈身上的人應聲中箭倒下。

楊盈咳嗆著爬起來，卻見遠處杜長史不知何時也爬到了他原本藏身的岩石上，正挪著不甚靈活的身體，一手執弓，一手去撿掉落在地的箭。

他發著抖雙手合十，然後搭箭彎弓射出，一箭正中正與丁輝纏鬥的周健手下，「我佛慈悲！」

丁輝和楊盈都看傻了。楊盈脫口問道：「杜大人，您怎麼還會這個？」

杜長史恐懼、悲傷且憤慨，「君子六藝裡面也有射禮，我年輕時研習過一陣。」他說著便老淚縱橫，「丹陽王殿下怎能如此骨肉相殘，逼得老夫這種手無縛雞之力的文官也……人心不古啊！」眼見地上又有人爬起來，自背後殺向丁輝，杜長史忙哆哆嗦嗦地再射出一箭。

再次命中。他也再次念道：「我佛慈悲！」

✵

峽谷中，商隊諸人仍在拚殺。

寧遠舟臂上已經掛了彩。

他身後不遠處，如意正奮力揮劍砍殺著向周健靠近，卻有一名軍官迎面衝來。那軍官人高馬大，雙手揮舞著流星錘，一錘捶斷了如意手中之劍，另一錘正擊中如意後背。如意當即吐出一口血來。

那人攻勢不減，如意被逼到角落，避無可避。元祿眼尖，遠遠看到，不假思索地狂奔靠近，把手中僅剩的一把機弩扔了過來，高喊：「如意姐！」

如意一個鐵板橋，向後仰去，險險躲過砸來的流星錘。她接住機弩後，一串連發，將那軍官釘死在地，隨即從身旁拔了把劍出來，繼續向遠處的周健攻去。

衝出幾步後，忽見有敵軍正要自背後偷襲寧遠舟，她立刻身形一轉，奔過去相助。她一劍砍倒偷襲之人後，兩人背靠著背廝殺。

如意道：「周健的防護太周密，我沒法靠近，他們至少還有三百人能動！」

寧遠舟看向遠處沒了機弩、只能拔劍和敵軍纏鬥在一起的元祿，難掩擔心。但眼下局勢卻不容他去救援。

「擒賊必須先擒王，」他說：「我掩護妳過去。」

兩人揮劍，一齊向著周健的方向殺過去。

敵軍彷彿殺不盡一般，不斷攻上來。

元祿忙碌半日，已耗損了不少心力，此刻與人短兵相接，愈發吃力，不住地喘氣。

錢昭正以一敵五，他天生神力，抓住兩個士兵，按住腦袋一撞，一次解決一雙。見元祿那邊吃緊，他忙轉身奔去相助，「還撐得住？」

元祿臉色發白，摸出顆常吃的糖丸塞進嘴裡，強撐道：「沒問題。」

錢昭側身一閃。殺過來的敵軍撲了個空，一個踉蹌。錢昭掄圓了胳膊一掌搧過去，將人拍翻在地，面無表情地念了句：「你拍三。」——他在念元祿自編的童謠。

元祿笑了，舉起一塊石頭拍在另一個士兵頭上，「我拍三，拍爛這些大混蛋！」

孫朗已全身掛彩，仍在奮力血戰。但他上臂受傷，已舉不起佩劍。眼見敵軍砍來，他避無可避，只能閉目受死。

突然間于十三從天而降，一劍砍斷對方的兵刃，落地先瀟灑地擺了個造型，一甩額前碎髮，「對不起，最英俊的人，總是習慣來得晚一些。」

孫朗大喜，上去捶了他一拳，「你總算是回來了！」

此時，寧遠舟和如意已經聯手殺到離周健只有不到十丈的距離，兩人都是血重霜衣，氣喘吁吁。

而周健身前防禦卻是固若金湯。此刻依舊遵從命令護衛在他身前的士兵，都是訓練有素、悍不畏死的精銳親兵，縱使周遭局面混亂至此，他們的陣法也依舊絲毫不亂。分作兩排，配合嚴密。或站或蹲，齊齊搭箭，瞄準寧遠舟和如意。一聲令下，箭如暴雨般飛來。

寧遠舟和如意躲在岩石後，揮劍擋掉雨點般落下的飛箭。竟是絲毫尋不到動手的空隙。

周健見他們渾身浴血，藏在岩石之後龜縮不出，便抬手一指楊盈和杜長史的方向，高聲吩咐：「分十個人過去捉禮王！」

已。

寧遠舟一驚，然而使團所有人手都在和人纏鬥，無人可以前去支援，一時間焦心不已。

如意觀察著旁邊的情況，提醒寧遠舟：「必須馬上拿下周健，不然大家都得死！」她抬手一指遠處的高岩，「我要從那裡借力，你來當墊腳的，用力把我扔出去！」

寧遠舟一口否決：「不行！妳人在半空，根本躲不了飛箭！」

「難道換你來？你比我重那麼多，根本躍不過去！」

寧遠舟擋去又一陣飛箭，仍是拒絕：「那也不行，這是梧國的事，我不能讓妳白送性命！」

如意急道：「這是最有效的辦法！」

「未必是最好的辦法。妳答應過，必須聽我的命令行事！」

時近晌午，烈日高懸。熱氣自地面蒸起，血腥味瀰漫開來。空氣中甚至隱隱可見紅色的霧氣。鮮血與殘肢亂飛，到處都是砍殺和哀號之聲，不斷有人倒下。戰鬥遷延至今，局面已逐漸開始扭轉，越拖只會越凶險。

如意揮劍砍倒一人，忽地回頭看向寧遠舟。玉面染血，烏髮揚起，黑瞳子裡映著水一樣的光。時間彷彿有一瞬間靜止。她說：「寧遠舟！如果你讓我過去，我就不要你和我生孩子了！」

寧遠舟大愕，就在這電光石火之間，如意已經躍向他，高呼：「幫我！」

寧遠舟下意識地做出反應，在如意足尖點至時，用盡全身力氣將如意扔向遠處的高岩。如意身在半空，足尖在高岩上借力一點，改變了方向，居高臨下地撲向頭頂並無防護的周健。

周健身邊有幾個親衛反應過來，忙彎弓向如意射擊，如意揮劍擋開。與此同時，寧遠舟也從岩石後衝出來，向著周健的方向猛攻過去。如意便在他的掩護之下，如鷹隼一般落下，一劍斬傷周健的肩膀，錯身將他制住，橫劍在他的脖頸上。

寧遠舟此時也已經攻至近前，見如意得手，立刻高喊：「禮王殿下奉皇命出使，周健犯上謀逆，現已就擒！馬上放下武器，可赦爾等之罪！」

他的嘯聲穿過了整條喧嘩的峽谷，紛擾的人群一下子安靜下來。

只聽「鐺」的一聲，周健手下有一人丟下了武器。接著彷彿呼應一般，上百人紛紛丟下了武器，不再抵抗。

使團眾人渾身浴血，劫後餘生，歡喜至極，振臂高呼。

楊盈一身狼狽，興奮至極地尖叫：「贏了，我們贏了！」

杜長史老淚縱橫，雙手合十，念道：「我佛慈悲！」

于十三和孫朗互相摟著對方的肩，開心地笑著。

如意和寧遠舟對視，第一次同時露出了燦爛的笑容。

在這一片歡騰之中，元祿也興奮地揮舞著手中的機弩跳著。可突然之間，他臉色一變，暈倒過去。

錢昭及時扶住了他，一時竟也流露出驚慌神色，喚道：「元祿！」

入夜後，使團終於平安抵達了徐州，暫時安頓下來。

✻

大戰過後人疲馬乏，所有人都透支了體力，但這一夜卻注定無人安眠。

客棧房間裡，元祿臉色慘白地躺在榻上，還在昏迷中。錢昭面色專注凝重，為他紮著金針。

客棧院子裡，受傷的使團成員正各自包紮清理著傷口。所有人都沉默寡言，避免提及昨日還一道說笑，今日便已生死兩隔的同伴。

而于十三正在替死去的使團成員擦洗。那雙宣稱要為天下美人增色的手，今日卻只能為死去的同伴淨身。

只楊盈一直被眾人保護著，此刻尚未意識到勝利背後有些什麼。安頓下來之後，她興沖沖地端著水盆想到水井旁打水，卻忽然看到了于十三和他身後整齊排列的屍首。那死白的皮膚和猙獰的傷口，讓楊盈手中的銅盆驟然落地。

子夜時分，眾人依舊在客棧廂房內議事。

如意隔窗看著錢昭在內室給元祿診治——元祿依舊沒有醒來。

丁輝端著一碗蔘湯匆匆跑進來，「蔘湯來了！」

外間孫朗正在向寧遠舟彙報：「這裡的縣令已經親自趕去向徐州刺史稟報了，預計兩個時辰內必會來人。」——顯然是來處置周健襲擊使團一事的後續。

解除了襲擊暗殺的威脅，寧遠舟也略鬆了口氣，點頭道：「好。這邊暫時安全，夜哨可以減掉一半。」

如意提醒：「朱衣衛這邊的分堂規模不小。」

寧遠舟會意，又對孫朗道：「馬上把使團的人挪到西院去，商隊除我們幾個以外，都挪到旁邊的另一家客棧去。」

孫朗領命離開後，如意才又看向寧遠舟，問道：「元祿是怎麼回事？」

寧遠舟揉了揉額頭，身心俱疲，明顯也在為此事煩憂，「他自小心脈不全，不能太激動或是太勞累，平日裡他總吃的糖丸其實是藥。大夥兒也就是因為這個，才都照顧著他。」

如意問道：「不能請個好大夫，徹底治好嗎？」

寧遠舟搖頭，「御醫說等他過十八再談。」

如意聽出了他的言外之意，不由得一頓，「也就是說……他未必能活過十八？」

寧遠舟沒有說話。

燭芯發出輕微的劈啪聲，火苗隨之一跳，很快又恢復平穩。如意看向窗外正專心擦拭著兵器上血跡的于十三。

于十三面無表情，彷彿無事發生一般。

如意有些疑惑，「他怎麼一點也不關心？」

寧遠舟看了一眼于十三，道：「他一向都這樣，不是不關心，而是太擔心，所以根本不敢問、不敢看，只能裝作什麼事都沒有的樣子，希望一轉頭，元祿又能像上一次那樣挺過來。」

「你倒真瞭解他們。」

「可我還不夠瞭解妳。」寧遠舟看向如意，問道：「剛才，妳為什麼要那麼拚命？」

如意一如既往地淡漠，「我的劍很久沒有沾過那麼多血了，難得過個癮。」頓了頓，才又道：「另外，我也想試試你昨晚告訴我的那種感覺，感受一下，身後有個可以全心全意託付的同伴，是什麼滋味。」

「滋味如何？」

如意想了想，「有點麻煩，但殺起人來，確實比一個人動手更爽快。」

「可妳又違抗了我的命令，私自行動。」

如意並不正面接招，「峽谷裡太吵，傷口又痛，聽不清。」

寧遠舟卻一怔，不覺已流露出關切來，忙問道：「傷到哪裡了？」

如意咳了兩聲，稀鬆平常地說：「被流星錘砸到後背，可能斷了一根肋骨。」目光瞟向他肩頭，「你的左肩不也傷了嗎？」

寧遠舟還欲說什麼，抬眼卻看到杜長史從房中走出，忙對如意說：「趕緊去找錢昭拿藥，待會兒我再跟妳細說。」

他快步追上杜長史，道：「杜大人，等一下徐州刺史到了，需要你代殿下出面……」

杜長史會意，忙點頭應下。兩人便湊到一起商議起之後的說辭。

如意回到了窗邊，看楊上元祿仍然昏迷不醒，又到了楊盈房中，幫楊盈手臂上的傷口上藥。

楊盈卻也心事重重，「遠舟哥哥讓我稱病，不許徐州刺史進來拜見，是不是怕我露出破綻？」

如意道：「妳第一次見這麼多死傷，他怕妳心情緒不穩。」

楊盈咬住了唇——她這一日確實心緒不穩。一閉上眼睛，便滿腦子都是白日廝殺的場景和死去之人的慘狀。懊惱、自責、茫然、擔心……百般滋味混雜在一起，揮不去，解不開。

「我真沒用……」她勉強驅開因此而起的沮喪，又仰頭焦急地問道：「那、元祿挺得過來嗎？」

如意手上一頓，「看老天開不開眼了。」

楊盈顫抖起來，咬緊了唇，淚水盈眶，「錢都尉身邊的老六，還有齊大哥，他們都是為了我……才死的。」

如意輕聲安慰她：「五十人對一千人，你們這邊一共才死三個人，這已經算大獲全勝了。」

淚水滾落下來，楊盈哭著說道：「再大的勝利，也換不了他們活過來啊。」

「那就記住這種滋味。」如意道：「妳自己選擇的這條路，就必須承受這樣的痛苦。往後每一步，妳都要更小心。否則，就還會有更多人為妳而死。」

楊盈一抹眼淚，深吸一口氣。她終於下定了決心，抬頭看向如意，「如意姐，妳教我怎麼殺人好嗎？剛才我想救他們，可拿著匕首，卻怎麼也紮不進去。」

如意意外地看了她一眼，拿起桌上的匕首，在桌上劃了一個圈，然後狠狠紮下去，「連紮三百次，不許出這個圈子。紮完了，妳就會了。」

她將匕首遞給楊盈。楊盈接過來後，立刻便開始紮起來。她臂上有傷，不過幾次便痛苦不堪，但她仍咬牙堅持著。只聽匕首捅在木桌上，發出一聲又一聲的「鏗」「鏗」……

突然間，外面傳來一陣喧嚷。如意轉身推門出去。

院中群情激動，一群人圍著錢昭。

孫朗渾身綁帶，站都站不直，卻急道：「我去！」

丁輝扶住他，爭搶道：「我傷勢輕，我去！」

如意不明原委，便問：「怎麼回事？」

孫朗焦急道：「元祿的傷勢突然加重了，高燒不止，老錢說，得馬上找銀環蛇膽當藥引才行！」

如意心中一沉，忙道：「徐州刺史不就在西院跟寧遠舟他們談事嗎？讓他馬上下令去藥舖裡找。」

錢昭搖頭：「不行，得鮮蛇膽。」

孫朗忙問道：「要幾副蛇膽？只能用銀環蛇嗎？」

丁輝按下他，「你站都站不穩了，問又有什麼用？還是我去！」

如意見他們已失方寸，當即皺眉喝道：「都閉嘴！」宛然便是當年那個統率數千朱衣衛的左使尊上。

她聲音中如有殺氣，眾人當即安靜下來。

如意道：「附近哪裡有蛇都不知道，光吵有什麼用？趕緊找幾個驛館的人過來問。」

于十三突然牽著馬出現，「問過了，離這兒往西十里，有座清靜山，還有往北的沙河溝，都有人見過蛇。」

如意彷彿想到了什麼，「徐州，清靜山？」她目光向四周一掃，立刻奔向馬廄，解下其中一匹馬，翻身騎上，「我去清靜山。」說完牽韁策馬便走。

于十三連忙驅馬追上去，「我跟妳一起去！」

兩人轉眼便消失在夜色中。眾人這才反應過來，孫朗立刻招呼丁輝一道，也奔向了馬廄：「我們去沙河溝！」

✵

徐州，清靜山。

空中月明，照在草木道路上，如撒了一層銀霜，清晰可辨。遠遠傳來達達的馬蹄聲，不多時如意和于十三便策馬飛奔而來。不知聽到了什麼，如意忽然勒馬停住，片刻後確認正是潺湲流水聲，便直接翻身下馬，在地上開始尋找。

于十三不解地指向前方，提醒道：「那邊才是上山的路！」

如意邊找邊解釋：「清靜山山谷裡靠近溪水的地方有蛇，有人跟我說過。」

于十三一愣，「當真？」便也連忙翻身下馬，和如意一起尋找起來。

✻

徐州驛館西院。

杜長史和徐州刺史交談著從屋裡走出來，身後跟著侍從打扮的寧遠舟。

雖先前交談時已控訴過周健的罪行，但杜長史依舊按不下心中憤慨，邊走邊不忘再次叮嚀：「總之，周健喪心病狂、犯上作亂，這樣的罪行，必須公諸朝野，有個交代才行。否則後方不穩，禮王殿下如何能安心出使？」

徐州刺史連連應聲：「杜大人放心。本官這就派遣親信押解周健入京，有老師章相坐鎮，絕不會讓丹陽王再有可乘之機。明日，本官會再派兩百兵士過來護衛殿下。」

杜長史用餘光看了寧遠舟一眼，見寧遠舟微微點頭，方道：「既然如此，就有勞大人了。」將刺史送出門去，相互拜別。

回到庭院中，杜長史鬆了一口氣，感嘆道：「後面還要再過幾州才能到安國，希望不要再出今天這樣的事了。」

寧遠舟卻皺了皺眉，「不好說，聖上滯留他國，自然就會有人向丹陽王這邊下注。今天我在天星峽不計死傷也要重挫周健，就是為了殺雞儆猴，讓那些有二心的人動手之前，先掂量一下自己的腦袋。」

杜長史嘆息道：「原以為到了安國才是刀山火海，沒想到還在大梧境內，就已經是腥風血雨……」說著忽地臉色一變，指向寧遠舟的肩頭，「呀，寧大人，血！」

寧遠舟這才發現自己的左肩有血滲了出來，便道：「不妨事，重新包紮一下就行。」

忽地想起些什麼，臉色一變，「壞了，元祿！」立刻快步奔向元祿的房間。

屋內燈火搖曳，元祿面色蒼白地躺在床上，正在昏睡。

寧遠舟輕輕探試他的額頭。

錢昭還在一旁守著元祿，勉力維持著自己一貫以來的表情，眉宇間卻也不覺露出些憂色，道：「用了羚羊角，壓下了一點熱，但要是找不到銀環蛇膽，還是過不了今晚。」

寧遠舟問道：「沒有讓人去找嗎？」

「能出去的都出去了。」

寧遠舟又問：「任姑娘的傷勢如何？」

錢昭頓了一下，「她受傷了？」

寧遠舟頓覺不對，忙問：「她也出去了？」

錢昭直言：「她和十三一起去了清靜山。」

寧遠舟猶豫了一下，沒動，只是替元祿擦掉額間的汗水。

錢昭面無表情道：「這裡有我就夠了。」

寧遠舟還是沒動。

錢昭無語地看他，提醒：「在我面前，你不用裝。」

寧遠舟一怔，立刻起身疾奔出房間，去馬廄牽了匹馬，便策馬直奔清靜山而去。

✵

越靠近溪流，草木便越是茂盛。頭頂樹蔭遮住了月光，到處都黑漆漆一片。于十三和如意聽聲辨別著方位，在黑暗中摸索尋找著。

于十三沒如意那麼好的耳力，摸索得很是艱難，不解地問道：「為什麼不能點火把？不是聽說蛇看到光就會過來的嗎？」

如意道：「蛇喜陰寒——」說著便忽然噤聲，出手如電，向草叢中抓去，「有了！」她抓起一條蛇，就著月光一看，卻面露失望，道：「只是條五步蛇。」

于十三大喜，接過來放進袋中，道：「五步蛇也是劇毒，蛇膽說不定也有用。而且找得到五步蛇，就說明這裡確實有毒蛇。」

如意搖頭，「五十丈之內，只可能有一條毒蛇。去水邊再看看。」

他們換到水邊搜尋，半晌之後卻依舊一無所獲。

于十三看一眼天色，見天際已微微有些泛白，不免焦急起來，「糟糕，天馬上就要亮了。白天蛇不會出窩，萬一元祿那邊來不及……」

如意略一思索，提議：「不如抓幾隻老鼠過來割傷，但別弄死，蛇聞到血腥味，或許會過來。」

于十三忙點頭。兩人捉了幾隻老鼠，用竹簽釘在水濱陰寒之處，藏到遠處，伏低等候。果然，片刻之後，一條蛇遊了出來，身上銀環閃動。

于十三興奮起來。只見那蛇突然暴起，向一隻老鼠咬去。于十三再也忍耐不住，飛身上前捕捉。如意來不及阻止，蛇已受驚遊走，驚惶之中咬向拴在旁邊的馬匹。

那馬吃痛，嘶鳴著掙扎不休。拴在一起的另一匹馬受了驚嚇，也奮力掙脫韁繩，發狂般撒蹄狂奔而去，已是追趕不及。

眼見坐騎發狂般撒蹄亂奔，于十三和如意只能一邊躲避，一邊試圖捉住馬身上的銀環蛇。

于十三跳上馬背，卻被馬甩飛。如意後退之時，不提防被身後的樹幹撞到腰傷處，臉現痛苦，摔在一邊。

突然，那馬一聲痛嘶，終於毒發，向著一旁摔倒下來。地上的如意動彈不得，眼看要被七、八百斤的馬壓在身下！

電光石火之間，寧遠舟忽然飛身而至，趕在最後一刻拉走了如意。

馬重重摔倒同時，如意和寧遠舟也狼狽落地。

兩人下意識同時出聲：「沒事吧？」

兩人都未及答話，身後便傳來于十三的聲音：「我沒事。」

他一瘸一拐地走了過來，飛快地從馬身上取下了蛇，歡喜地舉起來給他們看，「蛇也沒事，還是活的！」

如意搖了搖頭，示意寧遠舟自己沒事。

寧遠舟忙鬆開她。正想去幫于十三的忙，肩上卻忽地一痛，他這才察覺到，由於剛才用力過猛，此刻他的左肩已經完全使不上力了。

如意察覺到他面色有異，立刻上前替他檢查。片刻後，她眉心一皺，輕輕道：「傷口裂了，又脫臼了。」

于十三一看兩人相處的情形，眼珠一轉，笑瞇瞇地一把將蛇塞進袋中，道：「我和美人兒的馬都沒了，送藥要緊，老寧，我騎你的馬走。你們慢慢接骨，慢慢回來！」然後一溜煙地騎馬跑了。

如意沒有理會于十三，只握住寧遠舟的肩膀，提醒他：「忍一下。」她手上一推，替寧遠舟把肩膀復位，寧遠舟悶哼一聲，關節已接好了。

如意抬頭問道：「可以動了嗎？」

寧遠舟點頭。

如意便背過身去，道：「那你幫我看看我後背的傷。」

寧遠舟還來不及反應，如意已經扯鬆了衣襟，露出了肩頭和後背。月光下，她肌膚如雪，瑩潤光潔。寧遠舟一時反應不及，愕然呆立在當場。

如意不解地回頭，催促道：「快幫我看啊。」

寧遠舟忙回神定心，上前查看，果見她後背上有一塊烏青，便又伸手幫她觸摸檢查。所幸剛才那一摔並沒有傷到其他地方，依舊是天星峽上傷到的那根肋骨的舊傷，只不知傷勢是否加劇了。

寧遠舟將狀況告知如意，便收回了手，提醒她：「趕緊穿好衣裳吧，回去一定得包紮一下。」見如意又要當著他的面穿衣服，忙轉身回避。

如意自若地穿好衣服，還在咕噥：「只是一根肋骨斷了，不用包紮，要不然反而不方便。」忽地就瞧見寧遠舟神色不對，便湊頭過去問道：「你怎麼了？」見他耳尖泛紅，目光躲閃，立刻便已明白過來，挑眉輕笑，「呵，你不好意思了？」

她繞著寧遠舟，笑道：「早知道你吃這一套，我就應該學那些侍衛，在你面前洗澡才對。」

寧遠舟無奈道：「以後別在別人面前這樣，妳畢竟是個女子。」

如意渾不在意，只道：「刺客不分男女，只分死人和活人。走吧，天都快亮了。」

她自顧自地轉身就走，寧遠舟只好追上去。

✵

天際已有些泛白，地上卻仍是沉黑。四面山影寂靜，不遠處傳來潺潺水流聲。

兩個人並肩走在清靜山下幽靜的小路上，邊走邊聊。

寧遠舟問道：「妳怎麼知道清靜山這邊一定有蛇？」

如意道：「娘娘以前教我念書，有本古人寫的《清靜山記》，說這裡常有毒蛇出沒。只是一開頭，我沒想到書上說的徐州就是這裡。」

寧遠舟心中感慨，道：「不到一百年前，徐州、天星峽，梧國、安國，還有褚國、宿國，都是一個國家啊。」

如意點頭，「是呀，娘娘是沙東部的王女，母妃姓崔，她常說自己是清河崔氏之後。而我是沛郡任氏之後，兩族在舊朝就是通家之好，所以，她一見我就覺得有緣。其實她不知道，我根本就不姓任。」

寧遠舟笑道：「昭節皇后對妳很好。」

一說到昭節皇后，如意的眼睛便水洗一般明亮，「那是當然，她不單教我認字，還給我置辦過一座小宅子，說就算我經常不在安都，可只要是女兒家，就得有一座閨房……」她說著便面露神往之色，「我現在還記得她教我背的《清靜山記》：時季春，鳥初鳴，碧草如茵，中有金盞，如錦繡十里……」

正背誦著，便察覺身旁寧遠舟身形晃了一下，如意連忙扶住他，問道：「你怎麼了？」

寧遠舟面露痛苦之色，額頭上虛汗如豆。他強忍著疼痛，道：「一句牽機，毒發了。」

如意忙找了塊石頭，扶著寧遠舟坐下來，皺眉問道：「你還沒拿到解藥？」

寧遠舟點頭，趺坐運功，向如意解釋著：「第一次發作，還能挺得住。我暫時用內力壓下去……」又一陣痛苦襲來，他忙閉上嘴，專心運功。

如意見狀，也盤坐在他身後，抵掌向他後心運力。

寧遠舟強忍著疼痛，道：「不必了，妳的內力才恢復五成……」

如意只道：「閉嘴。」

兩人屏息用力，不一會兒便大汗淋漓。終於，寧遠舟臉上痛苦的表情漸漸散去。

見寧遠舟緩了過來，如意也收掌收功。正準備起身時，她忽覺身上脫力，身形不由得晃了一晃。

寧遠舟忙去扶她，卻也虛弱無力，和她一道癱倒在大石上。

片刻靜默後，如意無奈道：「先躺一陣吧。」

寧遠舟也只得點頭，「好。」

兩人並肩閉目躺著，一時間，耳邊只有鳥鳴之聲。隨即一抹陽光照亮了他們的臉龐。

寧遠舟道：「天亮了。」

如意點頭，「嗯。」

她側著臉，睜開了眼睛，一瞬間幾乎不敢相信眼前所見——朝陽正照耀著整個谷地，原本在深夜中漆黑一片、毒蛇出沒的地方，現在赫然變成了一片碧綠的山坡，上面星星點點開滿了金黃的小花，襯著遠處的青山碧水，竟如同一幅絕美的畫卷一般。

一股力量霎時充滿了如意的全身，她一躍而起，驚喜地衝向草地，摘下一朵金色的小花，「碧草如茵，中有金盞，如錦繡十里……寧狐狸，你看見了沒有，娘娘說的是真的！是真的！」

她如一頭小鹿般歡快地在草地上奔跑著，從來未見的笑容洋溢在她的臉上。

寧遠舟情不自禁地支起了身體，目光追隨著她歡快奔跑的身形，應道：「看見了。」

如意笑著，將摘下的一捧小黃花撒在了寧遠舟的頭上。

寧遠舟也不由得被她感染，和她一起笑了起來。

✵

天色大亮。

如意和寧遠舟並肩走在路上，驛館已經遙遙在望。

如意心情顯然很好，把玩著手中的小黃花，扭頭問道：「你的毒真的不要緊？」

寧遠舟笑看著她，「已經壓下去了，分堂裡章崧的人知道我到了這裡，解藥最遲今天就會送到。」

如意放心了，點了點頭，「那就好。呀。」卻忽地又發現了什麼，踮起腳來，伸手從寧遠舟髮間摘下一朵小黃花，丟給他，「你頭上有這個。」

寧遠舟只覺她的呼吸從自己耳邊擦過，忙退後一步。

如意不滿地瞅著他，「別那麼警惕，我只是在關心你，沒別的意思。何況，昨天在天星峽，我不是答應過你嘛，只要你送我去殺周健，我就不逼你和我生孩子了，我說話算話。」

寧遠舟一怔，「妳怎麼——」

如意道：「強扭的瓜不甜，你說得對，天下好男人多的是，不止你一個。」

寧遠舟還沒回答，身後便傳來一聲咳嗽。

兩人同時回過頭去，便見錢昭站在院門口。

寧遠舟忙問：「元祿怎麼樣了？」

錢昭面無表情，「醒了，又撿回一條命。」

如意道：「我去看他。」話音未落，人已奔進客棧裡，只留錢昭和寧遠舟兩人在原地。

錢昭盯著寧遠舟，寧遠舟莫名有些臉熱，問得便不是那麼理直氣壯：「幹麼？」

錢昭遞來一枚丹藥，道：「章崧把解藥送來了，我聽到你的聲音，著急出來，結果除了于十三講的，」他抬手一指寧遠舟的頭髮，「又看了一齣好戲。」

寧遠舟不理他，只接過解藥服下。

錢昭盯著他，一本正經地追問道：「以前表妹總纏著你，現在突然不要你了，心裡是不是很不是滋味？」

寧遠舟被這話嗆得咳嗽起來。錢昭面無表情，用力捶著寧遠舟的背。寧遠舟越咳越厲害，只好趕緊躲開他，狼狽而逃。

客棧房間裡，元祿果然已經甦醒過來，只是依舊面色蒼白，氣息虛弱。

如意伏在他的床前，抬手輕輕撫摸著他的頭髮。

元祿暖暖地看著她，聲音虛弱，卻還是說道：「謝謝妳和十三哥幫我找藥……」

如意輕輕打斷他：「噓。好好歇著，我只是還你借我機弩的人情。」她把一束黃花放在元祿的枕邊，元祿笑了，合上眼繼續睡去。

而她卻沒有離開，輕輕撫摸著元祿的頭髮，直到他鼻息漸漸平穩，沉沉入睡，才收回手。

屋外，寧遠舟隔著窗子，看著房內的元祿和如意，表情晦澀不明，手指卻不自覺地撥弄著如意扔給他的小黃花。

屋內，如意坐在元祿身邊，擦拭著元祿枕邊的匕首。匕首雪刃上映出窗外寧遠舟的身影，如意看著他的面容，唇邊勾起了一抹似笑非笑的紋路。

✵

安國龍尾原上。

總是一臉笑容的朱衣衛指揮使鄧恢正一面擦拭著自己的佩劍，一面聽著親信孔陽的彙報。

「聖上口諭，三日後從歸德城起駕，要在六月前趕回都城。」

鄧恢點頭，轉而問道：「長慶侯那邊呢？」

孔陽道：「自從那日納了侍女琉璃後，長慶侯便一直閉居不出，終日飲酒作樂，連聖上讓他掌管的羽林衛，也只去巡視過一回。」

鄧恢笑意溫和如初，看不出是諷刺還是讚賞，「他倒知趣。下去吧。」

孔陽正要退下，猶豫了一下，還是說道：「迦陵右使在外候見，已經等了快半個時辰。」

鄧恢頭也不抬，道：「傳。」

片刻後，一女子垂著頭趨步入內，那女子長相中八分嬌媚，一分英氣，還有一分是邪意。她向鄧恢恭敬行禮，「參見尊上。」

鄧恢仍是溫和地笑著，「梧國使團的情況，查得怎麼樣？禮王性情如何，有哪些人跟著他？」

迦陵小心回稟道：「現在只查到使團長史是尚書右丞杜銘，是梧帝的親信，使團不足百人。禮王生性怯懦，出京時曾被飛石驚得當眾失態。其餘的，因為使團尚未入安，尚不能一一查清。」

鄧恢擦拭著手中寶劍，頭也不抬，「尚未入安，就查不到了？梧國分衛不是有幾百號人嗎？」

迦陵屏息，「尊上容稟，自梧帝被擒後，梧國封關鎖城，回傳消息就一直不太順暢。屬下已經多次飛鴿催促梧國分衛紫衣使越三娘，但至今尚無回音……」

鄧恢手上動作一頓，抬眼看向她，臉上笑容猶在，卻已冷下來，「既然尚無回音，妳今天來見我，又是為何？」

迦陵小心地試探：「屬下聽聞尊上喜好龍泉劍，昨日剛得了一把……」

正說著，鄧恢那彷彿長在臉上的笑容突然消失。他取過案邊的茶盞，輕輕一拋，那茶盞便在迦陵面前碎成了幾片。

鄧恢不發一言，迦陵卻心頭一寒，立刻「咚」的一聲跪下，膝頭硌在了碎瓷上。

鄧恢淡淡地看著她，「辦不成差事，就想諂媚上官？姜指揮使倒是吃這一套，可惜他已經死了。」

迦陵重重磕頭，額頭見血，「尊上恕罪。」

鄧恢語氣還是淡淡的，道：「七日之內，要是還查不清使團的底細，妳這個朱衣衛右使，也就不必做了。」

迦陵臉色霎時一白，但也只能道：「屬下遵命！」

✵

迦陵走出大軍營地，一直等在門外的親信珠璣忙迎上前來，看到迦陵額上的傷，大驚失色。迦陵面色陰鬱地走到水邊，就著水中倒影查看自己頭上傷痕。

珠璣忙掏出絹子，上前服侍她淨面、抹藥。珠璣壓低聲音，小心地問道：「鄧指揮使做的？」見迦陵點頭，不由得心寒，「他怎麼能下這麼狠的手，您可是右使之尊啊！」

迦陵冷笑道：「右使又算得了什麼。在鄧恢眼裡，只怕所有的女朱衣衛都罪該萬死。」

珠璣駭然，忙問：「為什麼？」

迦陵道：「他爹在先帝那會兒因為私造軍械犯了事，在朱衣衛獄裡生生熬刑熬死了。當年告發這事的是他爹的一個寵妾，其實是我們的白雀。」

珠璣恍然，忙又問：「這事聖上知道嗎？朱衣衛的指揮使向來是在衛眾中提拔的，聖上他怎麼就派這麼一個恨毒了咱們的外人來管？」

迦陵嘆了口氣，道：「聖上鷹視狼顧、虎態狐疑，對臣下向來都是用而不信，對朱衣衛就更是從來沒當正經衛司看過，偏偏這些年我們又總是觸他的黴頭……前幾年，」她本來要說「任」，張了張嘴，卻又把那個名字吞了回去，「捲進先皇后案，去年姜指揮使又被查出十幾年前曾和戾太子聯過手……」她憤然把絹子扔在水裡，「聖上正是因為不信朱衣衛，才從飛騎營調了鄧恢過來。他是把私怨的火夾在公事裡一起發了。陳左使是個男的，又是他從丹衣使上提拔起來的，所以吃的掛落明顯比我少得多。」

珠璣也憤憤不平道：「難怪大人一直都盡心辦差，但功勞全被陳左使搶走。指揮使也太偏心了！」

迦陵嘆了口氣，起身離開水邊，邊走邊又問起來：「不說這些了，越三娘怎麼還沒消息？」

珠璣快步跟在她身後，聽她問起越三娘，有些猶豫，道：「屬下也擔心她是不是出事了。」

正說話間，兩人便已回到朱衣衛的駐處，還未進屋，便見門外有個女朱衣眾正焦急地徘徊著。

珠璣還未開口問話，那人已看見她們，便迎上前來行禮，低聲說了幾句。兩人臉色頓時為之一變，忙快步走進屋裡去。

屋內地上擺放著屍骨殘骸和各色遺物。迦陵蹲在地上仔細地查看著，女朱衣眾跟在一旁，向她稟報原委：「越三娘的屍身還沒有找到，但河灘上還找到了兩個沒被炸死的朱衣眾，他們都指認，動手的就是如意。玉郎的屍首倒是找到了，但是被魚全啃乾淨了，看不出哪兒受的傷。」

迦陵咬著牙，恨道：「下手這麼乾淨，是個行家。」

珠璣忽地看到旁邊口供上有個熟悉的名字，忙拿起來仔細翻閱。確認過內容之後，她不由得一驚，立刻將口供呈給迦陵，「大人您看，那兩個朱衣眾交代，說越三娘之前曾說過如意就是任辛任左使……」

迦陵喝道：「閉嘴！聖上不許提這個名字，妳忘了?!」

珠璣忙掩口。迦陵接過口供匆匆看完，便放在燭火上燒掉，喃喃說著：「不可能是她，當年天牢大火，她有親信藉機挖走了她的屍骨，但還留了一小截脛骨下來。我親自查驗過，骨頭上有釘痕，和她當年在褚國失陷時受的釘刑一模一樣。」迦陵快速思索著，分析道：「不像是六道堂，梧國剛剛大敗，這會兒趙季只怕自己都忙不過來，而且這麼用火藥，也不是他的手法。」

珠璣忙道：「宿國人擅用火藥，會不會是宿國的武德司幹的？」

迦陵點了點頭，若有所思，「看起來最有可能的，往往不是兇手；置身事外的，多半才是真兇。咱們跟梧國這場大戰死了何止上千人，為何相鄰的褚國不良人一點動靜都沒有？」

她眼中寒光一閃，從懷中摸出一瓶藥水，倒在證物中一件帶血的衣物上，血跡慢慢變成了綠色。

珠璣失聲喊道：「不良人的七步醉！」

迦陵微微瞇起了眼睛，道：「果不其然，他們看著朱衣衛和六道堂鷸蚌相爭，就想渾水摸魚。」

珠璣忙道：「還好大人慧眼如熾！」她沉吟著，「所以那個如意是褚國人假扮的，知道越三娘隨身帶著大批金子便見財起意，然後借了那位的名字嚇唬朱衣眾。啊，玉郎沒準也是他們埋在越三娘身邊的釘子，如意和他裡應外合，所以才會輕易得手，只是後來玉郎也被如意滅口了！」

兩人分析著，只覺真相步步揭開。

迦陵立刻吩咐珠璣：「馬上傳令要玉衡分堂全數出動，去查不良人和越三娘；另外再調巨門、廉貞兩堂，查清梧國使團的底細。妳拿著我的朱衣令趕去梧國，親自督辦後一件事，」她目光如炬，緩緩道：「這個，才關係到我們的身家性命！」

第十章

笑語舞胡旋
剖心行長街

歸德城外，大軍已休整完畢，等待開拔回京之日。各處營帳都相安無事，李同光也難得幾日安穩。安帝要打壓他，他便也如其所願地「鬱鬱不得志」起來，處處都令他那日新得的「美人兒」琉璃隨侍在側。

這一日晨起後，他便在校場上閒散地練武，手中一柄銀槍舞得虎虎生風。那銀槍映著日頭，游龍一般，舞到精彩處，脫手一擲，矯健地飛出，正中前方大石，槍頭入石數寸。手上招式未老，琉璃已又扔了把劍過去。李同光順勢抄劍在手，舞了幾個劍花。琉璃便持劍攻上前，同他對起招來。

數招之後，李同光點頭道：「恢復得不錯。」

琉璃收起劍來，向他行禮道謝道：「多謝主上請來名醫為奴婢接好琵琶骨。」

正說著，聲音便被一陣急促的馬蹄聲打斷。校場一側，幾個朱衣衛縱馬飛奔而去。琉璃不由得循聲望去，看清最前那匹馬背上行色匆匆的朱衣衛的面容，有片刻愣怔。

李同光察覺到她神色變化，收起劍來，問道：「妳認得她？」

琉璃點頭，道：「緋衣使珠璣，之前挑斷我琵琶骨的就是她，右使迦陵的親信。」

李同光望著一行人遠去的方向，若有所思，「聖駕三天後才會回京，她現在去的這個方向——」片刻後便已了然，「是梧國。是了，梧國使團出發也好些天了。」

琉璃眼睛忽地一亮，忙道：「您不是和梧國皇帝很能說得上話嗎？要不這兩天您多去見他幾回？等使團過來，您說不定就能重新被聖上派差事了，就算只是協辦接待，也勝過現在這樣一直賦閒啊。」

李同光一哂，道：「我名義上還掌著羽林衛呢，哪裡是沒差事？」口中自嘲著，目光卻幽深如潭，「聖上現在希望我閒著，我就只能閒著。一直到他覺得我足夠安分、可以一用的那一天，才是我的機會。」

琉璃凝視著他，見他並未消沉，便也放下心來，道：「出手之前，要比所有人都能忍；出手之時，也要比所有人都狠。這是以前尊上常說的話，原來您一直都記得。」

提到師父，李同光再次面露悵然。

「是啊。我一直都記得。」他說著，便猛地一揮長劍，再度舞起劍來。劍刃攜風而去，瀏漓頓挫，如雷滾江上，清光繚亂，狠厲之中似是摻雜一股癲狂。他說：「就和我每天都一定要練她教我的劍法一樣，從來沒有忘記過。」

校場外馬車駛過，初貴妃打起車上窗簾向校場上望去。她望見李同光舞劍時的英姿，不由得有些失神，卻忽又瞧見琉璃上前為李同光擦汗，嫉妒之情隨之湧上來，卻是什麼都不能做。她煩悶地摔下了窗簾。

不遠處，河東王望見初貴妃車駕，正要上前見禮，便見她面帶嫉恨地摔了簾子。他有些疑惑地向初貴妃所看之處望去，見是李同光和琉璃，不禁一怔。

腦中電光石火般閃過一串碎片：李同光面色焦急地在一群洗衣女中尋找著；李同光宣布琉璃做他的近身侍女時，初貴妃那不可置信的表情。

河東王忽地意識到了什麼，招手喚來親隨，吩咐道：「馬上去找她，孤要知道長慶侯離京之前多久進一次宮，每次進宮都要去哪裡、停留多長時間。」

未言明找誰，親隨卻立刻領會，當即便領命而去。

入夜時，河東王便拿到了李同光出入宮城的記錄簿冊。簿冊記得簡單又整齊，因為李同光入宮之後，每次去的都是同一個地方——集仙殿。除此之外，再無他處。

河東王皺眉思索著，有些想不通，「隔三岔五就要去一次集仙殿，為什麼？」

親隨卻知曉些前情，解釋道：「集仙殿是先長公主的宮室，如今改作宮中藏書之所，長慶侯常去追思。」

先長公主是李同光的母親，他去殿中追思，似乎並無什麼可疑之處。河東王卻並不認可，搖頭道：「不會那麼簡單。」

他來回踱步思索著，總也想不通，便拿茶碗做替代，在桌上擺出集仙殿的方位，「這是儀鳳門，這是集仙殿，這是麗景臺，這是登春閣……」說著，他忽然眼前一亮，指了指最後一個茶碗，「登春閣和集仙殿只隔著一堵矮牆，和同明殿共用一個園子，而同明殿就是貴妃的寢宮！」

親隨也隨即明白過來，不由得大驚，「殿下該不會是覺得貴妃和長慶侯……」忙問道：「是否需要稟報聖上？」

大皇子瞪了他一眼，「沒憑沒據的，報上去只會挨父皇罵！」卻按捺不住興奮，腦中飛快運轉著，喃喃自語著：「他們未必真幹了什麼，畢竟宮裡那麼多人盯著呢。但是，這兩人肯定有曖昧。難怪貴妃總是時不時地替李同光說好話，難怪剛才她會那麼看著他！呵呵呵！」

他越說便越是篤信，親隨忙問：「那殿下現在意欲如何？」

大皇子陰冷地一笑，道：「老二不是左邊靠著他的沙東部外公，右邊靠著他的沙西部貴妃姨母嗎？呵呵……孤得好好琢琢磨磨，」他說著便一推酒杯，惡狠狠道：「怎麼才能讓他、貴妃還有李同光三個，都有苦說不出來。」

✵

徐州。

夜幕降臨，客棧院中卻是熱鬧至極。

丁輝帶著一群護衛在庭院中央堆起火堆，忙碌奔跑著添柴搭架，滿臉喜色。錢昭安坐在人來人往的火堆旁，專心地往羊身上塗抹佐料。

杜長史也難得鬆懈，開心地幫著眾人抱柴，樂呵呵地說道：「昨兒在天星峽，大家都辛苦了，今天大夥兒放開吃，放開喝，養好傷，明兒再上路！」

庭中一群人有纏著繃帶的，有掛著胳膊的，傷痕累累，卻也興致高昂，聞言齊聲點頭稱是。

寧遠舟和如意取回了蛇膽後，元祿轉危為安，病情已平穩下來。眾人心中懸著的大石頭終於穩穩地落下，昨日苦戰得勝的喜悅也隨之翻湧上來，這一日說什麼都要暢快地慶賀一番。

楊盈站在屋簷下，望著庭中火光，同樣難掩興奮，卻又怕有失儀之處，目光詢問地看向如意。

如意搖了搖頭，示意她不要著急，低聲教導道：「上位者要與民同樂，但也不能時時與民同樂。等羊烤好了，妳可以玩一會兒。」便又示意她附耳過來，低聲囑咐了幾句。

楊盈立刻會意，點了點頭，便高聲吩咐內侍：「去拿我的體己，再買二十壇好酒來犒勞大家！」

聽聞有酒，眾人轟然叫好，歡呼道：「多謝殿下！殿下千歲！」

楊盈也受感染般，笑了起來。跳躍的火光映著她的眼睛，明亮而昂揚。她站在庭中，坦然領受眾人的歡呼。任是誰見到眼前情形，怕也都不會再懷疑她能否扮演好一個皇子。

歡呼聲中，寧遠舟低聲對如意道：「謝謝。」

如意挑眉看著他。

寧遠舟解釋道：「妳把她教得很好。原來我只期望妳能盡可能多地教她一些安國政局上的事情，沒想到，妳還在指點她怎麼做一個合格的王者。」

如意一笑，道：「娘娘以前也教過我啊。」她彎彎的眉眼裡盈著波光，纖白的手指在寧遠舟胸膛上一點，道：「既然領了我的情，以後我的事，你就多上點心。」說罷不等寧遠舟回答，便已走向火堆。

夜幕低垂，繁星滿天。

庭中篝火越燒越旺，火苗跳躍起舞著，木柴不時發出劈啪的爆鳴聲。使團眾人圍著篝火坐成一圈，內侍早已沽來美酒，眾人說說笑笑著開懷暢飲。

于十三拎著酒罈子在給身旁兄弟倒酒，如意走上前，道：「給我也來一碗。」

于十三忙給她倒了一碗酒。如意仰頭一口喝乾，引來一片叫好。

不知是誰趁著酒興跑到圈子中央玩起了雜技，周遭一群人歡呼鼓掌。孫朗起哄道：「老于，來一個！」

于十三便也乘興而起，扔下酒罈子，抽了柄劍旋身到庭中，仗劍起舞。他帶著玩鬧之心，劍姿優美，表情一時如美女勾魂，一時如少女撲蝶，引得眾人嘻笑連連。

如意眼角望見寧遠舟在人群中坐了下來，便把碗一扔，也躍進了圈中加入了于十三。

于十三扮少女，她便做出男子模樣，與于十三對舞。于十三嬌羞連連，如意卻英姿勃發，錯位的舞蹈竟也別有意趣。眾人看得興致勃勃，笑鬧著拍手為他們打著節拍助興。兩人踏著節拍你來我往，一曲尾聲，如意忽地用手一帶，于十三站立不穩，旋轉著倒入如意懷中，宛若被英雄所救的美女一般。

眾人再也忍不住，紛紛大笑著尖叫起哄起來。寧遠舟卻笑不出，只是輕輕拍了拍手掌。

如意笑著回到原位坐下，于十三卻尷尬地擠到寧遠舟身旁坐下，心虛地辯解著：「剛剛你看到沒有？可不是我主動的啊！早上我特地把馬騎走，留你們兩個單獨相處，結果怎麼這樣了？」

寧遠舟無語，隨手拿起個果子堵住了于十三的嘴。

元祿笑得咳嗽不止，一旁丁輝瞧見，連忙給他找了件披風蓋上，又搶走了他手裡的酒，嘮叨著：「你病還沒好，不許喝這個。」

元祿只得苦笑一下。服過藥後，又休息了一整日，他已大致恢復過來，只身體略有些虛弱罷了。夜間他便也出來湊熱鬧，誰知連酒都沒得喝——卻也知道這是為了他好，沒法說什麼。

丁輝見他乖巧地攏著披風笑，這才滿意地離開。

元祿眼巴巴地盯著眾人手裡的酒碗，正嘴饞抿唇，便覺有什麼東西觸了觸他的手指，一低頭，卻是個酒葫蘆。

如意若無其事地在他身旁坐下，手腕壓低，將酒葫蘆擋在暗影裡，悄悄說道：「喝吧，我替你擋著。」

元祿一怔，「妳為什麼——」

「最早教我武功的，是一個斷了一臂的丹衣使。那時我還是隻白雀，被臨時指派去伺候受了重傷、只能活三個月的她。我瞧出她最不喜歡別人的可憐、同情和照顧，便一直不拿當她病人看，只是把她當作和我們一樣的普通人。她心裡高興，就給了我一本武功祕笈。」如意說著，便看向元祿，道：「我想你也是這樣。」頓了一頓，又補充道：「後來她多活了大半年，而且一直很快活。」

元祿怔怔地盯著如意許久，雙眼漸漸泛起霧氣，半晌他才低頭道：「沒錯！我打小是這麼想的。每一天，只要能醒過來，該吃吃，該喝喝，只要還能喘氣，每多活一天都是賺來的！」說完便接過酒葫蘆，痛飲幾口。

如意淡淡地看著他笑，「小小年紀，別這副腔調。論經歷生死，我比你喝水的次數還多。」

元祿喝過酒後，目光便又濕潤明亮起來，重新變回了那個不藏心事的跳脫少年，得意道：「可論對寧頭兒的瞭解，我比你們誰都強。」他悄悄湊近如意，低聲問道：「如意姐，妳剛才那樣，是不是想讓寧頭兒吃醋啊？之前妳來硬的直的，他怎麼都不從，所以妳就換了個法子，嘴上說著不勉強他了，其實還想引他吃醋，對不對？」

如意不料這麼快便被人看破，微微有些吃驚，忙請教道：「那你覺得這法子勝算大嗎？」

元祿猛搖頭，「這一招寧頭兒見過太多次啦，以前好多女的都這麼幹過。妳得聽我的，他這個人嘴硬心軟，其實最怕水滴石穿。以前他也不喜歡我纏著他，可我就是抱著他的大腿不放，現在他還不是認啦。」他抱著酒葫蘆，仔仔細細一樣樣說給如意聽，將他家寧頭兒賣了個底兒掉，「還有，他最受不了別人默默地對他好，所以妳得摸著他的弦，慢慢地跟他相處。比如他最喜歡吃甜的，但從來不承認；比如他私下裡喜歡雕東西，妳要是跟他要，他嘴上拒絕，可心裡肯定特別開心……」

如意認真地聽著，心中暗自籌畫，如同昔日籌畫每一次暗殺一般。

遠處寧遠舟兀自喝著酒，目光不由得飄向如意，卻不知她在和元祿說些什麼趣事，竟如此投入。

不一會兒，丁輝打起鼓，孫朗吹起了笛子。樂曲聲混著說笑聲迴響在星空下，更多的人下場跳起了踏歌舞，庭院裡愈發歡騰熱鬧起來。

如意和元祿說完了話，便起身去拉了楊盈，又對寧遠舟伸出了手。寧遠舟遲疑了一下，還是握住了她的手，站起身來。

三人一道加入了群舞的行列，隨著節奏時而牽手，時而展袖。

楊盈初時生澀，但漸漸適應起來，開心地跟著人群手舞足蹈，笑容不絕。

如意單足點地，不停地旋轉著。她身姿婆娑窈窕，衣裙如狂風回雪、驟雨打萍，飛旋不止，令人眼花繚亂。笛聲不知何時已停下來，只餘如意旋轉時的踏足聲和著鼓聲，帶起奔騰歡快的節拍。四面都是叫好聲和擊節聲。

寧遠舟也站在一旁為她打著節拍，望著她輕盈快樂的身影，不覺流露出笑意。

不多時，濃郁的烤肉香瀰漫開來，勾得所有人都循著香味望過去——卻是錢昭帶著幾個人，抬著烤好的羊走過來。沒跳舞的人紛紛抄起盤子和刀一擁而上去搶食。

孫朗收了笛子，慢騰騰地去分肉，眼睛卻猶然追著跳舞的人群，笑著說道：「難得看到寧頭兒這樣，」隨手拐了拐身旁一個跟他一樣忙著看舞的人，問：「如意姑娘這是轉了幾十圈了？」

那人看得入迷，擺手表示不知，又道：「這是胡旋舞吧？」

一旁錢昭聞言一愣，也抬頭看過去。望見如意飛旋的舞姿，他原本死木一般的臉上閃過了一絲狐疑。

熱騰騰的香氣很快飄滿了整個庭院，鼓聲和節拍聲很快散了。如意和楊盈也停了舞蹈，跑來吃肉。

楊盈身上興奮還未散去，舉著手擠上前去，「給我也來一塊。」從錢昭手裡接過肉來，便大大咬了一口，滿嘴都是油，美滋滋地鼓著腮幫子讚美道：「真好吃！」

孫朗笑道：「那當然，錢大哥做菜的手藝那是一絕！殿下您不知道吧，王御廚還曾經動過心思，把錢大哥拉到他那兒去當副手來著。」

楊盈眼睛立刻就亮了，滿眼都是讚嘆，「真的？錢大哥，你又會把脈，又會開方，還會雕印章、做菜，那全天下還有你不會的嗎？」

孫朗道：「有。」

楊盈忙問：「什麼？」

孫朗一笑，「生孩子。」

眾人爆笑起來，如意也忍俊不禁。

在這笑聲中，錢昭遞了一塊肉給如意，如意信手接過來。

錢昭貌似不經意地問道：「這塊裡面加了茱萸，能吃嗎？」

如意下意識地搖了搖頭，把肉遞回去，「給我換一塊吧。」

錢昭回身給她換羊肉，眼中卻泛起了冷光。

❃

臨近子夜時，歡聚的人群才漸漸散去。

丁輝帶著人收拾好尚未燒盡的篝火，不多時庭院裡便寂靜下來。風裡已沁了些涼意，角落裡蟲鳴聲聲，偶爾從房中傳來醉酒之人發出的含糊不清的夢囈。星輝鋪滿了庭院。

寧遠舟在驛館外巡視著，聽到腳步聲，知是丁輝他們收拾好殘局來上值夜巡了，便提醒道：「徐州離邊境很近，晚上巡邏，還是不能掉以輕心。」

一行人抱拳領命，前去巡視。

寧遠舟自己也繞著客棧繼續檢視，路過花格漏窗時，忽聽一聲：「喂。」卻是如意笑盈盈地站在窗子那一面。

薔薇花影婆娑搖曳，她立在花影之下，皎潔清麗，如月下美人悄然綻放。寧遠舟不由得怔了一怔。

如意笑道：「分你個好東西，接著。」便從花窗那側拋來一物。

寧遠舟接到手裡，疑惑地打開，混著芝麻味的新麥香氣便撲面而來。卻是一張用荷葉包著的胡餅，那餅子顯然是新烤好的，猶然焦酥滾燙。

寧遠舟看向如意，如意隔窗對他莞爾一笑，道：「上次的豆沙包是在巷口買的，可這回的胡餅是我借了老錢的餘火自個兒烤的，裡頭蜂蜜很燙，小心點。」說完便轉身離去。

她消失在窗子那側，寧遠舟拿著胡餅咬了一口。焦酥的餅皮破開，裡面滿滿都是透亮的蜂蜜，熱騰騰地冒著甜香。他情不自禁地微笑了一下，卻也不免頭痛，不知如意到底想幹什麼。

✵

「她在對你好啊，還能幹什麼？」聽到他的疑問，于十三反問道，不懂為何此人能不解風情到這個地步。

第二日天一亮使團再度出發，此刻正行進在前往邊境的路上。于十三騎著馬，和寧遠舟並肩而行，興致勃勃地替他分析著：「我昨天是被她那行事給嚇壞了，現在你這麼一講，我就全明白了。人家美人兒是給你面子，怕再跟你直接來硬的嚇著你，所以先跟我們這些不相干的打打迷魂陣，然後再對你好，這叫迂迴前進，徐徐圖之。」

寧遠舟靜默了片刻，道：「你多幫我盯著她一點。」

于十三談興正濃，隨口應下：「沒問題——啊？」忽地意識到寧遠舟說的是什麼，難以置信地追問：「她對你好，你還要我盯著她？你不吃醋啊？」

寧遠舟語氣平靜，提醒他道：「我們這回的任務，不是風流韻事，而是安全護送殿下入安，把聖上帶回來，給天道的兄弟們洗冤。」

于十三立刻回過味來，也端正了神色，道：「是。主要是天星峽那一場仗，大夥兒和她一起殺得太舒坦了，她又對元祿那麼好，我就……」

寧遠舟沉默了片刻，道：「她畢竟不是梧國人。」

于十三也一怔，道：「我都忘了這事了。也對，褚國不良人跟我們六道堂結過的樑子也不少，你要和她好了，以後她的身分一旦掩不住，道裡的兄弟多半會鬧起來。唉，難怪這種天上掉餡餅的好事，你一直不肯點頭。我現在才算明白了。」抬手拍了拍寧遠舟的肩膀，嘆息道：「唉，你真夠難做的。」

寧遠舟提醒道：「別讓她知道。」

于十三瞟他一眼，「你怕她知道你其實還在提防她，會難過啊？唉，換我我也難過。老寧啊，以後對你喜歡的小娘子可不能這樣。小娘子的心，多傷幾次，就千瘡百孔，補不起來了。」

寧遠舟板著臉，反詰道：「誰說我喜歡她了？」望見前方馬車上如意打起窗簾探頭出來找人，忙揮鞭策馬飛奔向前。

于十三對著他的背影搖搖頭，笑道：「可我說的是『以後對你喜歡的小娘子』，根本沒說是她呀。」

寧遠舟縱馬到車邊，勒馬並行在一側，向如意詢問道：「什麼事？」

如意側身一讓，露出身後的楊盈，道：「她想學騎馬了。」

車隊便在路旁暫做停留。聽說寧堂主和任女官要教禮王殿下騎馬，一行人聚集在樹下，邊飲食休整，邊興致勃勃地圍觀捧場。

這是楊盈第一次騎馬。平日裡不覺得，此刻站在馬下她才意識到馬有多高，只馬背便幾乎與她的胸口齊平。但如意和寧遠舟一左一右站在馬匹兩側，前頭還有于十三牽著馬，她卻也沒什麼可畏縮的。

她輕呼一口氣，踏著上馬石小心翼翼地翻身上馬。胯下馬匹因這力道而踏了幾步，她忙緊張地去拉韁繩。

身旁如意已提醒道：「不要拽韁繩，手放鬆，胳膊隨著馬頭動。」

寧遠舟也指點道：「腰要挺直，輕輕地摸一下馬頭，讓牠知道妳很喜歡牠。」

楊盈戰戰兢兢照做，馬果然溫順下來。她輕輕拉著韁繩，在馬背上坐穩了身體。如意和寧遠舟便退遠了些，讓于十三牽著馬，帶著她慢慢地走了起來。楊盈全神貫注地坐在馬背上，默念著如意和寧遠舟教她的訣竅，不知自己是否做對了。

忽聽樹下眾人鼓掌歡呼：「騎得真好！殿下這姿勢，漂亮！」

楊盈忙驚喜地問道：「真的？」

便見遠處于十三招著手向她保證：「當然是真的！」

楊盈情不自禁地笑了起來，可剛笑了一半，卻忽地想起了什麼，「你不是在幫我牽馬嗎？」低頭一看，才發現早就是自己獨自在騎馬了，霎時間驚慌失措，「啊！」

她牽著馬韁團團亂轉，慌作一團。不料如意又上前一拍馬屁股，那馬立刻小跑了起來。

楊盈猛地向後一仰，嚇得尖叫連連。早忘了如意和寧遠舟的叮囑，下意識地夾住馬肚，拉緊了韁繩。她越如此，馬便跑得越快。一時間在馬背上前仰後合，險象環生。

寧遠舟忙要上前救護，卻被如意抬手攔住，「這樣她才學得快。有我看著，不會出事。」說完她翻身上了另一匹馬，追上楊盈。

楊盈扭頭見如意跟來，驚慌的心本能地一穩，不再那麼恐懼了。如意又沉聲指點了幾個要點，教她如何處置眼下狀況。楊盈克制住畏懼，依言而行，慢慢和馬協調了起來。

一旦平穩下來，便覺雲高天遠，道路平闊。遠方青山綿延起伏，兩側綠樹農田飛馳而去。耳中風聲獵獵，懷中、袖中鼓滿了清風，輕快得彷彿再催一鞭，便能飛起來。

楊盈盡情地縱馬奔跑著，臉上神采飛揚。她喜愛這種感覺。被強拉回馬車上後，她還在抱怨爭取著：「為什麼不讓我再騎一會兒？我一點都不累！」

如意一指她的腿。楊盈低頭看去，才見自己的雙腿竟不自覺地顫抖著，明明都已經坐下了，也還是止不住。

她這才察覺到腿上微微有些發軟，驚訝道：「呀！怎麼會這樣？」

如意抿唇笑道：「騎馬最考驗腰力和腿力，妳剛學，切忌貪多。真要想騎上幾個時辰的馬不累，那就自己每晚在房裡站一個時辰的馬步。」

楊盈立刻點頭道：「好，今晚我就練。」

她額上還沁著汗珠，面頰紅潤健康，眼睛漆黑有光，神采奕奕，和初見時那個蒼白虛弱的小姑娘，早已判若兩人。

如意笑看著她，「什麼都想學，上回要妳練的匕首，妳練了嗎？」

楊盈忙道：「練了啊，瞧！」便拔出匕首，目光略一搜尋，便落在車廂壁的雕花上。手中匕首乾淨俐落地刺下去，連紮幾刀，每一刀都擦著雕花落下，均勻地環著雕花紮了一圈。

如意一挑眉，微笑道：「妳的天分比我之前以為的強不少。」

楊盈得意地昂起頭，笑道：「那當然，我父皇當年也是有名的武將呢。不過我之前在宮裡連蜻蜓都不敢碰，要是青雲知道我現在的樣子，肯定會大吃一驚——」她說著聲音便忽地一頓，不知想起了什麼，一時竟怔住了。

如意疑惑道：「怎麼了？」

楊盈的情緒一下子低落起來，肩膀都矮了幾分。她耷拉著眼皮，低聲道：「我突然發現，我已經好久沒有想起過青雲了。」說著便牽住如意的衣袖，苦惱地仰頭詢問：「我為什麼會這樣啊？如意姐，這是不是就是話本子裡說的薄情啊？我明明是為了他才去安國的……」

如意卻似是早料到會有這麼一天，直言道：「因為妳之前的眼界太小了。雖然是個公主，但沒見過山川風月、人間百態。話本故事裡，多的是聽了書生的幾句俏皮話，就被迷得神魂顛倒的大家閨秀。」

楊盈下意識地反駁道：「青雲不是那種人，他不是只會說俏皮話，他是真心對我好！」

如意卻凝視著她的眼睛，平靜地問道：「妳說過妳是為了做有實權的公主，為了婚姻自主才女扮男裝自請為使。那妳好好想想，此去安國，到底是為了鄭青雲，還是為了自己呢？」

楊盈猛地一怔，竟沒能立刻說出那個她一直以來都堅信如此的答案。

✵

歸德城外草場上，初貴妃正和安帝一道縱馬奔馳在草場上。兩人瞄準前方草地上的紅纓，在飛馳而過的瞬間，同時矯捷地俯身展臂一撈。卻是安帝搶到了這枚紅纓，緩緩勒住了胯下駿馬。

初貴妃也笑著在不遠處勒馬停住，隨著安帝一道翻身下馬。一直等在草場邊上的大皇子和二皇子，立刻起身迎上前來。

大皇子奉上水袋，二皇子則忙前忙後地幫安帝摘去身上的草屑，又訓斥一旁侍女：「還不侍候貴妃姨母？」侍女忙上前幫初貴妃摘草屑。

初貴妃笑了笑，「二殿下就是孝順。」她身上汗濕衣衫，也懶得看這兄弟二人勾心鬥角、爭討君父的歡心，便對安帝笑道：「哎呀，臣妾好熱，想先下去梳洗一下。」行禮道：「臣妾告退。」

安帝點頭道：「去吧。」便又轉向兩個兒子，「明日啟程回京，東西都打點好沒有？」

兩人忙回道：「都已安排妥當，請父皇放心。」

安帝這才入座，繼續觀看草場上的比賽。

不遠處兩個女子也在賽馬撿紅纓，北疆女子矯健，騎術不亞於男子。她們縱馬飛馳的身影烈火一般，掠過的瞬間自馬上俯身一撈，便已有一人將紅纓搶在手中，高高地舉了起來。

安帝含笑點頭贊賞，二皇子見狀，也忙高聲叫好起來。

大皇子目光一轉，察覺到有機可乘，立刻道：「二弟，注意點。」

二皇子不解地看著他。

大皇子抿唇一笑，促狹地打量著他，「窈窕淑女，君子好逑，本是佳話。但你這樣子，要是被金明郡主知道了，只怕不太好吧？」

二皇子茫然不解，「金明郡主？初月？她關我什麼事？」

大皇子故意提高了嗓音，故作驚訝，「啊？難道二弟不是早就和她兩情相悅了嗎？」

二皇子嗤之以鼻，「和她？別逗了，那個男人婆。」

安帝聽到爭論聲，目光也從草場上移開，看向兩人，問道：「你們在說什麼？」

大皇子搶先回稟：「稟父皇，兒臣和二弟正在談他的婚事呢。最近好多人都說，二弟瞧上金明郡主了。郡主是貴妃娘娘唯一的侄女，沙西王的掌上明珠。二弟的外祖又是沙東王。這樁婚事要是成了，二弟就坐擁了兩族之勢，豈不美哉？」

二皇子還沒說話，安帝卻先皺起了眉頭，「朕怎麼不知道這事？」他看向二皇子，緩緩問道：「這事，你是和沙西王談過，還是和貴妃談過？」

二皇子驀然心驚，忙辯解道：「沒有，沒有的事！父皇，兒臣年紀還小，根本無心婚姻。沙西王又是父皇您最信任的重臣，他獨女的婚事，自有父皇作主，哪由得兒臣胡亂猜測？」

大皇子彷彿沒察覺到安帝言辭中的機鋒，笑著拐了二皇子一下，道：「二弟你就別害羞了，正因為金明郡主出身高貴，堪配她的也就只有我們皇家了。哥哥我早就成親了，咱們又沒別的堂兄堂弟……」

安帝目光一深，微微瞇起了眼。

二皇子深恨大皇子煽風點火，卻也百口莫辯，只能心焦不已地解釋著：「父皇千萬別誤會！我從來只把初月當妹子，不，當弟弟，別的心思一分一毫都沒有！」

大皇子故作疑惑道：「可你不娶她，誰還能娶她？初家可是世代和我們皇族聯姻的。」

二皇子心念一動，忙道：「表弟！同光他是姑姑的兒子，又被父皇賜以國姓，可不就是皇族了嘛！這不，同光剛立了戰功，初月也最喜歡舞刀弄槍的，他倆正是天造地設的一對！」

卻不知這提議正中大皇子心懷。聽到李同光的名字，大皇子目光一閃，笑道：「倒也有理。」便不再作聲。

安帝不動聲色地敲打著椅子扶手，問道：「初月今年幾歲了？」

✵

初貴妃扶著侍女的手含笑走進安帝帳中。她已重新梳洗裝扮過，面容嬌豔動人，進帳便嬌聲抱怨道：「聖上什麼事那麼著急？害得臣妾胭脂都沒塗好，就匆匆趕過來了。」

安帝卻並不憐惜美人，直入正題道：「朕有事想問妳，妳大哥的女兒還沒定親吧？」

初貴妃愣了愣，「阿月？沒有，這丫頭心大得很，成天和她哥哥初旭較著勁，想……」

安帝打斷她，點頭道：「沒定親就好。朕給她安排一樁婚事。」

初貴妃一愣，隨即掩唇輕笑起來，「那臣妾先替初月謝恩啦。不過，不知是哪家的少年這麼勇氣可嘉？初月那性子，可不是個輕省的呀，一般的兒郎，只怕降伏不了她。」

「放心，別的人不行，同光一定可以。」

初貴妃的笑容一僵，嗓音已不覺透出驚慌，「同、同光？」

安帝一抬眼，「怎麼，妳不願意？」

初貴妃反應過來，忙道：「不，不，臣妾只是、只是一時沒有反應過來。畢竟初月性子太過執拗，只怕她容不下未來夫婿另有內寵，上次那個叫琉璃的侍女……」

安帝不以為意，淡漠道：「一個侍女而已，大不了朕下旨，讓同光不許納妾就完了。」

「可是……」

安帝淡淡地看了她一眼，「怎麼，朕的外甥還配不上妳的侄女？妳之前不是常跟朕說，同光是朕妹妹的兒子，也就和朕的兒子一樣嗎？」

初貴妃忙道：「聖上想哪兒去了。臣妾心裡歡喜還來不及呢。」

安帝點了點頭，道：「那便好。妳今晚就寫封信給妳大哥，要他帶著初月在裕州行宮候駕。朕巡視沙西部，順便也能讓他們小兒女先見上一面。這事，再怎麼，也得先過問妳大哥一聲的。」

初貴妃強笑著屈膝行禮，「遵旨。」

然而回到自己房中，她便再也忍不住，淚水珠串般滾落下來。一直跟隨在她身後的侍女上前想要說些什麼，她默不作聲地揮手擋開，只令人為她研墨備筆，快步走向桌案。

提起筆來，手上書寫著，眼中淚水卻一滴滴地墜在紙上，打濕字跡。她終究還是按捺不下心中不甘，憤怒地掃翻了桌上筆墨，抓起信紙奮力撕作碎片丟入火盆中。火苗舔上紙張，一時燒不透，她又發瘋般踢打著火盆。

侍女忙上前攔住她，「娘娘！」

初貴妃抓住侍女的衣襟，滿面淚水，狀若瘋狂，「為什麼，為什麼偏偏是阿月？我不甘心！」

侍女安慰道：「聖上只不過隨口一提，或許過上幾天就忘了呢？」

初貴妃泄去力氣，委頓在地，淚水不停地滾落下來。不知過了多久，她才終於平復了氣息，怔怔地搖頭道：「聖上一定會賜婚的。他怕阿月嫁給洛西王，就會聯合沙西和沙東兩部的勢力，威脅他的帝位，更怕同光不受他的控制。現在讓同光娶阿月，明面上是加恩，為他找了一個有力的妻族；可私底下，誰不知道同光父族卑微？我大哥和初月都那麼驕傲，怎麼會願意有這樣一個女婿？只要夫妻不和，沙西部就永遠不會站到同光身後，同光就只會一輩子做他的純臣……」

侍女不料這中間還有這麼多關竅，一時聽得呆了。

初貴妃失魂落魄地站起身，重新走向桌案，淚水卻再度湧上來，「其實就算不是阿月，他也會娶別的女人，畢竟他生得那麼好，又那麼能幹。我早就知道會有這麼一天，可沒想到，這一天會來得這麼快。」

侍女忙道：「奴婢這就去找小侯爺，讓他知道您有多難過。小侯爺重情重義，再怎麼也會拖上幾年的。」

初貴妃卻伸手拉住了她，慘笑著搖頭道：「他也不會的，他心裡滿是權勢，這樁婚事上可以討聖上歡心，下能夠沖淡他的卑賤血脈，他只怕歡喜還來不及……」她眼中淚水簌簌地滴落下來，「其實他根本沒有像我喜歡他那樣喜歡我，我一直都知道。明明他只是虛與委蛇，可我還是飛蛾撲火一樣陷進去了。」

她捂住臉，克制不住地嗚咽起來，淚水順著指縫一滴滴地滾落。

與此同時，大皇子志得意滿，大步流星地回到自己房中。

進屋閉門後，隨從立刻上前道賀：「殿下好計策！」

大皇子解去披風，隨手丟給侍從。將手中把玩著的核桃隨手拋到桌上，得意道：「二桃殺三士。這一下，老二在宮裡最大的助力就沒啦！」

那核桃撞到桌上茶杯，咚的一聲響。茶杯晃了幾晃翻倒在桌上，滾了幾圈，砰然落地。

✵

楊盈的車駕，此時正路經一座小鎮。鎮上蕭條荒涼，不見多少行人，到處都是廢墟，城牆邊還有小孩子在討飯。

楊盈騎著馬走在路上，望見四面景象，難掩震驚悲憫之情。

進入小鎮前，寧遠舟便已察覺此處荒涼蕭條，已派出于十三前去打探消息。

此刻于十三打探回來，撥馬追上寧遠舟，向他回稟道：「打聽過了，這邊離天門關不遠，上個月安國的一支遊騎到了這裡，放火劫殺。」

寧遠舟依舊是一身客商打扮，聞言壓了壓頭上笠帽，遮去目光，平靜地吩咐：「不要停，繼續走，我們的客棧在後面的江城。」

楊盈難過地看著城牆邊乞討的兒童，詢問道：「那些孩子好可憐，我們可不可以──」

寧遠舟打斷她，道：「兩百里外就是安軍現在占領的地界了，我們一路上還要經過無數個這樣的市鎮，救不過來的。」

楊盈怔了一怔，喃喃道：「那我們就不能做些什麼嗎？」

寧遠舟道：「好好地跟著妳如意姐學，順利救回妳皇兄，這就是妳唯一能做的事。」

楊盈點頭，目光卻依舊無法從四面淒涼的景象上移開。

如意驅馬跟在隊伍中，路過一處破敗的院牆，忽地察覺到牆根上畫著隻朱紅色的鳥形，目光不由得一閃。

午後，車隊終於抵達江城。

江城卻和先前小鎮的景象截然不同，城牆高大堅固，城門內外商賈往來如常。路上行人縱使不說個個遍身羅綺，卻也一目了然地安定富庶。甚至有仕女書生相攜出遊，嬉笑玩鬧。

入城之後只見街市繁華，行人如織，沿街兩側酒旗招展，不時傳來歌舞之聲，彷彿戰火從未波及此地。

兩相對比，楊盈有些接受不了，喃喃道：「剛才那鎮子，明明和這裡相隔才二十多里，怎麼會差別這麼大？」

杜長史一路走來，心中也頗多感慨，嘆息道：「因為江城的城牆既高且牢，才能護住這些百姓。兵書裡常說，有堅城，方立不敗之地。聖上他——」他察覺到失言，沒再說下去。

楊盈便又看向錢昭。

錢昭面色冷淡，直言道：「聖上太重顏面，之前雖然略輸一籌了，但只要據守潁城便可以挽回劣勢，但他偏要在天門關附近的平原和安軍開戰，這樣一來，便是捨長取短。」

楊盈難堪地低下了頭。

寧遠舟看了她一眼，提醒道：「別想那麼多。再過兩天，妳就要見到安國的官員了，待會兒到了客棧，再跟妳如意姐練習幾回禮儀。」

楊盈心情低落地點頭應下。

如意目光掃過沿街建築，再一次在一處牆根上看到了朱紅色的鳥形記號。

在驛館裡安頓下來之後，楊盈便和如意一道練習接見安國使臣的禮儀。

照舊由如意扮演前來接引他們的安國將領。只見如意面帶不屑，敷衍地草草一禮，直盯著楊盈問道：「妳就是梧國禮王？」

楊盈一笑，道一聲「平身」，便自顧自地一展披風，上前坐上了主位。

意思是領會到了，細節上卻還透著些生澀。如意便提點道：「平身兩個字都不必說，抬抬手就可以。對方無禮，妳又無力回擊之時，最好的法子就是不要說話，對方一拳打到棉花上，又不敢冷場。他只要再開口，氣勢就弱了。」

楊盈恍然大悟，忙點了點頭。

如意又道：「妳繼續練，再往西邊走，天氣就越來越涼了，我去買件厚點的衣裳。」

✵

從成衣舖子裡走出來時，已是夕陽西下時分。

如意卻沒有立刻返回驛館。她貌似不經意地望向四方，見無人注意，便走到牆根處，飛快地在紅色小雀後畫了三個小石塊。而後便走進下一家舖子，一邊挑選著，一邊觀察附近是否有人跟蹤。

她一路閒逛，還在路邊攤位上買了些東西，直逛到暮色四合、弦月初起時分，才收好東西往驛站的方向去。

她看似毫無警覺，然而走了幾步，便霍地回身，手中雪刃已經劃向跟蹤者的脖子。交手幾回合後，她才藉著月色，看清對面是寧遠舟。

「是你？」

寧遠舟收起招式，笑道：「老錢讓我給元祿抓藥，剛出藥舖就看到了妳，本來只是想試試妳的內力恢復了幾成，誰想妳一上來就下殺招。」

如意也收起刀來，道：「才七成，少陽經有幾處關穴受傷久了，怎麼也衝不開。不過，就算我全恢復了，也未必是你對手。」

寧遠舟情知這是她的客氣之語——畢竟當初，他也在眾人面前承認過自己技不如她，便挑眉道：「還沒比過就認輸，這不像妳啊。」

如意一哂，「一個刺客要想活得長，就得懂得怎麼避開比自己厲害的人。」

天已經完全黑下來，倦鳥歸巢，星河橫空。路邊攤鋪收了旗幡準備打烊，瓦子酒肆卻漸漸熱鬧起來。高閣上點起了燈，歌女慵懶的身影映在雕窗上。不多時閣樓窗子推開，有人探出身來向燈杠上懸掛彩燈。

寧遠舟和如意漫步在街市上，邊走邊聊。

寧遠舟問道：「妳逛了這一路，都買了些什麼？」

如意舉起手中的雪刃，笑道：「這個就是送給你的。」

寧遠舟一怔。只見月色下那刀刃閃著寒光，雪白刀身上隱約可見流雲似的黑色紋路，古樸又精緻。他一見便有些移不開目光。

如意把刀遞給他，道：「我看你無名指關節上有繭子，就猜你多半喜歡雕東西，正好我身邊有娘娘送我的一小塊隕鐵，順手就磨了這個，剛才逛了一圈，配好了牛角柄，這樣你也能用得順手些。」

寧遠舟接在手裡把玩著，目光晶亮，愛不釋手，「不愧是隕鐵，吹髮立斷啊。」又有些遲疑，「無功不受祿，這麼重的禮物，我可受不起。」

「你就拿著吧，我送禮，本來就是想討好你啊。」

寧遠舟又一愣，「為什麼？」

如意頭一歪，笑盈盈地反問：「一個女人想討好一個男人，你覺得是為什麼？」

正說著，身後的閣子上就傳來一聲女人的輕叫——有人失手掉落了一盞燈籠。那燈籠自高處墜下，映得如意的面容流光溢彩，眸子裡更彷彿有星光閃動。

寧遠舟輕輕伸手，接住了墜落的燈籠，隨手交給身後趕來的閣子僕從。

遠方傳來嫋嫋絲竹聲。不過一個晃神，遠遠近近的燈籠都被點亮了。燈影落在長街上，斑駁迷離。不知何時，路上行人也再次多了起來，熙熙攘攘，川流如織。

寧遠舟看著如意，聲音莫名有些發緊，「我不知道。」

如意笑道：「當然是為了求你辦事啊。眼看著還有不到十日路程就要進安國了，你準備怎麼幫我查到害死娘娘的真兇？別光說那些虛的，我要詳詳細細地知道，你到底會怎麼做？」

寧遠舟瞬間冷靜下來，面容再度恢復平和，道：「雖說六道堂總部的森羅殿會析解各種密報，但最原始的案卷，還留在各國分堂的密檔庫。只是趙季上任後四處裁撤人手，安都分堂的密檔庫一年多之前就封存了。」他見如意皺起了眉頭，語調便一轉，「不過，昭節皇后既然是五年前去世的，庫裡應該還存有當時我們收集的各種密檔……」

他們邊走邊說。路過一間茶攤，如意瞟見旗杆上挑著「半遮面」的小幡旗，便打斷他，笑道：「有點餓了，坐下慢慢說如何？聽說江城的擂茶裡加了胡麻和蜜餞，最是香甜。」

他們便在茶攤上坐下。寧遠舟接著說道：「密檔其實就是各種文書，比如朝中重臣的書信往來，史官起居注草稿之類……」

這時又有別的客人入座，如意做了個小聲的手勢，移到寧遠舟身邊來。她坐得近，若即若離，氣息幾乎都要吹到寧遠舟的臉上。寧遠舟動作不由得一頓。

如意笑著提醒：「繼續啊。」

寧遠舟沒有動，輕聲道：「只要是朝堂大事，必然會留下痕跡，等到了安都，找到封存的庫房，把這些密檔調出來，往復對比，多半就能發現從昭節皇后之死得益的關鍵人物，再從他們處下手……」

正說著，茶已送了上來。如意取過小匙替寧遠舟調好，笑盈盈地推到了他的面前。茶香混著胡麻蜜餞的香甜蒸騰起。身後街市上行人往來，光影流轉，遠遠傳來說笑聲、叫賣聲、絲竹聲……煙火紅塵，繁華熨帖。而如意靠在一側，仰頭笑看著他，眼眸裡映著暖暖的光。

寧遠舟不敢再看，忙端起茶水，低頭品嘗起來。

❋

回驛館的腳步，卻不由自主地慢了下來。他們行走在河邊街道上。岸上繁花照水，楊柳依依；河中燈影流彩，槳聲搖搖。不知何時便說起了過往。

如意問道：「你好像說過你之前去過安都？」

「六年前的晚春，待過半年。」

如意笑看著他，「啊，六年前的晚春……那時候我應該去了宿國，正好不在，要不然就該讓手下把你抓起來，狠狠折磨。」

「別做夢了，我腿長，跑得快。」

兩人對視一眼，眼中都帶著笑意。

笑了一陣後，如意感慨道：「真奇怪，我們兩個，當初在六道堂和朱衣衛都位高權重，居然從來沒見過面。」她看向河中交錯而過的小船，道：「也許見過也不知道，就像這樣，不知不覺就擦肩而過了。」

一陣晚風吹來，河邊花樹搖曳有聲，落英繽紛如雪。兩人並肩走在花雪之中，良久沒有說話。

寧遠舟伸出手去，接住一朵翩躚飄落的花兒，遞給如意：「回禮。」在徐州時，如意也曾從他髮間摘下一朵金盞花，送給他。

如意不由得露出笑容。身後忽有驚馬狂奔而過，如意立刻攬住寧遠舟的背，輕輕將他往路邊一帶。

她鬆開手後，寧遠舟就有些哭笑不得，「我躲得開。」

如意道：「我知道，可是，就算你一直很能幹，偶爾也是需要別人保護的啊。」

寧遠舟猝不及防被這句話擊中，不由得停下腳步，看向如意。

如意詫異地抬起頭，「怎麼不走了？啊，那句話是娘娘以前對我說的，我就有樣學樣搬來了。」

寧遠舟又是一頓，不知為何悄悄嘆了口氣。

他們繼續往驛館的方向去。寧遠舟問道：「昭節皇后經常保護妳，所以，妳一直念著她的好？」

如意點頭，提到昭節皇后，她便願意多說上兩句：「朱衣衛的日子不好過，我從白雀一步步升上來，兒時的同伴十之八九都已經死了。就算後來升到了紫衣使，只要任務失敗，一樣會被罰去冰泉裡受刑。每回這樣子的時候，娘娘就會找個藉口發火，把我傳到她的青鏡殿去罰跪，實則把院門一關，拉我一起喝酒，逗她生的二皇子玩。我還記得她教二皇子背古詩：少小離家老大回，安能辨我是雄雌……」

寧遠舟忍俊不禁。

如意又流露出懷念的神色，笑道：「真的。娘娘還不許我笑，二皇子那會兒還小，以為原詩真的就是這麼寫的，結果有一回在太傅面前背出來露了餡，怕挨手板，躲到了樹上去，最後是聖上親自爬上去，才把他抱下來。」

她提到安帝，寧遠舟欲言又止，到底還是換了一個話題，道：「其實六道堂之前也和朱衣衛一樣，都有很嚴苛的淘汰制度。可我一直覺得，一個好的間客組織不應該全是殘酷挑選出來的精英，普通人只要齊心通力合作，一樣也能出奇制勝。」

如意似有所悟，問道：「元祿他們，就是這樣來你身邊的？」

寧遠舟點頭，「十三的娘據說原來是前朝的縣主，他自小也是錦繡堆裡長大的，所以才養成了那麼一副風流紈絝的脾氣。剛進阿修羅道的時候，他招惹了所有能招惹的女緹騎，害得我這個副尉一起跟他挨道主的鞭子，他這才慢慢服了我。」

如意感慨道：「能遇到你這樣的上司，真好。我的運氣就不如他。」她看向路邊的糖人攤，道：「到現在，我還記得我五歲時，把我弄去做白雀的那個朱衣眾長什麼樣。那會兒我剛買了一支小糖人，她就讓人把我拎走了。我哭著要糖人，可她當著我的面，一腳把糖人踩碎了，然後打了我六十一記殺威棒。六十一記，那會兒我就在心裡暗暗發誓，總有一日，我會削掉她六十一片肉，一刀不少。」

她語聲平靜輕快，最後還笑了一下。但寧遠舟卻被深深觸動，眼中流露出一絲憐惜，問道：「後來妳發達了，有沒有狠狠地報復她？」

如意搖頭道：「她早早地就在一次去宿國的行動裡死了，朱衣衛的女子一大半活不過三十歲。」她說著便一頓，又道：「我也快了。」

寧遠舟不知該說什麼，便道：「妳現在不是已經離開朱衣衛了嗎？起風了，我們回去吧。」

回到驛館時，夜色已深。院子裡靜悄悄的，各房裡都熄了燈，只角落裡傳來蟲鳴聲。顯然大夥兒都已經睡下了。

寧遠舟還要在附近巡視一圈，兩人便在驛館門前道別。

如意要進門時，寧遠舟又叫住她：「明天把妳關穴阻塞的地方畫出來，我和老錢商議一下，最好早一點把妳的舊傷都治好了。」

如意道謝進門，寧遠舟看著她的背影，突然心念一動。他順手從一旁的柴火堆上拿了塊小木頭，喚道：「等等。」

如意回身，疑惑地看著他。

寧遠舟便問：「那個打妳的朱衣眾長什麼樣子？」他拋了拋手中的木頭，笑看著如意，「正好試試妳送我的雕刀。」

如意眼睛一亮，道：「身材不高，長臉，下巴長得有點像元祿。」

寧遠舟沉腕運刀，剔落邊角，木塊在他手裡漸漸顯露雛形。

如意比畫著：「眼睛有點像楊盈，圓的，眉毛往上挑，總喜歡抬著頭。對了，」她一指右臉，「這裡還有一條刀疤。」

寧遠舟運刀如飛，手中木花紛落，邊刻邊問：「沒有了？」

如意搖頭。

寧遠舟吹去木屑，收刀一笑，「大功告成。」他舉起手中雕像，問道：「像不像？」

看清雕像面貌，如意不由得錯愕至極——寧遠舟下刀那麼果決俐落，一派大師風範，誰知雕出的木像根本不成人形，歪七扭八，分明就是只拙劣又滑稽的人偶。

寧遠舟笑看著她，「元祿有沒有告訴過妳，我的雕工其實一直很差？我剛才不敢收妳的刀，其實是因為心虛。」他晃了晃手中雕像，那小雕像眼歪口斜，滑稽又無辜。

如意噗地笑了出來，笑得眼淚都快出來了。和今晚所有的笑都不同，這一刻她是真的開心極了。

寧遠舟陪她笑了一會兒，看她漸漸平復下來，才道：「不過，我數得很清楚，我削了六十一刀，一刀都不少。」他將雕像遞過去，目光溫柔地看著如意，「送給妳。」

如意身子一震，接過雕像，「謝謝。」說完便彷彿逃避一般，飛快地轉身進屋，扣上了房門。

她背靠著房門，不由自主抬起手來，看向那只滑稽的人偶，又想笑，又想哭，只覺心潮起伏。

不知道過了多久，屋外突然遠遠地傳來了打更聲，「子時——」

如意一凜，忙收拾心情。將雕像收好，疾步走到西窗邊推開窗子向空中望去，只見遠處緩緩升起了一隻繪著朱雀的孔明燈。

她又奔回到門邊，透過門縫，看到寧遠舟的房間裡也熄了燈，便開始行動。

從窗子裡翻身躍下時，她已是一身夜行裝束，落地後隨手一抹，臉上便換了副人皮面具。她悄然潛入了漆黑夜色之中，向著孔明燈的方向疾行而去。

翻進一處院落，院中已有人候立，身旁一根細繩牽著空中的孔明燈。

如意開口時便已換了聲線，道：「花開花落不長久。」

那人接道：「落紅滿地歸寂中。」

如意忙俯身行禮，「天璣分堂朱衣眾琥珀，參見大人！」而後便上前一步，急切道：「自越大人慘死，各處分堂都四處流散了，屬下受了傷，只能一路混進梧國使團，好不容易到了這裡，才終於看到玉衡分堂的記號……」說著便哽咽起來。

那人立刻起了興致，問道：「妳混進了梧國使團？快詳細說說。」

如意一頓，「大人您是——」

「本座巨門分堂堂主江繡。」

如意露出恍然大悟的神色，「啊！奴婢前年陪劉堂主去淮南的時候，還遠遠地見過您一面，大人容稟。」

飄浮的孔明燈被侍從扯著細繩降下。它飄過院邊的大樹，光影浮動中照出了潛伏在濃蔭中的錢昭肅殺的臉。錢昭緊緊地抓住樹幹，手指幾乎陷入了樹皮中。

＊

驛館臥房裡，寧遠舟正在把玩著如意送他的那把雕刀。自知心動，自知無果，他無聲地嘆了口氣，卻聽一聲：「唉——」

寧遠舟立刻警覺地回過頭去，卻見于十三正坐在窗上看著他。

「這麼久才發現，真不像你。」于十三恨鐵不成鋼地翻身下來，咄咄逼上前，「你怎麼回事啊？前頭剛叫我幫你盯人，後頭就跟人家花前月下把臂同遊。到底是想故意戳我的眼，還是真沒發現我跟在後面？」

寧遠舟一時無語，心虛地移開了目光。

孔明燈下的院子裡，如意還在和朱衣衛巨門分堂的堂主江繡交談著，卻不知錢昭正躲在暗處偷聽著。

她一臉懇切地看著江繡，聲音哽咽：「越大人於屬下有救命之恩，卻不幸死在惡賊手中。不知總堂查出那個白雀的下落沒有？屬下不才，願請命前去，為越大人報仇！」

江繡道：「不必。妳繼續留在使團裡打探就是了。現在總堂最重視的，就是使團之事，過些天還會有緋衣使大人親自前來此處。妳務必查到更多有用的消息，到時候才好有所交代。」

如意領命道「是」，卻又不甘地追問道：「可越大人難道就這樣白死了嗎？她當初立下過那麼多汗馬功勞……」

江繡似是有些不滿她的糾纏，皺眉道：「已經查清楚了，那個如意是混進梧都分堂的褚國不良人，總衛已經調了玉衡分堂去處置，妳不必插手此事。」

如意不由得一怔，「如意，是褚國的不良人?!」她心中狐疑不已，卻也不能再繼續追問下去，只能領命暫回驛館中。

但這疑問縈繞心頭，回到驛館後，也依舊思索不出答案。她便索性趺坐在床榻上，仔細冥想。

她喃喃自語著：「冷靜，一條一條慢慢想。總衛為什麼會認為我是褚國的不良人？這明明是寧遠舟替我編造的身分。可總衛現在唯一關於使團的訊息源就是我假扮的琥珀，難道是巧合？」

她突然一凜，「天下沒有那麼多巧合，除非有人刻意製造。讓總堂以為我是不良人，誰的得益最多？」

她的面前晃過無數的人影，最終定格在寧遠舟身上。

「寧狐狸！對，是他，不會有錯！」

她暗暗思忖道：「我刻意在越三娘和玉郎的屍身上留下線索，以此誘使梧都分堂滅門案的背後主使來追查我，如此一來，我便可以背靠使團守株待兔。但寧遠舟多半已經發現了，他把使團的安危放在首位，自然不會坐視我把朱衣衛引到楊盈身邊……所以，他把我之前留下的線索都抹掉了！」難怪今夜，寧遠舟會這麼巧合地與她「偶遇」。只怕他一直都跟在她的身後。

她不由得又想起她和寧遠舟漫步在長街上的情形，想起寧遠舟雕刻人偶送給她，想起寧遠舟眼瞳裡柔暖流淌著的光。

一時間心神大亂。她猛地睜開眼睛，看向梳粧檯上的銅鏡，對著鏡中的自己，喃喃道：「任辛，妳太輕敵了，妳是朱衣衛，他是六道堂，他怎麼可能真正相信妳！妳以為自己引著他一步步上了鉤，結果，妳被人家一直玩弄於掌心，還不自知！」

她恨恨地躍出窗外。

✵

臥房裡，被遛了一圈，還被花前月下秀了一臉恩愛的于十三，還在逼問著罪魁禍首：「說呀，怎麼啞巴了？你到底怎麼想的？上回還一口咬定一點都不喜歡她，幹麼要說一套做一套？」

寧遠舟也不解為什麼會發展到這一步。明明想斷，卻總是斷不清楚。明明說著拒絕，卻不知不覺越陷越深。哪裡還不知心動是真？做他們這一行的，心動與否反而是最無關緊要的事。可縱使知曉，又豈是這麼容易便能按下的？只好煩悶地扭頭避開，「我說不出來。」

于十三無語扶額，「你都三十了，又不是十三，還玩什麼欲言又止？」忽覺得哪裡不對，「哦對，我才是十三。」又正色看向寧遠舟，「她是褚國的不良人又怎麼了？只要她手上沒怎麼沾過兄弟們的血，大夥兒最多彆扭一陣，也就過了。畢竟她不是朱衣衛，那才是我們的生死仇家……」

寧遠舟嘆了口氣，「你不用說了，我心裡有數。」

于十三恨鐵不成鋼道：「你心裡有數才怪！」便一屁股在他身邊坐下，開始囉囉唆唆地替如意鳴起不平來。

屋頂上，如意藉著更鑼敲響的時機，輕輕撥開了瓦片，正好看到了房中交談的兩人，也聽到了于十三的話。

「美人兒是個好姑娘，外冷內熱，為人爽快，除了出手有點狠……總之，你這樣一邊利用她替你辦事，又一邊釣著她，忒不仁義了！」

如意一凜。

于十三又道：「我這人平生最捨不得小娘子受委屈，所以你今晚上必須跟我說清楚，你對美人兒到底是個什麼想法！要不然以後，我都不知道怎麼跟她相處了！」

如意屏息聽著。

寧遠舟閉了閉眼，終於說道：「我這三十年來，見過的女子如恒河沙數，妃嬪、公主、女官，還有各路名門閨秀……」

于十三一揮手，「這一段可以跳過，直接說『但是』。」

寧遠舟頓了頓，道：「但是，如意和她們都不同。她像一頭豹子，不懂得害羞，也不肩於掩飾，想要什麼，就直接去拿。而且也只有她，才可以和我並肩作戰。一直以來，我已經習慣了去保護別人，可只有在她那裡，我才嘗到了被別人保護的滋味。天星峽那一戰，她從槍林箭雨中破陣而來，替我擋住了身後所有的攻擊。我還記得那會兒她的血浸透了我衣裳的感覺。」

背靠著背戰鬥時，透過她的脊背傳遞過來的力量和感受彷彿再次清晰起來。他輕輕閉上眼睛，「又熱又黏，卻讓我覺得格外安心。在那一瞬間，我突然明白，原來我也是可以犯錯，可以失誤，可以放下一切後顧之憂，像我們少年時那樣單純肆意拚殺的。」

于十三表情變得鄭重了起來，半晌才不甘道：「過分了吧？難道我，難道老錢沒跟你並肩對敵過？難道我們就不值得你信任了？」

寧遠舟無語地扭頭瞅他，「難道你們想跟我同床共枕？」

于十三忙不迭地擺手，「我們繼續說——總之，你說了這一大通，就是終於不死鴨子嘴硬了唄？」

寧遠舟沉默了很久，終於點了點頭。

于十三一拍他的肩膀，「那不就結了，就按我剛才說的……」

寧遠舟卻搖了搖頭，道：「但人這一輩子會動很多回心，也並不是每一次心動都需要有行動。即便拋開她別國間客的身分不談，她也太危險、太陌生、太不可捉摸了。現在，我的肩上擔負著整個使團，送公主安全入安、為天道犧牲的兄弟正名，才是我心中的頭等大事。而她，只是倉促之間被我拉進使團的過客。一旦到了安國，我和她的交易完成，各自都會面臨數不清的血戰，說不定彼此還會刀劍相向。」他嘆了口氣，望向窗外。

空中月如銀鉤，千里與共，卻相望不相聞。他嘆道：「既然如此，又何必開始？」

于十三不覺悵然，卻仍是說道：「那你還給她雕什麼東西啊。」

「我只是想讓她開心點。」寧遠舟道：「你看見她那些拙劣的手段了吧？她想讓我慢慢接受她，所以就送我花，送我雕刀，請我吃夜宵，還故意談起她之前的悲傷往事，引起我的同情……」他說著目光便不由得柔軟起來，笑著搖了搖頭，嘆道：「這些，分明都是男人討小娘子歡心的把戲，可她卻那麼努力、認真地做著，我就……」他頓了頓，道：「我套過她的話，原來她只看過一個男人這麼對她一個做白雀的姐妹做過，而那個姐妹很是喜歡。她便以為只要照做，就能向男子展現她的真心。」

于十三震驚道：「不會吧，她張口就要和你……敢情她根本就不懂男女之間怎麼相處啊？」

寧遠舟嘆道：「對，她甚至根本就不喜歡孩子。」

「啊？」

寧遠舟露出無奈的神色，道：「她有一位恩人，待她極好，恩人臨終之時，不願她一輩子只做殺人工具，就吩咐她務必生個孩子。而她向來對那個恩人言聽計從……」

于十三立刻領會，衝口而出：「孩子就意味著正常人的生活，意味著有牽掛、有忌憚！老天爺，這就是我砍頭都不願意娶媳婦的原因！一想到我每天起床要對著同一個小娘子……」他不由得打了個寒戰，趕緊搖頭拋開這可怕的念頭，卻又道：「不過，這位恩人挺為美人兒著想啊。」

寧遠舟嘆道：「是挺為她著想。要她一定生個孩子，卻不許她愛上任何男人。你說，她為什麼要如意這麼做？」

于十三眼睛一亮，「還能為什麼？多半受過男人的傷，沒齒難忘唄！哎，這位恩人跟我是一個路數的，氣味相投，可惜死了，不然我一定跟她好好喝一頓酒！」

寧遠舟無語，緩緩道：「總之，如意就是為了完成她的遺願，才一心想要有個孩子。至於我，不過是碰巧入了她的眼而已。」

于十三卻毫不猶豫地否定，「不是的。她肯定也喜歡上你了，只是她自己還不知道。要不然，我樣樣都比你強，她怎麼就瞧不上我？」說著便又瀟灑地一甩額髮。

寧遠舟沉默了片刻，卻是認可了他的理由，「我也是這麼覺得的，所以在那一瞬間，我才軟弱了。」卻又道：「但我保證，我沒有利用她。無論監視也好，提防也好，都只是為了保證使團的安全。除此之外，我是真心想讓她再開心一點，因為之前，她過得太苦了。除了殺人和復仇，她的世界裡，別的什麼都沒有。」

于十三終於正經起來，他沒有說話，而是逕直去倒了兩杯酒，遞了一杯給寧遠舟，道：「對女人我最有經驗，所以你得聽我的。以後，你不能再像今晚這樣了，否則真的會陷進去出不來的。離她遠一點，我們會幫你對她好。是哥們兒那種好，不是別的。」

寧遠舟接過酒杯，輕輕吐出一口氣，「好。」

兩人正欲碰杯，于十三突然想起來，「糟糕，我忘了你有舊傷，不能喝酒。」

寧遠舟伸手跟他一碰杯，苦笑道：「管不了那麼多了，今晚我只想一醉，不然，我的房裡為什麼會有酒？」說罷仰頭一飲而盡。

如意轉身離開，身似鬼魅般悄然從屋頂上離開。

月光照亮了她的臉，她臉上帶著笑容，卻早已淚流滿面。

回房之後，她瞧見人偶孤零零地躺在桌邊，還是被她摔出去的模樣，便走上前將人偶撿起來，握在手裡怔怔地發了會兒呆，才對著人偶說道：「你說，這一次，我再相信他一回，可不可以？」

空中雲霧飄來，遮住了月光，地上晦暗不明。人偶的臉也隨之陰暗下來。

✵

日升月落，信鴿破空飛過。

清晨時大軍已從歸德城外拔營起寨，向安都進發。此刻已越過草原，來到戈壁附近的小鎮上。鎮上百姓簇擁在道路兩側等著瞻仰天顏，望見駿馬上安帝意氣風發的身影，紛紛歡呼叩拜：「恭賀聖上得勝回朝，聖上萬歲！」

安帝和緊隨在他身後的兩位皇子向百姓們揮手示意。

不遠處，初貴妃也掀開車簾，望向前方英姿勃發的李同光。想到他的婚事，她目光中不由得流露出苦澀。

大軍在裕州暫駐，城中早已修整好行宮迎安帝入住。朱衣衛指揮使鄧恢陪著安帝走入行宮後，守在行宮外的右使迦陵，也終於拿到了信鴿從江城帶來的密信。

匆匆閱覽過後，迦陵長鬆了口氣。

在行宮走廊裡等候了許久，待鄧恢出來後，迦陵忙恭敬地迎上前去彙報：「尊上，屬下幸不辱命，已探得梧國使團詳細情況……」

鄧恢凝神聽著，聽了幾句後，便如笑面虎一般冷冷地反問：「知道使團的人數和禮王的性情，就敢自稱詳細？」

他語聲輕柔，迦陵卻心中一寒。

鄧恢已招手叫了一個內監上來，道：「我還有正事要做，聽說內監裡就數你罵人最毒，她辦事不力，你替我教訓幾聲吧。」說罷逕直離開了。

內監恭敬地拱手送他離去，便迤迤然走到迦陵面前，趾高氣揚地看向迦陵。迦陵只得俯身聽訓。

內監破口大罵，直罵得口沫橫飛。迦陵灰頭土臉，卻也只能佯作恭敬，悉數領下。

堂堂朱衣衛右使在大庭廣眾之下被一個內監辱罵的笑話，很快便傳遍了行營內外。朱衣衛做的不是什麼上得檯面的明事，私底下不知被多少人忌憚厭恨，自是人人都樂見他們倒楣。

迦陵帶著幾個朱衣眾沿著宮牆巡視時，正與另一支正在巡視的羽林衛擦肩而過，便聽見身後傳來一陣譏諷嘲笑。

「喲，朱衣衛也被發配過來巡街啦？」

「不單巡街，剛才還被一個內監訓斥呢。」

「不會吧？堂堂右使，混得比內監還不如？」

「她哪敢得罪，那可是聖上親信太監的乾兒子！」

朱衣眾聞言都面帶不忿，迦陵再也忍不下心頭屈辱委屈，回頭罵道：「那也輪不到你們這幫蠢貨議論！」

羽林衛們哪裡肯受她的罵，立刻回頭推搡起來，兩邊人馬很快便爭執成一團。

街頭馬蹄聲響，恰有個鮮衣怒馬的男裝少女帶著從人自拐角處經過。扭頭看到羽林衛頭領反扭住一個朱衣衛女子的手，她當即便眉頭一皺，韁繩一牽，撥過馬頭，便策馬飛奔而去。

身後侍女焦急地追趕著：「郡主，王爺還在行宮裡等著您一起面聖呢！」

正是沙西王獨女，金明郡主初月。

初月縱馬趕到，一勒馬韁，那馬人立而起，高聲嘶鳴。

朱衣衛和羽林衛都驚了一下，停下爭吵，同時望向馬上之人。只見那女子一身俐落男裝，生得颯爽挺拔，眉眼漆黑明亮，顧盼神飛。

她看向羽林衛頭領，道：「王九。」

頭領看清她的模樣，忙和眾手下一起行禮，「少主人安好。」

初月來得急，此刻卻沒有發怒，反而翻身下馬，一把摟住王九的脖子，將他壓在自己肋下，狀似親熱地笑嘻嘻道：「你還記得你是沙西部的小崽子，記得我是你家少主人？」

王九躬著肩膀賠笑，「記得，記得。」

「那你為什麼還要在行宮重地，隨意毆打女子？」

王九理所當然地辯解道：「稟少主人，她們不是普通女人，她們是朱衣衛。」

初月重重地一拍他腦門，反問：「我也不是普通的女人，那你也敢打我嘍？」

王九一寒，忙道：「小的不敢。」

初月這才放開了他，道：「沙西部乃是大母神所創，族訓裡面要你們待姐妹一如兄弟，都忘到狗肚子裡去啦?!」說著便一踢王九的屁股，似笑似罵，「去，給她們賠禮！」

頭領只得不甘心地衝一眾朱衣衛抱拳致意，「對不住了。」

迦陵沒理睬他，心裡卻已領下初月的好意，連忙帶著手下向她行禮道：「多謝郡主！」

初月也不應答，只含笑看著王九，「這麼敷衍了事，還委屈上了？」

王九心裡不服，不肯說話。

初月便正色道：「羽林衛向只從沙西、沙東和沙中三部裡選人，你們的一舉一動，其他兩部都看著呢！還記得去年太陽節賽馬的時候我們輸給沙中部，有多丟臉嗎？今天我教訓你們，不是為了你們，而是為了整個沙西部的顏面！」

王九聞言一凜，忙道：「小的錯了！」他帶著眾手下向迦陵等人深深一禮，道：「對不起！」

初月笑道：「這還差不多。」便抬手拍了拍王九的肩，吩咐道：「巡完了這一圈，去牆根下罰半個小時的站，明兒我再請你們喝酒！」

這才翻身上馬，一掣韁繩撥轉馬頭，給迦陵丟下一句：「女子為官，本來就比男人不容易，這些小事，就別太放在心上。」便一夾馬背，縱馬奔向行宮。

來到門前，她不待通稟，便縱馬直入。

身後侍女小星急急地追了進去，「郡主不可！」

羽林衛恭送她之後，對一眾朱衣衛抱拳致意，便轉身離去。

有朱衣衛感嘆道：「早就聽說金明郡主喜歡穿男裝，沒想到卻是這麼個性子。」卻又不解道：「她怎麼會突然替我們出頭？」

迦陵望著初月的背影，道：「她母親安陽郡主之前掌過兵，嫁給沙西王后卻不得不退居後院；她自己現在也管著沙西部三成的騎奴。所以，她知道這一身官服，對於我們有多重要。」

朱衣衛中一眾女子，都陷入了沉默。

❋

初月走進行宮，安帝和沙西王都已等在房內。

她才不過十八、九歲年紀，面見天子卻是絲毫都不畏懼。她如一團烈火般快步進屋，見到安帝，利索地一抱拳，脆生生地行禮道：「臣女初月參見聖上！」

安帝打量著她，笑道：「平身。朕快有四、五年沒見過妳了吧？女大十八變，真是不一樣了。」

初月一笑，起身道：「謝聖上誇獎。不過聖上的意思其實是，小時候明明還是個丫頭，現在怎麼成了個小子啦？」

沙西王初遠立刻呵斥道：「放肆！」

他滿面鬍鬚，身量高大穩重。五十許的年紀，並不比安帝年長幾歲，卻早已無安帝那般的雄心壯志，看上去便老邁許多，很有些平和慈祥的意味。他平日裡很是嬌縱寵愛女兒，在安帝面前卻謹慎端正，不容初月失禮。

安帝卻並不在意初月言辭率直，只愕然一笑，「妳這性子，果然像安陽堂妹。朕記得她年輕的時候，也喜歡穿男裝。不過，以後妳可得改改，畢竟是要嫁人的大姑娘啦，總是一身騎服，也不像回事。」

初月一怔，問道：「聖上是要給臣女賜婚嗎？」

安帝笑道：「聰明。」

初月也不多問，乾脆俐落地跪謝道：「謝陛下，聖上萬歲萬萬歲。」

安帝略有些驚訝，笑看著她，「這就謝恩了？也不問問朕給妳安排了哪一位好郎君？」

初月滿不在乎道：「難道聖上還會隨意安排一個人給臣女做夫婿不成？」

安帝哈哈大笑起來，「這性子爽快，先去見妳姑姑吧，晚一點，朕就讓妳和妳未來郎君見一面。」

初月卻不肯走，不滿道：「聖上太小氣了吧，光賜婚就完了？難道不給臣女一點賀禮？」

安帝也不以為忤，笑道：「妳倒是一點也不客氣，好，說來聽聽，妳要什麼？」

初月道：「父親只讓我管部中三成的騎奴。臣女想請聖上下旨，讓阿爹把部中的騎奴分一半給我，我和大哥一人一半，這才叫公平。」

安帝奇道：「妳要騎奴做什麼？」

初月反問道：「當年臣母帶兵助聖上征戰之時，聖上可曾問過她為什麼嗎？」

安帝一怔，指著她說不出話來。

沙西王忙又呵斥初月：「不得放肆！」

安帝笑道：「好啦好啦，誰不知道妳是個女兒奴，在朕面前也只敢翻來覆去地說幾聲『放肆』，不曾真的管教。」

沙西王汗顏，為難地向安帝解釋：「陛下，初月有我們沙西女兒上古遺風，自小就喜歡弓馬，比起她大哥還略勝一籌，可族中的騎奴按例只能屬於下一任族長……」

安帝恍然，體諒地點了點頭，「朕懂了，你也有為難之處。」略一思量，道：「這樣吧，朕把自己的三百騎奴送給初月。」

初月眼睛一亮，忙又道：「還想請聖上下旨，令我成婚以後，也可以自己管理名下的騎奴，不用交與夫君。」說完，不待安帝表示，便俐落地謝恩，「多謝陛下，聖上萬歲萬歲萬萬歲。」

安帝失笑，「先斬後奏啊？好，朕准了。」

初月便也笑起來，「臣女告退。」她行了個禮，風一般輕快地離開了。

待初月身形消失在門外，沙西王才頭痛地跟安帝說起來：「陛下，臣這女兒的性子，若是成了王妃，只怕會闖禍不斷啊。」

安帝點頭，淡淡地說道：「所以，朕才想把她指給長慶侯。」

沙西王聞言大驚，他原本以為安帝要把初月配給洛西王，初月想必也是如此以為，才會答應得如此爽快。誰知安帝竟是這個打算。

他又驚詫又疑惑，忙道：「聖上，初月是臣的獨女，長慶侯雖是長公主之子，但其父不詳……」

安帝眼中精光一閃，抬眼看向他，緩緩道：「那你想選河東王還是洛西王？又想幫哪個女婿來搶朕的帝位？」

沙西王霎時驚了滿頭汗，忙跪地道：「臣絕不會有此大逆不道之心！」

安帝抬手示意他平身，道：「陪朕走走吧。」

沙西王跟在安帝身後，陪他一道在行宮花園裡散著步。

安帝依舊如老友般平常待他，邊走邊說，言辭間很是坦誠：「朕知道，把初月許給長慶侯，是委屈了些。可這次出征梧國，朕沒立監國，老大老二的爭鬥就沒停過。老大勾連母族想掌握軍需。老二就硬要護送你妹妹來探望朕，無非是以為朕大勝之下便會立后，你妹妹做了皇后，自然就會全力保他做太子。」說著便冷笑起來，「可朕還沒老呢，這兩個小畜生的心思，也太活了些！」

沙西王不敢作答。

安帝便又道：「我安國有三大部。初家雖和皇族世代聯姻，可初月不管嫁給老大還是老二，你們沙西部都必然會被捲入奪嫡的旋渦之中。朕不讓你女兒做王妃，是為了保全你，明白嗎？」

沙西王忙道：「聖上愛護之心，臣感激涕零！」

安帝推心置腹道：「你是朕最信得過的人，朕不妨跟你交底。二十年之內，朕不會立嫡。只要朕還能動，安國所有的權力，就必須掌握在朕的手上。」

沙西王很是感動，忙抱拳道：「臣願一世為聖上奔走。」

安帝這才滿意了，又道：「長慶侯的身分是差了些，但朕已經賜他國姓，視同宗室了。」說著便嘆了口氣，「唉，但凡老二、老大能幹些，朕又何必倚仗一個外甥？這小子在朝政和軍務上都很有些章法，這回又生擒了梧帝。他雖然性子有些桀驁，但絕對不會和老大、老二混在一起，被朕敲打之後也很知道進退，朕已經準備把他當未來的重臣來培養了。」便依舊如老友般笑看著沙西王，問道：「這樣的女婿，你還不滿意？」

沙西王行禮道：「謝主隆恩！」也坦然看向安帝，笑道：「這一回，是真心的。」

君臣兩個對視一眼，各自發出了大笑。但笑過之後，沙西王眼中仍有濃濃隱憂。

❋

從安帝殿中出來，初月便直奔初貴妃房中，去拜見自己的姑姑。

她們姑侄感情一向親近，然而這一日初貴妃看著向自己行禮的侄女，臉上帶著笑，眼中卻難掩悲涼嫉妒。

「快起來，咱們好久沒見過了。」她伸手攙起初月。

初月敏銳地察覺出初貴妃今日情緒有異，直言道：「姑姑，妳的眼神不對——出什麼事了？」

初貴妃垂下眼眸，掩飾道：「哪有什麼事，姑姑只是一路旅途勞累，昨晚上沒睡好。對了，聖上要給妳賜婚了，妳知道嗎？」

一提賜婚，她表情又不對了。初月立刻意識到了什麼，「難道妳不高興，就是因為我的婚事？」便做出了不在意的模樣，安慰她，「這有什麼好擔心的啊？洛西王他腦子雖然不怎麼靈光，但也不算太差……」

初貴妃忍著酸楚，糾正她，「不是皇子，是長慶侯。」

初月錯愕地抬起頭來，「什麼?!」提到長慶侯，所有人最先想到的便是他的出身，初月也不例外，立刻皺眉道：「聖上這是什麼意思？我貴為郡主，為什麼要嫁給一個卑賤的梧人面首之子？不行，我得去找聖上再問個清楚。」

她轉身就走，初貴妃阻攔未果，急忙喝住她：「不許去！」

初月一怔，回過頭去。看到初貴妃泫然欲泣，她瞬間明白過來，問道：「難道此事已經無可更改了嗎？」

初貴妃點了點頭，拉起初月的手，強忍酸楚，向她解釋道：「這是聖上為了平衡各方勢力而做的決定。等他五十大壽之日，就會正式下旨了。其實皇子們雖然尊貴，但完全不能和長慶侯相比。」她越說心裡便越是難受，卻還是告訴初月，「長慶侯長相俊俏，文武兼修，年紀輕輕就立下大功，執掌聖上的親衛，語言風趣，待人也溫柔體貼……」

初月語帶嘲諷：「他文武兼修？」

初貴妃卻沒聽出她話外之音，仍道：「成親之後，聖上還會賜妳三百戶的實封為新婚賀禮。這麼個百裡挑一的郎君，是多少小娘子的夢中情郎，妳還有什麼不滿意的呢？」她說著，眼中的淚水漸漸聚集起來。

初月替她抹掉眼淚，安慰道：「好了姑姑，妳不用替我難過了，我奉旨就是。早在妳當初哭著入宮的那一天起，阿爹就跟我講過，初家的女兒，婚姻是不可能自主的。」

初貴妃難過地抱住她，「阿月！」

初月面色平靜，目光清明。她輕輕拍了拍初貴妃的背，道：「我真的不難過，至少我還是用這樁婚事向聖上換來了不少有用的東西，挺划算的……」

但從初貴妃房裡出來，她面色霎時便冷下來，直接大步離開了行宮。

侍女小星亦步亦趨地追著她，提醒道：「郡主這就出宮嗎？可聖上說還會安排您跟長慶侯見一面的呀。」

初月冷哼一聲，道：「我才不想見那個混帳呢。剛才跟姑姑敷衍，只是不想她太難過而已。妳找個內監稟報聖上，就說我突然不舒服，要回去歇著。」

小星不解道：「啊？貴妃不是說長慶侯文武雙全嗎？」

初月冷笑著，目光裡帶著鄙薄之色，「岩堂哥也在這次出征大軍裡，我見過他的家書，信裡頭說長慶侯的本事其實稀鬆平常，搶了部下的功，這才混了個生擒梧帝的英雄名號。」她一揚下巴，傲然道：「聖旨難違，嫁就嫁吧，反正他也不敢得罪我。但是我稱病，至少能讓聖上知道我不滿意這樁婚事，以後說不定還能再賜我些好東西做補償。」

說罷她轉身上馬，道一聲：「駕！」便疾馳而去。

✻

行宮外，李同光正沉著臉訓斥一行羽林衛——正是先前同迦陵起爭執，被初月要求在牆根下罰站的那隊人。

這一隊羽林衛的頭領王九委屈地分辯道：「屬下並非有意擅離職守，屬下也完成了這一班巡查的任務，只是少主人吩咐我們在此罰站，屬下是沙西人，不敢不從。」

李同光冷笑道：「所以，你們沙西部的少主人能指揮得動你，我這個羽林衛將軍倒指揮不動你了？」

王九不語，顯然並不服他。

李同光目光一沉，冷笑，「好，我今日便要正一正你們的風氣！」他一拂衣袍，在道旁石頭上坐下，吩咐親隨朱殷道：「罰他們十鞭。」

朱殷拱手道：「是！」便帶著手下按住一眾巡邏的親軍便開始行刑。

一道道鞭打聲中，李同光訓斥道：「好好記住了，身為親軍，所奉的只有聖命、上峰之令和軍紀，其餘什麼老主人、少主人，一概都是狗屁！」

初月縱馬從路上經過，抬頭便看到王九在挨打，忙勒住韁繩，喝令：「住手！」

行刑之人卻聽而不聞，鞭聲絲毫未有停滯。

初月自己也帶兵，自是立刻便明白，這一行人令行禁止、紀律森嚴，非下令之人，誰都無法命令他們。

她立刻翻身下馬，走到李同光的面前，目光含怒地呵斥道：「聽見了嗎？我要你住手！」

李同光這才抬起頭來看她。四目相對，兩人都是一驚。

初月脫口而出：「是你！當初賽馬會搶了我彩球的混小子！」

李同光卻不甚理會她，依舊穩坐在石上，只懶懶地一拱手，道一聲：「郡主安好。」便又提醒親隨：「繼續。」

初月從未被人如此冷遇過，見他毫不容情，心中不由得火氣上湧，怒道：「你為什麼打他們?!」

李同光輕蔑道：「就憑我是管著羽林衛的人。」他譏諷地一笑，抬頭看向初月，「怎麼，郡主這一回，又想用鞭子來教訓我嗎？」很顯然，他也記起了那並不愉快的舊事。

初月手中確實握著馬鞭，聞言又羞又惱。此刻她既不占勢也不占理，心中恨極，卻是無可奈何，只能狠瞪著李同光，聽一旁鞭子啪啪地打在皮肉上。

行刑之人還在高聲地報著數：「九、十！」打足了數目，才收鞭回身，向李同光回稟：「稟大人，行刑已畢！」

初月眼睛死死盯著李同光，卻掏出懷中的藥瓶扔給受刑的頭領，道：「有人懷恨報復，連累你們了。回去好好養傷，我會送禮給你們的家人。」

李同光無動於衷。

初月目光灼灼如火，卻未再徒勞發怒，只問：「你叫什麼名字？」

「李同光。」

「很好，我記住了。」

她說罷翻身上馬，一掣韁繩，頭也不回地縱馬離開了。

（下冊待續）

境外之城172
一念關山・卷一

改　　編／左陽
原著劇本／張巍
企劃選書人／張世國
責任編輯／張世國、王雪莉
發 行 人／何飛鵬
總 編 輯／王雪莉
業務協理／范光杰
行銷企劃主任／陳姿億
資深版權專員／許儀盈
版權行政暨數位業務專員／陳玉鈴
法律顧問／元禾法律事務所　王子文律師
出版／奇幻基地出版
　城邦文化事業股份有限公司
　台北市南港區昆陽街16 號 4 樓
　電話：(02)25007008　傳眞：(02)25027676
　網址：www.ffoundation.com.tw
　e-mail：ffoundation@cite.com.tw
發行／英屬蓋曼群島商家庭傳媒股份有限公司城邦分公司
　台北市南港區昆陽街 16 號 8 樓
　書虫客服服務專線：(02)25007718・(02)25007719
　24 小時傳眞服務：(02)25170999・(02)25001991
　服務時間：週一至週五09:30-12:00・13:30-17:00
　郵撥帳號：19863813　戶名：書虫股份有限公司
　讀者服務信箱 E-mail：service@readingclub.com.tw
　歡迎光臨城邦讀書花園 網址：www.cite.com.tw
香港發行所／城邦（香港）出版集團有限公司
　香港灣仔駱克道 193 號東超商業中心 1 樓
　電話：(852) 2508-6231 傳眞：(852) 2578-9337
馬新發行所／城邦（馬新）出版集團
　【Cite(M)Sdn. Bhd.(458372U)】
　11, Jalan 30D/146, Desa Tasik,
　Sungai Besi, 57000 Kuala Lumpur, Malaysia.
　電話：(603) 90578822　傳眞：(603) 90576622

封面版型設計／Snow Vega
排　　版／芯澤有限公司
印　　刷／高典印刷有限公司
■2025 年7月3日初版一刷

售價／380元

國家圖書館出版品預行編目資料

一念關山・卷一／左陽改編、張巍原著劇本
一初版一台北市：奇幻基地出版；家庭傳媒城邦分公司發行；2025.7
面：公分．–（境外之城：172）
ISBN 978-626-7749-03-6（卷 1：平裝）.

857.7　　114007634

ISBN 978-626-7749-03-6
Printed in Taiwan.

城邦讀書花園
www.cite.com.tw

廣　告　回　函
北區郵政管理登記證
台北廣字第000791號
郵資已付，免貼郵票

115台北市南港區昆陽街16號8樓

英屬蓋曼群島商家庭傳媒股份有限公司城邦分公司 收

請沿虛線對摺，謝謝

奇幻基地

每個人都有一本奇幻文學的啓蒙書

奇幻基地粉絲團：http://www.facebook.com/ffoundation

書號：1HO172　　書名：一念關山・卷一

| 奇幻基地・2025年回函卡贈獎活動 |

購買2025年奇幻基地作品（不限年份）五本以上，即可獲得限量隱藏版「山德森之年」燙金藏書票！

電子版活動連結：https://www.surveycake.com/s/ZmGx

注：布蘭登・山德森新書《白沙》首刷版本、《祕密計畫》系列首刷精裝版（共七本），皆附贈限量燙金「山德森之年」藏書票一張！（《祕密計畫》系列平裝版無此贈品）

「山德森之年」限量燙金隱藏版藏書票領取辦法

活動時間：即日起至2025年12月31日前（以郵戳為憑）

參加辦法與集點兌換說明：

1. 2025年度購買奇幻基地出版任一紙書作品（不限出版年份及創作者，限2025年購入）。
2. 於活動期間將回函卡右下角點數寄回本公司，或於指定連結上傳2025年購買作品之紙本發票照片／載具證明／雲端發票／網路書店購買明細（以上擇一，前述證明需顯示購買時間，**連結請見下方**）
3. 寄回五點或五份證明可獲限量隱藏版「山德森之年」燙金藏書票，藏書票數量有限送完爲止。
4. 每月25號前填寫表單或收到回函即可於次月收到掛號寄出之隱藏版藏書票。藏書票寄出前將以電子郵件通知。若填寫或資料提供有任何問題負責同仁將以電子郵件方式與您聯繫確認資料。若聯繫未果視同棄權。
5. 若所提供之憑證無法確認出版社、書名，請以實體書照片輔助證明。

特別說明

1. 活動限台澎金馬。本活動有不可抗力原因無法執行時，主辦單位有權決定取消、中止、修改或暫停本活動。
2. 請以正楷書寫回函卡資料，若字跡潦草無法辨識，視同棄權。
3. 單次填寫系統僅可上傳一份檔案，請將憑證統一拍照或截圖成一份圖片或文件。
4. 隱藏版「山德森之年」燙金藏書票一人限索取一次
5. **本活動限定購買紙書參與，懇請多多支持。**

當您同意報名本活動時，您同意【奇幻基地】（城邦文化事業股份有限公司）及城邦媒體出版集團（包括英屬蓋曼群島商家庭傳媒股份有限公司城邦分公司、書虫股份有限公司、墨刻出版股份有限公司、城邦原創股份有限公司），於營運期間及地區內，爲提供訂購、行銷、客戶管理或其他合於營業登記項目或章程所定業務需要之目的，以電郵、傳眞、電話、簡訊或其他通知公告方式利用您所提供之資料（資料類別 C001、C011 等各項類別相關資料）。利用對象亦可能包括相關服務的協力機構。如您有依個資法第三條或其他需要協助之處，得致電本公司（(02) 2500-7718）。

個人資料：

姓名：＿＿＿＿＿＿＿＿ 性別：＿＿＿＿ 年齡：＿＿＿＿ 職業：＿＿＿＿＿ 電話：＿＿＿＿＿＿＿＿

地址：＿＿＿＿＿＿＿＿＿＿＿＿＿＿＿＿ Email：＿＿＿＿＿＿＿＿

想對奇幻基地說的話或是建議：＿＿＿＿＿＿＿＿＿＿＿＿＿＿＿＿＿＿＿＿＿＿

限量燙金藏書票

電子回函表單QRCODE

請剪下右邊點數，集滿五點寄回奇幻基地即可參加抽獎，影印無效。

1
A Year of Sanderson
2025